MY BELOVED KITSUNE

ELYSA SUMMERS

GHOSTS AND DESTINY

My beloved Kitsune - Ghosts & Destiny

1. Auflage
©2021 Elysa Summers

Lektorat: Lily Wildefire | www.lilywildfire.com
Cover, Buchsatz& Innengestaltung: Farbenmelodie | Juliana Fabula – www.julianafabula.de/grafikdesign
Unter der Verwendung folgender Stockdaten:
Shutterstock: K.BOM; Christos Georghiou; Neti.OneLove
Depositphotos/Rawpixel; freepik.com und eigenen Grafiken
Illustration: Robyn Labod | www.robynlabod.com

Alle Rechte, einschließlich das des vollständigen oder auszugsweisen Nachdrucks in jeglicher Form, sind vorbehalten. Diese Geschichte spielt unter anderem in zwei fiktiven Orten in Japan. Jede Ähnlichkeit zu tatsächlich existierenden Orten und auch zu lebenden Personen ist rein zufällig und nicht beabsichtigt.

Impressum
Elysa Summers | elysa.summers@gmx.de

Herstellung und Verlag
BoD – Books on Demand
In de Tarpen 42
22848 Norderstedt

Bibliografische Information der Deutschen Nationalbibliothek:
Die Deutsche Nationalbibliothek verzeichnet diese Publikation in der Deutschen Nationalbibliografie; detaillierte bibliografische Daten sind im Internet über http://dnb.dnb.de abrufbar.

ISBN: 978-3-7526-3938-4

Elysa Summers
My beloved Kitsune - Ghosts and Destiny

MIX

Papier aus ver-
antwortungsvollen
Quellen
Paper from
responsible sources
FSC® C105338

Für meine liebe Oma. Danke, dass du immer an mich und meine Träume geglaubt hast.

*Und für Madita. Deine unzähligen Sprachnachrichten haben mir sehr geholfen und mich immer zum Lachen gebracht.
Die Kaktusgeschichte ist nicht vergessen ;)*

Glossar

Alle Begriffe sind in chronologischer Reihenfolge angeordnet.

- **Oni:** Dämon

- **haha:** die (eigene) Mutter, etwas veralteter

- **Bentobox:** japanische Lunchbox, dabei sehen die Lebensmittel meist aus wie Charaktere aus Mangas, Filmen oder Computerspielen

- **Maneki Neko:** japanische Glückskatze (auch bekannt als Winkekatze)

- **Obi:** breiter Gürtel zum Binden eines Yukatas oder Kimonos

- **Yukata:** Pendant zum Kimono, wird aber im Sommer getragen

- **Kami Inari:** japanische Gottheit der Fuchsgeister, des Reises und der Fruchtbarkeit (Kami bedeutet Gott)

- **Shoji:** Schiebetür aus Holzelementen, mit Reispapier beklebt

- **Tabi:** traditionelle japanische Zehensocken (meist weiß oder schwarz)

- **Kitsune:** Fuchsgeist

- **Dōjō:** Trainingsraum (eigentlich für japanische Kampfkünste)

- **sobo:** die (eigene) Großmutter

- **»Ohayô gozaimasu**, sobo. Hai, Sakura desu. Hai, genki desu. Ah, chotto matte.« // »Guten Tag, Großmutter. Ja, ich bin es, Sakura. Ja, mir geht es gut. Ah, warte einen Moment.«

- »**Moshi** moshi! Hai, Hina-desu. Hai-« // »Hallo? Ja, ich bin es, Hina. Ja-«

- **moshi moshi:** das sagt man in Japan üblicherweise am Telefon

- **haha ue:** altertümliche, höfliche Bezeichnung der eigenen Mutter (eigentlich eher im schriftsprachlichen Gebrauch)

- **Futon:** Schlafstätte; bestehend aus einer Unterlage und einer Bettdecke

- **-chan:** Anredesuffix (oft für Mädchen / junge Frauen benutzt; von Menschen, die sich bereits länger kennen)

- **-san:** höfliches Anredesuffix für Männer und Frauen

- **Natsu Matsuri:** Sommerfest, meist mit einem Feuerwerk

- **Geta:** traditionelle Holzsandalen (meist getragen zu Yukata / Kimono)

- **Inari Shinden:** Schrein zu Ehren der Gottheit Inari

- **Torii:** rotes Holztor, meist an Schreinen zu finden

- **Taiko:** japanische Trommel (Durchmesser ca. 1m)

- »**O hayô gozaimasu**, sobo.« // »Guten Morgen, Großmutter.«

- **Onigiri:** (meist) herzhaft gefüllte, in dreieckige Form gepresste Reisbällchen

- **Yomi no kuni:** Shintō-Begriff für die Unterwelt bzw. Hölle

- **Chō:** alte japanische Längeneinheit (1 Chō sind ca. 109 m)

- **Ri:** alte japanische Längeneinheit (1 Ri sind ca. 3,9 km)

- **Sofu:** der (eigene) Großvater

Das Leben ist ein Licht im Winde.
Es trotzt den leichten Brisen, die das
Schicksal bereithält und flackert auf bei
Boen. Doch wenn ein Sturm aufkommt,
dann erlischt es und nichts vermag es
wieder zu entzünden.

(in Anlehnung an ein japanisches Sprichwort)

PROLOG

Die Sonne versank bereits hinter dem Horizont und ihre restlichen Strahlen ließen die zarten, hellrosa Blüten des großen Kirschbaumes ein letztes Mal aufleuchten. Im aufkommenden Wind erzitterten seine Zweige und einige von ihnen sanken wie Schneeflocken zur Erde hinab. Ihr lieblicher Duft betörte einem schon von Weitem die Sinne und allein der Anblick löste bei manch einem ein träumerisches Schwärmen aus.

Doch so bezaubernd diese Atmosphäre auf den ersten Blick wirkte, so vermochte sie dennoch nicht die drückende Schwere der Traurigkeit zu verbergen, die in der Luft lag. Sah man nämlich genauer hin, entdeckte man unter dem Kirschbaum einen jungen Mann, in dessen Armen eine Frau lag. Doch der unverfängliche Schein dieser Szene trog, denn ihr Beisammensein war keineswegs romantischer Natur.

Vielmehr war es ein schmerzlicher Abschied, da das Schicksal vorsah, die beiden auf ewig zu trennen. Das Lebenslicht der Frau war dabei, für immer zu erlöschen. »Wieso? Wieso hast du das getan?«, fragte er und seine zittrige Stimme spiegelte die unendliche Traurigkeit wider, die in seiner Seele tobte.

Die Frau lächelte sanft und erwiderte matt: »Ich musste es tun, Liebster. Ich konnte doch nicht zulassen, dass dieser Oni dich verletzt.« Seine Augen weiteten sich vor Unglauben und er schnaubte fassungslos: »Dummkopf! Du weißt doch, dass dieser Dämon mir niemals hätte schaden können! Aber du ... du bist so zerbrechlich und dein Leben ist weitaus kürzer als meines. Wie konntest du nur so etwas Törichtes tun?«

Der zärtliche Unterton in seiner Stimme strafte seine harten Worte Lügen. Sie legte ihm liebevoll eine Hand an die linke Wange und er schmiegte sich hinein. Er lächelte, ob der warmen Berührung. Doch er war sich ihres nahenden Todes durchaus bewusst. »Ich konnte einfach nicht anders. Menschen tun nun einmal törichte Dinge, wenn sie jemanden lieben und sie diese lieb gewordene Person ... beschützen möchten.« Ihre Stimme brach immer wieder und klang gepresst von all dem Schmerz. Dieser raubte ihrem Körper, mit jeder verstreichenden Sekunde, mehr und mehr an Kraft.

Daraufhin zog er sie fester in seine Arme, strich ihr behutsam eine Strähne aus dem Gesicht und legte seine Stirn an die ihre. »Beschützen ja, aber doch nicht in das eigene Verderben laufen«, raunte er frustriert. Er musterte kritisch die klaffende Wunde an ihrem Bauch, aus der immer weiter Blut sickerte. Der schier unaufhörliche Strom hatte bereits eine große Lache gebildet. Ein hässlicher Kontrast zu dem satten

Grün des Grases. »Es war meine Entscheidung und ich bereue sie nicht. Manchmal, wenn uns unsere Liebsten das Wertvollste auf Erden sind ... dann ist uns ihr Leben wichtiger als unser eigenes. Und dieses Leben schützen wir ... um jeden Preis«, erklärte sie geduldig und obwohl ihn ihre Worte rührten, merkte er, wie ihn die Verzweiflung zu übermannen drohte.

»Aber dein Preis ist der Tod! Wie soll ich denn nur ohne dich weiterleben? Du hast mir gezeigt, wie es ist jemanden zu lieben. Und ich habe durch dich gelernt, den Menschen zu vertrauen. Doch wenn du mich verlässt, werden all diese Gefühle mit dir verschwinden!« Eine einzelne Träne rann über seine Wange und sie wischte sie langsam mit dem Daumen fort. »Dummkopf. Diese Gefühle werden nicht verschwinden. Du musst sie nur weiterhin zulassen. Meine Zeit hier mag zu Ende sein, doch dein Leben geht noch weiter.« Sie brach ab, um zu Atem zu kommen, was ihr langsam aber sicher immer schwerer fiel.

»Eines Tages wirst du wieder jemanden treffen, den du liebst, da bin ich mir sicher. Du darfst dich diesen Gefühlen nur nicht verschließen. Versprich mir, dass du sie zulässt, Liebster.« Flehend suchte sie seinen Blick. Er sah ihr tief in die Augen, bevor er ergeben nickte. »Gut. Und versprich mir auch, dass du nicht zulässt, dass dein Herz von Dunkelheit ... überwältigt wird«, verlangte sie keuchend. »Ich verspreche es«, antwortete er und drückte sanft ihre Hand.

Liebevoll strich sie ihm ein letztes Mal über die Wange, dann erkannte sie, dass ihre Zeit gekommen war. Ihr Lächeln verblasste, ehe sich ihr geschwächter Körper entspannte und sie den letzten Atemzug in dieser Welt hauchte. Voller Entsetzen merkte er, wie sie ihm entglitt und er nichts dagegen unternehmen konnte. »Nein! Bleib bei mir!«, rief er verzweifelt und schüttelte sie, doch es war zu spät.

»NEIN!« Sein Schrei war erfüllt von all dem Schmerz und der Verzweiflung, die ihn in diesem Moment übermannten. Aber da ihr Lebenslicht schon erloschen war, konnte sie ihn nicht mehr hören.

SCHMETTERLINGE IM BAUCH

Erschrocken fuhr sie hoch und keuchte schwer. Ihre Augen gewöhnten sich nur langsam an die Dunkelheit. Letztendlich erkannte sie erleichtert, dass sie in ihrem Bett lag. Stöhnend ließ sie sich zurück in ihr Kissen sinken und rieb sich mit den Händen über das Gesicht. *Es war nur ein Traum. Einfach ein unsinniger Traum,* beruhigte sie sich. Ihr Herzschlag sowie ihr Atem normalisierten sich wieder. Sie wollte die Hände schon vom Gesicht nehmen, um einen Blick auf den Wecker zu werfen, da bemerkte sie etwas Feuchtes auf ihren Wangen.

Hastig knipste sie das Nachtlicht an und starrte auf ihre Finger. Doch entgegen ihrer Befürchtung war es kein Blut. Nicht so wie vor ein paar Wochen, als sie sich im Schlaf gekratzt hatte. *Tränen?* Prüfend strich sie über ihre Wangen. Tatsächlich, sie hatte geweint. *Ich wusste gar nicht, dass man im Schlaf weinen kann. Aber zugegeben, der Traum war wirklich traurig.* Sie versuchte, sich an die Gesichter des Paares zu erinnern, doch sie verschwammen immer wieder vor ihren Augen.

Seufzend gab sie auf, sah auf den Wecker und stöhnte ein weiteres Mal. In zwei Stunden musste sie bereits aufstehen und sich für die Schule umziehen. Frustriert löschte sie das Nachtlicht und kuschelte sich zurück in ihr Kissen. Sie schloss die Augen und bemühte sich, an nichts zu denken, um schnell wieder einzuschlafen. Doch natürlich kreisten einem immer dann, wenn man versuchte zu schlafen, die unmöglichsten Gedanken durch den Kopf und hielten einen wach.

Erst eine knappe Stunde später schlief sie wieder ein und träumte von Dennis, ihrem Schwarm. Er hatte sie ins Kino eingeladen. Der Film war wirklich romantisch und nach einer Weile beugte er sich zu ihr, um sie zu küssen. In diesem Moment riss sie das sonore Piepen ihres Weckers aus der herrlichen Traumwelt. Genervt schlug sie mit der flachen Hand auf den Ausschaltknopf. Sie warf dem eckigen Kasten einen vernichtenden Blick zu, ehe sie herzhaft gähnte.

»Mistding. Ausgerechnet an der schönsten Stelle weckst du mich!«, grummelte sie. Immer noch schläfrig stand auf und schlurfte ins Bad. Dort erledigte sie gemächlich ihre Morgentoilette und spritzte sich zum Abschluss eine Handvoll kaltes Wasser ins Gesicht. Jetzt war sie nicht mehr ganz so müde und schenkte ihrem Spiegelbild sogar ein kurzes Lächeln. Sie tappte zurück in ihr Zimmer, um sich umzuziehen. Vor ihrem Fenster zogen ein paar dunklere

Wolken vorbei, weswegen sie nach einer Jeans und einem dünnen Pullover griff.

Sakura entschied sich dafür, ihre Haare heute wieder einmal offen zu tragen. Also bürstete sie sie, bis sie glänzten wie frisch polierte Lackschuhe. Zum Schluss trug sie noch etwas Puder auf und zog einen dünnen Lidstrich. Zufrieden betrachtete sie ihr Spiegelbild. Nach einem kurzen Blick auf ihre Armbanduhr riss sie erschrocken die Augen auf und fluchte leise. Wenn sie jetzt nicht frühstücken ging, würde sie den Bus verpassen! Gehetzt schnappte sie sich ihre Schultasche von ihrem Schreibtischstuhl und hastete in die Küche.

Ihre Mutter war schon wach und bereitete das gemeinsame Frühstück vor. Sie trug heute ein hellblaues Business-Kostüm und hatte ihre Haare zu einem strengen Knoten nach hinten gefasst. Sakura fand, dass sie so älter aussah. Aber ihre Mutter war bemüht, möglichst taff zu erscheinen, denn in ihrer Abteilung arbeiteten überwiegend Männer. Sakura wusste von ihr, dass diese oft chauvinistische Anspielungen von sich gaben.

»Guten Morgen, Liebes. Na, hast du gut geschlafen?«, begrüßte ihre Mutter sie gut gelaunt. Sakura zuckte nur mit den Schultern, ehe sie sich an den Esstisch setzte. »Ging schon. Ich hatte einen sehr merkwürdigen Traum. Wusstest du, dass man im Schlaf weinen kann?«, meinte sie und nahm eine Scheibe Brot aus dem Korb. Ihre Mutter hob die dünnen

Augenbrauen und musterte sie besorgt. »Du hast im Schlaf geweint? War der Traum denn so schlimm?«

»Na ja, wie man's nimmt ... er war schon irgendwie traurig. Ein Mann und eine Frau saßen unter einem Kirschbaum und sie ist in seinen Armen gestorben. Das ist das Einzige, woran ich mich noch erinnere«, erklärte sie und bestrich ihr Brot mit Marmelade. »Das klingt wirklich ziemlich traurig.« Ihre Mutter warf ihr über den Rand ihrer Teetasse einen mitleidigen Blick zu und Sakura nickte.

»Ach ja, was haben du und Jacky eigentlich für Morgen geplant?«, wechselte sie das Thema und Sakura grinste.

»Wir haben beschlossen eine Gartenparty bei Jacky zu veranstalten. Die halbe Klasse wird da sein und noch ein paar Mitglieder aus meinem Kunstkurs, also bestimmt so an die zwanzig Leute. So eine große Feier hatte ich noch nie!«, sprudelte es aus ihr heraus. Ihre Mutter schenkte ihr ein herzliches Lächeln und strich ihr sanft über den Kopf.

»Das stimmt. Aber man wird ja nur einmal achtzehn in seinem Leben und das sollte man ordentlich feiern. Ich hoffe jedoch, du übertreibst es nicht, ja? Du weißt, ich halte nicht viel davon sich zu betrinken!« Der Wink mit dem Zaunpfahl war überdeutlich. Sakura beherrschte sich, die Augen nicht zu verdrehen, und antwortete brav: »Natürlich nicht, *haha*. Ich werde nicht zu viel trinken, versprochen.« Und das war noch nicht einmal gelogen, denn auch

Sakura hegte eine gewisse Abneigung gegen Leute, die ihre Grenzen nicht kannten.

Aber das würde sie nicht davon abhalten, an ihrem achtzehnten Geburtstag Spaß zu haben. Es war auch möglich, sich zu amüsieren, wenn man sich nicht vollends »das Hirn wegsoff«, wie es Jacky liebevoll formuliert hatte. Ihre Mutter nickte besänftigt und trank einen weiteren Schluck Tee. »Hast du gestern deine Mathehausaufgaben noch einmal durchgesehen? Du sagtest doch, ihr schreibt bald einen Test.« Sakura verzog bei der Frage das Gesicht.

»Ich hab es versucht. Aber ich weiß nicht, ob ich alles verstanden habe«, gab sie zu und ihre Mutter tätschelte ihren Arm. »Das wird schon, Sakura. Ich glaube an dich.« Daraufhin lächelte sie zaghaft und ihre Mutter räumte die Reste des Frühstücks in den Kühlschrank. Als ihr Blick zu ihrer Armbanduhr glitt, stieß sie einen überraschten Schrei aus. »Ach herrje! Jetzt haben wir uns so verquatscht, dass du deinen Bus verpasst hast! Komm, iss noch schnell dein Brot auf, dann fahre ich dich zur Schule!«, rief sie und hetzte in den Flur. Sakura schlang den Rest ihres Brotes hinunter und war froh, sich dabei nicht zu verschlucken.

Eilig nahm sie die bereits vorbereitete Bentobox zusammen mit einer Wasserflasche aus dem Kühlschrank. Kaum hatte sie beides verstaut, hastete sie zur Garderobe und streifte ihre Schuhe sowie eine Jeansjacke über. Ihre Mutter trommelte dabei ungeduldig mit den Fingern auf ihren verschränkten Armen, dann verließen sie gemeinsam die Wohnung.

Sie eilten durch das Treppenhaus hinab in die Tiefgarage und zu dem Ford Fiesta, den ihre Mutter schon seit Sakura's Geburt besaß. Die Sitze waren bereits deutlich abgenutzt und die Klimaanlage funktionierte nur, wenn man einmal kräftig mit der Faust auf die Armaturen schlug. Zudem war das Beifahrerfenster bereits undicht. Sakura hatte ihr letztes Jahr einmal vorgeschlagen, sich ein neueres Auto zuzulegen. Ihre Mutter hatte daraufhin entrüstet den Kopf geschüttelt. »An ihm hängen so viele Erinnerungen, ich kann ihn nicht hergeben, Sakura« hatte sie erwidert und dabei liebevoll über das Lenkrad gestrichen.

Sakura hatte erkannt, wie sehr ihre Mutter an dem Auto hing und es nicht mehr angesprochen. Die Frage war zudem, ob sie sich ein neueres Auto leisten konnten. Denn ihre Mutter arbeitete zwar hart, aber sie kamen oft gerade so über die Runden. Das meiste Geld verschlang die Miete, da die Wohnung durch ihre zentrale Lage sehr teuer war. Deshalb jobbte Sakura oft in den Ferien, um sich etwas Taschengeld dazu zu verdienen. Vor ein paar Jahren hatte ihre Großmutter gefragt, warum sie denn nicht in einen Vorort zogen. Doch ihre Mutter hatte dies partout abgelehnt. Sie wollte nicht, dass Sakura ihr gewohntes Umfeld verlassen musste.

Dafür war Sakura mehr als dankbar und sie bemühte sich stets, ihre Familie mit Stolz zu erfüllen.

»Hast du auch nichts vergessen, Liebling?« Die Frage ihrer Mutter riss sie aus ihren Gedanken. »Nein, ich habe alles«, antwortete sie, während sie den Sicherheitsgurt anlegte. Ihre Mutter nickte, fuhr rückwärts aus der Parklücke und der kleine Ford rumpelte aus der Tiefgarage.

Die Fahrt verbrachten sie schweigend, ihre Mutter konzentrierte sich auf das Fahren und Sakura hing ihren Gedanken nach. Den Traum hatte sie schon fast wieder vergessen, stattdessen dachte sie an die geplante Party. Ein Lächeln trat auf ihre Lippen, als sie sich vorstellte, wie sie morgen mit all ihren Freunden in Jackys Garten feiern, lachen und Spaß haben würde. Das würde sicher der schönste Geburtstag werden, den sie je gehabt hatte, und die Vorfreude ließ ihr Herz aufgeregt höher hüpfen.

Außerdem gab es da ein kleines Geheimnis, von dem ihre Mutter nichts wusste: Sie hatte Dennis ebenfalls eingeladen und er hatte zugesagt. Das war fast zu schön, um wahr zu sein! Immerhin war er der begehrteste Junge im Jahrgang. Ihr Lächeln wurde breiter und sie stellte sich vor, wie sie mit Dennis zusammen lachte und er sie vielleicht auch küsste. Der Gedanke machte sie ganz hibbelig und in ihrem Bauch kribbelte es so arg, dass sie sich sicher war, eine kleine Armee von Schmetterlingen würde darin herumfliegen.

Sie hatte mit Jacky besprochen, dass sie ihn heute nach einem Date fragen sollte. Dann könnten sie ein wenig Zeit zu zweit genießen. Auf der Geburtstagsfeier wären ja viele seiner Kumpel anwesend, die ihn sicher in Beschlag nehmen würden. Aber wenn er heute mit ihr ausging, dann konnten sie einander nahe sein und dabei weder von Sebastian noch von irgendwelchen Verehrerinnen gestört werden. Verträumt blickte sie aus dem Fenster, ohne jedoch wirklich etwas von ihrer Umgebung wahrzunehmen. Sie stellte sich vor, wie Dennis auf der Party nur Augen für sie hatte und sie an sich zog. Die Ärmel seines T-Shirts betonten seinen wohlgeformten Bizeps und sie sehnte sich nicht zum ersten Mal danach, sich in seine Arme schmiegen zu können.

Ihr Schwärmen wurde jedoch unterbrochen, als ihre Mutter den Wagen quietschend anhielt. Sakura sah sich verwirrt um und erkannte vor sich das graue Betongebäude der Schule. »Danke, *haha*. Wir sehen uns heute Abend!«, sagte sie. Sie drückte ihr schnell noch ein Küsschen auf die Wange und stieg aus. »Bis heute Abend, Liebes.« Sakura schlug die Türe zu, ihre Mutter gab Gas und verschwand kurz darauf um die nächste Kurve. Amüsiert schüttelte Sakura den Kopf, schulterte ihre Tasche und betrat den Schulhof. Sie besuchte die Fachoberschule in Augsburg und hatte sich für die Ausbildungsrichtung Gestaltung entschieden. Ihre Mutter betonte stets, wie stolz sie auf sie war, wenn Sakura eine gute Note mit nach Hause brachte. Ihre Augen strahlten dabei immer und Sakura wurde es dann jedes Mal warm ums Herz.

Freundlich begrüßte sie ein paar Klassenkameraden, die ihr auf den Gängen begegneten, und erreichte schließlich das Klassenzimmer. Als sie an Dennis vorbeilief, schenkte er ihr ein zartes Lächeln und ihr Herz schlug bis zum Hals.

So schnell sie konnte, setzte sie sich auf ihren Platz in der letzten Reihe. Dort wurde sie überschwänglich von ihrer besten Freundin begrüßt. »Hey, Süße. Na, alles klar bei dir?« Sie umarmten einander und Sakura antwortete dann grinsend: »Alles bestens! Ich freu mich schon riesig auf die Party!« Jacky erwiderte das Grinsen und knuffte sie in die Seite.

»Das wird auch eine geniale Fete, wirst sehen! Und Dennis hat ja auch zugesagt.« Jacky wackelte verschwörerisch mit den Augenbrauen und Sakura lachte verlegen. Dabei glitt ihr Blick zurück zu Dennis in der ersten Reihe. Der strich sich gerade eine Strähne seines kinnlangen, braunen Haares hinter sein Ohr, und unterhielt sich intensiv mit seiner Banknachbarin Eva. Diese machte ihm eindeutig schöne Augen und flirtete, was das Zeug hielt. Sakura ignorierte jedoch Evas entzücktes Kichern, als Dennis eine lustige Geschichte erzählte.

Stattdessen beobachtete sie das Spiel seiner Armmuskeln, während er mit großen Gesten etwas erklärte. »Ist er nicht hinreißend?«, schwärmte sie.

Jacky runzelte misstrauisch die Stirn. »Ist er schon, aber er flirtet für meinen Geschmack zu sehr mit Eva herum. Dabei ist die nicht annähernd so hübsch wie du!« Sakura verstand, dass ihre Freundin sich Sorgen machte. Aber sie war sich sicher, dass Dennis kein Playboy war, der nur ein Abenteuer nach dem nächsten suchte. Er flirtete zwar gern, aber das machten doch alle Jungs in ihrem Alter.

»Ich hoffe bloß, der Typ bricht dir nicht das Herz. Sonst bekommt er Ärger mit mir!« Jackys Blick verfinsterte sich und Sakura lächelte ihre Freundin dankbar an. »Ich finde es wirklich toll, dass du mich vor ihm beschützen willst, aber das musst du nicht. Er wird mir nicht das Herz brechen. Wenn man so ein ehrliches Lächeln hat wie er, dann kann man doch gar kein schlechter Kerl sein.« »Hoffentlich hast du recht. Ich meine, zugegeben, er sieht wirklich gut aus. Ihr wärt ein tolles Paar«, gab Jacky zu und Sakuras Lächeln wurde breiter. »Jetzt muss es nur noch mit dem Date heute klappen«, stimmte sie zu. Jacky legte ihr beruhigend eine Hand auf die Schulter.

»Das wird schon, Sakura. Du fragst ihn nachher in der Pause, so wie wir es Letztens geübt haben, okay?« Sie nickte und kaute auf der Unterlippe herum. Im letzten Frühjahr hatte sie ein paar Dates mit einem Jungen aus der Realschule gehabt. Doch damals hatte er sie gefragt und letztendlich war nichts daraus geworden. Jetzt war sie es selbst, die die Initiative ergreifen wollte. Allein der Gedanke ließ ihr Herz wie verrückt schlagen und die Schmetterlinge begannen erneut einen wilden Walzer in ihrem Bauch zu tanzen.

»Du schaffst das, ich glaube an dich!«, sagte Jacky überzeugt. Sakura wünschte, sie hätte das gleiche Selbstvertrauen wie ihre Freundin. Jacky hatte überhaupt keine Probleme damit zu sagen, was sie dachte oder was sie wollte. Bevor sie sich jedoch weiter darüber Gedanken machen konnte, betrat bereits Herr Bräuer das Zimmer.

Sie zeigte Jacky kurz ihren nach oben gereckten Daumen, ehe sie sich den Ausführungen ihres Geschichtslehrers widmete. Der restliche Vormittag verging relativ schnell, allerdings schrieben sie einen unangekündigten Test in Mathe. *Meine Vorahnung war wohl richtig. Leider.*

Während ihr Mathelehrer Herr Wolff die Blätter austeilte, beschleunigte sich ihr Herzschlag immer mehr. In ihren Ohren rauschte das Blut und sie begann am hinteren Ende ihres Kugelschreibers herum zu nagen, während sich ihre linke Hand zu einer Faust verkrampfte. *Das schaffe ich niemals!*

Schon als sie die erste Aufgabe durchlas, hatte sie keine Ahnung, was sie tun sollte. Sie ging die Aufgabenstellung erneut durch, doch wieder kam ihr nicht die richtige Eingebung. Blanke Verzweiflung bohrte sich in ihren Magen und sie sah schwarze Punkte vor ihren Augen tanzen. *Ich hasse Mathe!*

Da wurde sie unvermittelt am Oberschenkel angetippt und ihr Kopf fuhr in Jackys Richtung. »Beruhige dich, Sakura. Du schaffst das schon!«, zischte ihre Freundin und deutete lächelnd mit dem Daumen nach oben. Diese Worte waren wie Balsam für ihre Seele und Sakura merkte, wie sich ihr Herzschlag etwas verlangsamte. Sie konnte wieder freier atmen und begann sich zu konzentrieren. Abermals las sie sich die erste Aufgabe durch und dieses Mal hatte sie eine ungefähre Ahnung, was der Lehrer von ihr wollte. Erleichtert fing sie an zu schreiben. Herr Wolff kam für ihren Geschmack jedoch viel zu schnell, um ihr Blatt wieder einzusammeln.

Sakura betete, dass sie einen Teil der Aufgaben richtig gelöst hatte und so wenigstens noch eine Vier schaffen würde. Eine Fünf oder gar eine Sechs konnte sie sich nicht leisten, denn das würde ihren bisher sehr guten Schnitt komplett ruinieren. Jacky klopfte ihr aufmunternd auf die Schulter und versuchte, ihr einzureden, dass es schon nicht so schlimm werden würde. »Du hast gut reden, du bist immerhin das Mathegenie von uns beiden«, entgegnete sie frustriert und Jacky grinste.

»Ja, aber dafür bist du besser in allen anderen Fächern. In Irgendwas muss ich ja auch mal auf Platz Eins sein«, konterte sie. Sakura war daraufhin schon wieder eher zum Lächeln zumute. Dann läutete es endlich zur Pause und sie sah, wie Dennis mit ein paar seiner Kumpel von dannen zog. Jacky nickte ihr zu und flüsterte: »Du kannst das!« Hastig sprang Sakura auf und lief der Gruppe hinterher. Die vier Jungs steuerten gerade die Treppe an, als sie sie endlich eingeholt hatte. »Dennis! Dennis, warte bitte kurz!«, rief sie außer Atem. Ihr Schwarm drehte sich überrascht zu ihr um. »Oh, hi Sakura. Was gibt's denn?«, fragte er. Seine Kumpel grinsten spöttisch, so als ahnten sie bereits, was sie vorhatte.

Nachdem sie wieder zu Atem gekommen war, meinte sie nur: »Lass uns dort drüben reden.« Sie deutete auf eine Nische in ein paar Metern Entfernung. Dennis nickte und folgte ihr zu dem gewünschten Rückzugsort. Hier konnte sie ungestört mit ihm reden. Sakura atmete einmal tief ein, knetete ihre Finger und starrte Dennis dann unverwandt an. »Dennis ich ... ich wollte dich etwas fragen. Also, äh, möchtest du vielleicht heute Abend mit mir auf ein ... ähm ... Date gehen?« Ihre Stimme war gegen Ende immer leiser geworden und vermutlich hatte er sie gar nicht wirklich verstanden. Das wäre so typisch für sie! Ihr Herz wummerte heftig, während sie auf seine Antwort wartete. Wieder rauschte es in ihren Ohren und ihre Hände fühlten sich mit einem Mal feucht an.

Dennis musterte sie für eine kleine Ewigkeit, ehe er dann lächelte und nickte. »Klar, warum nicht? Sollen wir ins Kino gehen? Es kommt gerade ein neuer Mysterythriller. Der Trailer sah ganz vielversprechend aus«, antwortete er. Für einen Augenblick wusste sie nicht, was sie sagen sollte, denn sie hatte nicht wirklich mit einer Zusage von ihm gerechnet. Dann räusperte sie sich und nickte hastig.

»Ja klar, gerne«, stammelte sie. Sein Lächeln wurde breiter und zwei Grübchen erschienen auf seinen Wangen. *Gott, ist das niedlich,* dachte sie und musste ein verzücktes Seufzen unterdrücken. »Okay. Treffen wir uns dann um halb acht am Kino in der City-Galerie?« Wieder schaffte sie nur ein Nicken und kam sich wirklich dämlich vor. »Cool, dann bis heute Abend«, meinte er noch, zwinkerte ihr zu und drehte sich um. Mit schnellen Schritten ging er zurück zu seinen Kumpels. Sakura sah ihm verträumt nach, während ihr Herz einen Luftsprung nach dem anderen zu vollführen schien.

Ihre Beine zitterten und sie musste sich erst einmal auf den Boden setzen. *Ich habe ein Date mit Dennis. Oh mein Gott – ich habe ein Date!* Sie konnte es kaum fassen und als ihr Gehirn es endlich begriff, stieß sie einen kleinen Jubelschrei aus. Ein paar Schüler warfen ihr irritierte Blicke zu und sie schlug sich peinlich berührt die Hand vor den Mund. »Das muss ich Jacky sagen. Die wird genauso begeistert sein wie ich!«, murmelte sie und sprang auf. Mit federnden Schritten lief sie schließlich zum vereinbarten Treffpunkt. Endlich hatte sie ihr erstes Date mit Dennis. Jetzt konnte ihr sogar eine Doppelstunde Sport am Nachmittag nicht mehr den Tag vermiesen.

UNHEIMLICHE ERSCHEINUNGEN

Als der Unterricht vorbei war, verabschiedete sich Sakura von ihrer Freundin und machte sich auf den Weg zur Bushaltestelle. Am Nachmittag würde sich Jacky noch um die letzten Vorbereitungen für die Party kümmern. Sakura hatte ihre Hilfe angeboten, aber Jacky hatte sich strikt geweigert. »Es soll doch eine Überraschung werden! Konzentriere du dich lieber auf dein Date heute Abend«, sagte sie voller Ernst und Sakura gab schließlich nach. Es bedeutete ihr sehr viel, dass ihre Freundin sich für die Feier so sehr ins Zeug legte. Im Bus holte sie ihren Skizzenblock hervor, den sie immer mit sich trug, und begann gedankenverloren zu zeichnen. Es war, als würde der Stift wie von selbst über das Papier gleiten und so realisierte sie erst zum Schluss, was sie eigentlich gezeichnet hatte: Es war ein Kirschbaum und darunter saß ein junges Paar. Dabei lag die Frau in den Armen des Mannes. Die Gesichter hatte sie schattiert und einige Blütenblätter schwebten durch die Luft.

Das habe ich doch im Traum gesehen! Merkwürdig, schoss es ihr durch den Kopf, während sie ihre Tasche schulterte und sich nachdenklich auf den Heimweg machte. In Gedanken über ihren Traum versunken, lief sie die Straße entlang zu ihrem Wohngebäude, als sie aus dem Augenwinkel eine Bewegung wahrnahm. Irritiert wandte sie den Kopf nach rechts und dachte zunächst, sie hätte sich das Ganze nur eingebildet. Doch dann sah sie hinter einem der Büsche im Vorgarten des Nachbargebäudes eine kleine dunkle Gestalt kauern.

Ein leises Knurren war zu hören. *Ob das ein kleiner Hund ist, der sich vielleicht verirrt hat,* überlegte sie und machte einen Schritt darauf zu. »Keine Sorge, kleiner Kerl, ich helfe dir«, sagte sie mit ruhiger Stimme, um das Tier nicht unnötig zu verängstigen. Sie war noch knapp eineinhalb Meter von dem Busch entfernt, da erzitterte er und ein äußerst fremdartiges Wesen sprang daraus hervor. Es hatte starke Ähnlichkeiten mit einem großen Hasen. Allerdings wuchsen aus seinen Seiten seltsamerweise Entenflügel und auf seinem Kopf thronte eine Art Hirschgeweih.

Das grotesk aussehende Wesen musterte sie aus rotglühenden Knopfaugen und Sakura kam es so vor, als könnte es direkt in ihre Seele blicken. Ein kalter Schauer rann über ihren Rücken und ihre Nackenhaare stellten sich auf. Das Wesen starrte sie immer noch an. Ohne zu blinzeln. Unsicher stolperte sie ein paar Schritte zurück. Erneut hörte sie ein Knurren; es kam eindeutig von diesem Vieh! *Was ist das nur für eine Kreatur? So ein Tier gibt es doch gar nicht! Hat sich da etwa jemand einen Spaß erlaubt und dem armen Ding Flügel und ein Geweih angeklebt?* Sie konnte die Situation überhaupt nicht einschätzen und fühlte sich mehr als unwohl in ihrer Haut. Es war nur ein seltsam aussehender Hase. Doch alles in ihr schrie danach, ihm auf keinen Fall zu Nahe zu kommen.

Das ist doch verrückt! Ist das der Stress? Oder halluziniere ich? Der Blick des Wesens hielt sie so sehr im Bann, dass sie sich nicht bewegen konnte. Ihre Hände begannen zu schwitzen. Fast so wie am Morgen, als sie Dennis nach dem Date gefragt hatte. In ihrer Kehle bildete sich ein dicker Kloß, der ihr das Schlucken erschwerte. *Was soll ich nur tun? Ist es überhaupt echt oder bilde ich mir das Alles ein? Ist das die Aufregung vor dem Date?* Diese und andere Gedanken wirbelten unaufhörlich durch ihren Kopf. Das Tier nahm ihr schließlich die Entscheidung ab, löste den stechenden Blick von ihr und sprang mit ein paar gewaltigen Sätzen davon. Nach ein paar Metern sah es noch einmal zu ihr zurück und erneut erschauderte sie unter seinem durchdringenden Blick. Dann hüpfte es um den Fahrradschuppen ihres Wohnhauses und war verschwunden.

Mehrere Herzschläge lang blieb sie noch dort stehen und starrte dem Hasenvieh hinterher. Erst als sie sich sicher war, dass es nicht wieder zurückkehrte, löste sie sich aus ihrer Starre. Mit steifen Schritten marschierte sie zu ihrem Wohnhaus und öffnete mit fahrigen Fingern die Eingangstüre. Hastig eilte sie die Treppe hinauf zur Wohnung und musste sich zusammenreißen, nicht über die Schulter zu blicken. Kaum hatte sie die Wohnungstür hinter sich geschlossen, lehnte sie sich dagegen. Dann schloss sie die Augen, um ein paar Mal tief durch zu atmen.

Ihr Puls verlangsamte sich und der Kloß in ihrer Kehle begann sich langsam aufzulösen. Energisch schüttelte sie den Kopf und versuchte, die roten Augen des merkwürdigen Viehs zu verdrängen. *Das Tier war nicht echt. Ich bin sicher einfach nur gestresst wegen des Dates heute,* redete sie sich ein und nickte wie zur Bestätigung. Sie entledigte sich ihrer Turnschuhe, legte die Schultasche auf die Garderobenbank und lief in die Küche. Dort machte sie sich erst einmal ein Käsesandwich, bevor sie sich frisch gestärkt ihren Hausaufgaben widmete. Mit Mathe hatte sie zwar ein wenig zu kämpfen, aber zur Not konnte sie sicher morgen von Jacky abschreiben. Immerhin wusste ihre Freundin schon seit der Realschule von ihrem Matheproblem.

Es war bereits kurz nach vier, als sie endlich den Stift beiseitelegen konnte. Sie streckte sich und ließ den Kopf kreisen, um ihren Nacken zu entspannen. Ihr blieben noch gut drei Stunden, um sich auf das Date vorzubereiten. Allein der Gedanke ließ die Schmetterlinge in ihrem Bauch erneut herumflattern und sie lächelte in freudiger Erwartung. Aufgeregt klatschte sie in die Hände und erhob sich voller Tatendrang. Im Badezimmer gönnte sie sich eine lange warme Dusche. Sie wusch ihr Haar mit ihrem Lieblingsshampoo, das zart nach Kirschen duftete. Nachdem sie sich noch mit einer Bodylotion eingecremt hatte, wickelte sie sich in ein dickes Handtuch.

Sie tappte zurück in ihr Zimmer und stand nun vor einem typischen Problem: Was sollte sie nur anziehen? Sie zog mehrere Oberteile aus dem Schrank, die dann doch nicht geeignet schienen, und war schon fast am Verzweifeln. Dann stach ihr jedoch ein jadegrünes Top ins Auge und sie zog es eilig aus dem Kleiderstapel. Es hatte leichte Trompetenärmel und einen V-Ausschnitt. Erleichtert, etwas Passendes gefunden zu haben, schlüpfte sie hinein und betrachtete sich im Spiegel. Der Ausschnitt war glücklicherweise nicht so tief, dass es aufdringlich wirkte. Sie schenkte ihrem Spiegelbild ein zufriedenes Lächeln und schlüpfte in eine schwarze Röhrenjeans.

Zurück im Bad föhnte sie ihr Haar und flocht daraus einen aufwändigen Fischgrätzopf. Am Ende trug sie noch etwas Lidschatten und einen rosa Lippenstift auf. Normalerweise schminkte sie ihre Lippen nur bei besonderen Anlässen. *Aber heute ist ja ein besonderer Anlass,* schoss es ihr durch den Kopf und sie musste grinsen. Wieder kribbelte es in ihrem Bauch. Sie fragte sich gerade, was Dennis wohl zu ihrem Outfit sagen würde, als sie die Stimme ihrer Mutter vernahm. »Sakura? Bist du da?«, rief sie und Sakura öffnete die Badezimmertür.

»Ja, *haha*, ich bin hier«, erwiderte sie und ihre Mutter hob überrascht die Brauen bei ihrem Anblick. »Wo willst du denn noch hin?«, fragte sie und stellte eine Tasche mit Einkäufen ab, ehe sie ihre Jacke auszog. Das war eine berechtigte Frage, immerhin ging Sakura nicht oft aus. Ihre Priorität lag bei der Erledigung ihrer Schulaufgaben. Was nicht hieß, dass sie nur still in ihrem Zimmer hockte und büffelte. Im Gegenteil. Sie genoss die regelmäßigen Unternehmungen mit ihrer besten Freundin. Ab und an traf sie sich auch mit zwei Freundinnen aus ihrem Kunstkurs. Allerdings war Dennis erst der zweite Junge, mit dem sie sich verabredete.

»Ich habe ein Date«, erklärte sie daher etwas nervös und ihre Mutter blinzelte erstaunt. »Ach? Mit wem? Geht er auf deine Schule?« Sakura trat verlegen von einem Bein auf das andere. Sie knetete ihre Finger, während sie antwortete: »Er heißt Dennis und geht in meine Klasse. Er ist wirklich ... super süß.« Allein bei der Nennung seines Namens musste sie lächeln und ihre Mutter grinste ungeniert. »Oha, hat es dich etwa so erwischt?« Sakura zuckte mit den Schultern. »Wer weiß«, gab sie nur zurück. Ihre Mutter wurde wieder ernst und hob die Einkaufstasche vom Boden. »Na, ich hoffe, er behandelt ich anständig«, meinte sie noch, ehe sie in die Küche verschwand.

»Bestimmt. Wir sind später in der City-Galerie im Kino verabredet«, sagte sie und folgte ihrer Mutter. »Willst du dann überhaupt etwas zum Abendessen?«

Sakura überlegte und strich sich über den Bauch, in dem es bereits wieder kribbelte. Dann schüttelte sie entschieden den Kopf. »Ich glaube nicht. Ich bekomme wahrscheinlich keinen Bissen runter. Vielleicht esse ich einfach etwas Popcorn im Kino«, erwiderte sie und ihre Mutter nickte verstehend. »In Ordnung. Dann mache ich mir nur eine Kleinigkeit. Du kannst mir ja in der Zwischenzeit erzählen, was du so toll an diesem Dennis findest.« Sie zwinkerte und Sakura spürte, wie ihre Wangen heiß wurden.

»Na ja ... er sieht natürlich sehr gut aus. Er macht viel Sport in seiner Freizeit. Ich habe gehört, er leitet sogar eine Kinderfußballgruppe«, begann sie und ihre Mutter hob die Brauen. »Also ein sportlicher Sunnyboy, der gut mit Kindern kann? Na, wenn das mal nicht der perfekte Schwiegersohn wäre«, meinte sie schmunzelnd. Sie zwinkerte Sakura zu, die daraufhin die Augen verdrehte. »Jetzt übertreib mal nicht gleich«, protestierte sie und ihre Mutter lachte. »Und weiter?« Sie sah zu, wie ihre Mutter ein paar Zutaten aus dem Kühlschrank nahm und druckste verlegen herum. »Seine Augen sind einfach der Wahnsinn. So grün wie die frischen Blätter eines Kirschbaums. Und ich bin sicher, dass man darin ein paar dunkle Sprenkel sehen kann. Allerdings bin ich ihm bis jetzt noch nicht nahe genugt gekommen, um das überprüfen zu können.« »Nun, vielleicht ist ja heute dein Glückstag, was das angeht«, erwiderte ihre Mutter verschmitzt und Sakura nickte. *Das hoffe ich auch.*

»Du schaffst das schon, Liebes. Wenn er dich auch mag, dann wird das sicher ein schöner Abend«, versicherte ihre Mutter. Sakura lächelte. »Danke, *haha*«, sagte sie und ihre Mutter strich ihr sanft eine lose Haarsträhne hinters Ohr. Dann widmete sie sich wieder der Zubereitung des Abendessens. Sakura sah ihr dabei zu, während ihr selbst ganz flau im Magen wurde. Immer wieder glitt ihr Blick zu ihrer Armbanduhr. Ungeduldig trommelte sie mit den Fingern auf ihren Unterarm und wartete darauf, dass sich der kleine Zeiger endlich in Richtung der Sieben bewegte. »Wann musst du los?«, fragte ihre Mutter und goss die Nudeln ab. Sakura seufzte leise. »Um sieben. Wir treffen uns um halb acht am Kino.«

»Ach, das ist ja gleich. Na los, zieh dir doch schon einmal deine Schuhe an. Du kannst es doch sowieso kaum noch erwarten.« Ihre Mutter hatte recht und so folgte sie dem Vorschlag und zog ihre schwarzen Stiefeletten an. »Hast du alles, was du brauchst?« Sie bejahte und ihre Mutter wünschte ihr noch einen schönen Abend. »Bis später«, rief Sakura noch, dann verließ sie die Wohnung und machte sich auf den Weg zur Bushaltestelle. In ihrem Bauch schienen die Schmetterlinge mittlerweile wieder eine Party zu feiern und ihr Herzschlag beschleunigte sich mit jedem Schritt.

Der Bus kam glücklicherweise pünktlich und zwanzig Minuten später stand sie bereits vor dem Eingang des Kinos. Dennis war noch nicht da und sie spielte unsicher mit ihrem Zopf. *Hoffentlich kommt er bald,* dachte sie und musste den Impuls unterdrücken, wieder auf ihre Armbanduhr zu starren.

Sie beschloss, drinnen auf ihn zu warten. Die Sonne war kurz davor hinter dem Horizont zu verschwinden und es wurde nun doch ein wenig frisch. Also wartete sie in der Nähe der Tür auf ihn und strich erneut fahrig über ihren Zopf.

Mehrere junge Pärchen betraten das Foyer des Kinos und sie bemühte sich, sie möglichst unauffällig zu beobachten. Wehmütig, und auch ein wenig neidisch, blickte sie auf die ineinander verschränkten Hände der Verliebten. Doch dann versuchte sie, positiv zu denken. *Vielleicht wird aus Dennis und mir ja auch bald ein Paar.*

Sie seufzte verträumt auf und endlich konnte sie Dennis Gesicht zwischen einigen anderen Kinobesuchern ausmachen.

Er blickte sich suchend um und sie hob die Hand, um ihn auf sich aufmerksam zu machen. Als er sie erkannte, machte er ein paar rasche Schritte in ihre Richtung und blieb dann keinen Meter vor ihr stehen. Er musterte sie von oben bis unten und stieß einen anerkennenden Pfiff aus. »Hallo schöne Frau«, begrüßte er sie und lächelte charmant. Geschmeichelt erwiderte sie sein Lächeln und meinte: »Hallo.

Ich bin froh, dass du gekommen bist.« »Dachtest du, ich kneife?«, neckte er sie und sie zuckte die Schultern. »Vielleicht?«, stieg sie darauf ein und er grinste. »Bei diesem schönen Anblick wäre ich doch ein Idiot das Date sausen zu lassen«, erklärte er und bot ihr seinen Arm an. Sakura konnte darauf nichts erwidern und nahm schweigend den Arm an. Ihr Herz wummerte und seine Schmeicheleien hüllten sie ein, wie in einen dicken rosa Wattebausch.

Dennis führte sie zu einer der Kassen und zahlte beide Tickets, wobei er ihren Protest gekonnt ignorierte. »Beim ersten Date lädt der Mann die Dame immer ein«, erklärte er bestimmt. Sakura spürte, wie ihre Wangen anfingen zu glühen. »Danke«, nuschelte sie und nahm ihre Karte entgegen. Dennis zwinkerte ihr zu und gemeinsam stellten sie sich in die Schlange vor dem Popcornstand. Natürlich bezahlte er auch ihre Verpflegung und Sakura fühlte sich einerseits ein wenig unwohl in ihrer Haut, da sie so etwas nicht gewohnt war. Andererseits war es auch sehr romantisch, von Dennis so zuvorkommend behandelt zu werden.

Sie folgte ihm in den Kinosaal und ließ sich neben ihm in der Mitte der Reihe nieder. Das weiche Sitzpolster war sehr bequem und sie wollte in diesem Moment an keinem anderen Ort dieser Welt sein. Ihre Haut glühte an den Stellen, an denen er sie wie zufällig berührte und sie seufzte schwärmerisch. »Wenn es zu gruselig für dich sein sollte, kannst du gern meine Hand halten«, bot er ihr an. Ehe sie etwas Peinliches sagen konnte, schob sie sich hastig etwas Popcorn in den Mund. Dennis grinste und legte seine Hand neben ihre auf die Armlehne zwischen ihnen.

Kurz darauf verdunkelte sich der Kinosaal und nach der obligatorischen Werbung begann endlich der Film. Er war an manchen Stellen tatsächlich ein wenig zu brutal für ihren Geschmack. Sie war definitiv kein Fan von übermäßigem Nervenkitzel und Gewalt. Aber was tat man nicht alles für die Liebe? Wenigstens war die Handlung nachvollziehbar. Zögerlich griff sie nach Dennis` Hand. Er drückte sanft ihre Finger und Sakura konnte sich daraufhin beinahe nicht mehr auf den Film konzentrieren. *Hoffentlich beginnt meine Hand nicht zu schwitzen,* schoss es ihr durch den Kopf. Dabei schielte sie kurz zu ihrem Schwarm, der jedoch gebannt auf die Leinwand starrte. *Wäre meine Hand schwitzig, hätte er mich sicherlich bereits losgelassen,* überlegte sie und drückte ebenfalls einmal seine Hand.

Nach knapp zwei Stunden war der Film vorbei und Sakura fühlte sich immer noch wie berauscht von Dennis` Nähe.

»Na wie hat dir der Film gefallen?«, fragte er, als sie aus dem Saal schlenderten. Sie überlegte einen Moment. »Er war tatsächlich ganz cool. Nur an manchen Stellen etwas zu brutal«, gab sie zu und er nickte bestätigend. »Das habe ich gemerkt.«

Ein Schmunzeln trat auf seine Lippen und sie sah verlegen auf ihre Schuhe. »Muss dir doch nicht peinlich sein. Ich habe es dir ja angeboten«, kommentierte er und sie nickte, immer noch peinlich berührt. »Soll ich dich noch zur Bushaltestelle begleiten?«, fragte er und Sakura war froh, dass er nicht gleich die Biege machen wollte. »Sehr gern«, erwiderte sie und hakte sich wieder bei ihm unter.

Die Haltestelle lag nicht weit entfernt und sie genoss den kurzen Weg dorthin. Trotzdem wäre es ihr lieber gewesen, wenn sie sich noch ein wenig unterhalten hätten. Die Luft war angenehm kühl, nach der drückenden Wärme des Kinosaals. »Kommst du morgen wirklich zu meiner Party?«, fragte sie schließlich in die Stille hinein. Das Schweigen, das zwischen ihnen herrschte, war ihr unangenehm. »Ich denke schon«, erwiderte er und legte seinen Arm wie beiläufig um sie. Hitze schoss durch ihren Körper und ließ ihr Herz vor lauter Freude erneut ganz flatterig werden. *Ob er mich jetzt küsst?*

Ihre Kehle wurde ganz trocken bei dem Gedanken und sie benetzte unsicher ihre Lippen. Tatsächlich beugte er sich ein wenig zu ihr vor und Sakura versank beinah in seinen grünen Augen. *Er hat wirklich ein paar braune Sprenkel darin. So wunderschön ...* Mittlerweile trennten sie nur noch wenige Zentimeter von seinem Gesicht. Ein herber Duft kitzelte sie in der Nase, vermutlich von seinem Deo. Es roch holzig frisch und sie atmete tief ein. Gerade wollte sie die Augen schließen, in freudiger Erwartung auf einen zärtlichen ersten Kuss, da nahm sie aus dem Augenwinkel plötzlich eine Bewegung wahr. Irritiert drehte sie leicht den Kopf. Sie hatte gedacht, sie wären allein. Die Ursache dieser unwillkommenen Ablenkung ließ ihr jedoch beinahe das Blut in den Adern gefrieren. Gut einen Meter neben ihr und Dennis saß im Lichtschein einer Straßenlaterne ein großer Hase. Mit Entenflügeln und Geweih.

Sie keuchte erschrocken auf und wich zurück, was Dennis mit einem überraschten Laut quittierte. »Was hast du? War das zu schnell?« Er wirkte fast verärgert über ihren Rückzieher. »N-nein, das ist es nicht!«, protestierte sie und starrte immer noch auf den merkwürdigen Hasen. Dieser starrte zurück und wieder schien es, als könnte er tief in ihre Seele blicken. »Und was ist es dann?« Dennis klang nun wirklich genervt und Sakura konnte nicht verstehen, warum er wütend auf sie war. Sah er dieses Vieh etwa nicht? »Na deswegen!«, rief sie also etwas ärgerlicher als beabsichtigt und deutete auf das Wesen vor ihnen.

Dennis hob die Augenbrauen und starrte zu der Stelle, auf die sie zeigte. »Wegen einem Stein?« Seine Stimme klang verwirrt und wütend zugleich, doch Sakura nahm dies nur nebenbei zur Kenntnis. *Er hat den Hasen nicht gesehen? Oder verarscht er mich?* »Doch nicht wegen einem Stein. Wegen dem Vieh, das dort sitzt«, versuchte sie es erneut und ihre Stimme überschlug sich beinahe. »Du kannst es doch auch sehen, oder?«, fügte sie unsicher hinzu und kalter Schweiß rann ihr über den Rücken. Dennis warf ihr einen Blick zu, der eindeutig sagte, dass sein Interesse an ihr erloschen war. »Was für ein Vieh? Ich sehe nichts!«, rief er und es war klar, dass er sich veralbert vorkam.

»Aber ... da sitzt doch ein Hase«, stammelte sie und sah hektisch zwischen ihm und dem Biest hin und her. *Er sieht es nicht. Warum sieht er es nicht? Bin ich jetzt völlig verrückt?* Ihr Herz schlug wie ein verängstigter Vogel in ihrer Brust. Warum konnte sie Wesen sehen, die nicht real waren? Ihre Gedanken rasten und versuchten, eine Antwort darauf zu finden. Doch sie drehten sich nur wirr im Kreis und sie kam zu keiner vernünftigen Lösung.

»Also wenn du nur mit mir ins Kino gehen wolltest, um mich zu verarschen, dann– « »Nein! Ich wollte mit dir ins Kino, weil ich dich mag. Ich ... vielleicht war der Film doch nicht das Richtige für mich. Tut mir leid.« Sie lächelte versöhnlich und versuchte, das Tier aus ihren Gedanken zu verdrängen. Doch das war leichter gedacht, als getan. Auch als sie sich abwandte, konnte sie den stechenden Blick im Nacken spüren. Dennis musterte sie derweil abschätzig und war sich offenbar nicht sicher, ob er ihr glauben sollte oder nicht. Sie lächelte noch immer und strich sich fahrig durch einige Strähnen ihres Zopfes. Sie mussten sich während des Kinobesuchs gelockert haben.

Ein schweres Seufzen lenkte ihren Blick zurück zu ihrem Schwarm. »Okay, also vielleicht solltest du wirklich keine Mysterythriller mehr ansehen, wenn du danach irgendwelche komischen Viecher auf dem Heimweg siehst«, meinte er und klang nicht mehr ganz so genervt. »Ja, da hast du wohl recht«, gab sie zu und biss sich auf die Unterlippe. Er nickte und sein Blick verharrte für einen Moment auf ihren Lippen. Doch der Augenblick war vorbei und Sakura hätte das Hasenvieh dafür am liebsten getreten.

Kurz darauf erschien endlich der Bus und sie stiegen ein. Während der Fahrt sprachen sie kein Wort miteinander und Sakura schämte sich für die Szene, die sie gerade gemacht hatte. Das Schlimmste jedoch war ein Gedanke, der sich wie ein kalter Stachel in ihren Verstand bohrte: Sie konnte Dinge sehen, die niemand sonst sah. Doch sie konnte sich nicht erklären, warum das so war. *Werde ich jetzt verrückt? Ist es der Stress in der Schule? Warum sehe ich immer wieder diesen Hasen?* Diese Gedanken kreisten unablässig in ihrem Kopf umher und beinahe hätte sie sogar verpasst, dass Dennis aufstand, um auszusteigen. »Bis morgen«, meinte er und hob die Hand zum Abschied. »Danke für den Abend. Er war schön … bis auf das Ende«, meinte sie und er nickte ernst. »Gute Nacht«, sagte er noch, dann stieg er aus und sie sank wehmütig zurück in ihren Sitz.

Ich hab es verbockt. Dabei wollte ich das gar nicht. Warum passiert mir das nur? Sakura fühlte sich elend und ein Kloß bildete sich in ihrem Hals. Als sie die Augen schloss, um sich ein wenig zu sammeln, konnte sie wieder dieses Wesen vor sich sehen. Das Geweih und die Entenflügel, die so grotesk wirkten. Und der durchdringende Blick aus den rot glühenden Augen, der ein ungutes Gefühl in ihr auslöste. Ganz so, als würde demnächst etwas noch Unheimlicheres passieren.

GEBURTSTAGSGLÜCK

Dunkelheit hüllte sie ein, wie ein dicker, schwerer Mantel, der sie langsam zu ersticken drohte. Verängstigt sah sie sich um, doch überall herrschte nichts als tiefe, drückende Schwärze. Ihre Angst wandelte sich in blanke Panik. Sie bekam keine Luft! Ihr Herz hämmerte gegen ihre Brust und sie schnappte keuchend nach Atem, doch ihre Lungen füllten sich kaum mit Sauerstoff. Sie wollte schreien, aber kein Laut drang über ihre Lippen. Und dann hörte sie es. Zunächst nur ganz leise und sie war sich schon sicher, es sich eingebildet zu haben. Doch da war es wieder! Leise drang eine Stimme an ihr Ohr. »Sakura. Sakura«, wisperte sie sanft und beinahe tröstlich.

Verwundert sah sie sich um, doch noch immer konnte sie nichts erkennen. Halt! War da gerade nicht ein kleines Licht aufgeflackert? »Sakura, komm zu mir«, lockte die Stimme und dieses Mal war sie sich ganz sicher, ein Licht zu sehen. Es schien nicht weit fort zu sein, doch sie konnte die Entfernung in der Schwärze nicht genau einschätzen. »Komm zu mir, Sakura.« Wieder dieses Wispern, etwas lauter dieses Mal. Sie spürte einen inneren Drang, der Stimme zu folgen.

Unsicher hob sie ihr Bein und tastete sich zögernd einen Schritt nach vorne. Der Boden, auf dem sie stand, schien wohl noch weiter zu führen. Gerade wollte sie einen weiteren Schritt machen, als sie innehielt. Sollte ich dieser unbekannten Stimme überhaupt vertrauen? Was wenn sie mich in eine Falle lockt? *Ihr Atem ging immer noch flach, auch wenn sie jetzt nicht mehr das Gefühl hatte, von der Dunkelheit erdrückt zu werden.*

»Sakura. Komm zu mir.« Die Stimme klang jetzt noch freundlicher, noch verlockender und sie trat noch einen Schritt auf sie zu. »Ja, komm zu mir«, sprach die Unbekannte. Sakura war sich sicher, dass es ich um die Stimme einer Frau handelte. Sie hatte gerade noch zwei Schritte getan, als ein Ruck durch ihren Körper ging. Die Dunkelheit begann zu schwinden, das Licht wurde heller und blendete sie beinahe. Die Stimme indes wurde leiser, bis sie fast nicht mehr zu hören war. »Sakura? Komm schon, wach auf, Liebes«, hörte sie eine andere, vertrautere Stimme sagen. Ein Lächeln trat auf ihre Lippen. Die Dunkelheit verschwand vollends, ihre Angst ebbte ab und sie konnte endlich wieder frei atmen.

Langsam schlug sie die Augen auf und musste ein paar Mal blinzeln, ehe sie klar sehen konnte. Ihre Mutter saß an ihrem Bett und schenkte ihr ein fröhliches Lächeln. In den Händen hielt sie einen kleinen Kuchen, auf dem ein Schokoladenherz prangte. Darauf hatte sie mit Zuckerguss *Happy Birthday,*

Sakura! geschrieben. Erleichtert richtete Sakura sich auf und erwiderte das Lächeln ihrer Mutter. »Guten Morgen, Liebes. Alles, alles Gute zu deinem Geburtstag!«, wurde sie begrüßt. Ihre Mutter drückte ihr einen Kuss auf die Stirn, bevor sie den Kuchen auf Sakuras Nachttisch abstellte.

»Danke, *haha*. Hast du den Kuchen etwa selbst gebacken?« Ihre Mutter nickte und meinte stolz: »Ich bin heute extra früher aufgestanden, er ist also ganz frisch. Magst du ihn gleich probieren?« »Auf jeden Fall«, stimmte sie zu und ihre Mutter lachte leise. »Das hab ich mir gedacht.« Sie schnitt ein Stück ab und reichte es an Sakura weiter. Der Kuchen schmeckte herrlich! Genau die richtige Mischung aus Schokolade, Sahne und Früchten. Glücklich seufzend schloss sie die Augen und kaute zufrieden. *So lässt es sich leben!* Zärtlich strich ihr ihre Mutter über das Haar. »Ich lass dich mal mit deinem Kuchen alleine. Wenn du fertig bist, wartet im Wohnzimmer eine Überraschung auf dich.«

Erstaunt schlug Sakura die Augen auf und sah noch, wie ihre Mutter augenzwinkernd den Raum verließ. Hastig aß sie den Rest des Kuchenstücks auf und verschluckte sich dabei fast, bevor sie aufsprang und ins Wohnzimmer eilte. Dort lag ein kleiner bunter Stapel Geschenke auf dem Couchtisch, der ihr ein breites Grinsen ins Gesicht zauberte. Sie kniete sich neben das Tischchen und nahm das erste Paket vom Stapel.

Es war eine kleine hellblaue Schachtel, verziert mit einer weißen Schleife.

Neugierig öffnete sie den Deckel und spähte hinein. Ein schwarzer Schlüssel, ähnlich dem Autoschlüssel ihrer Mutter lag darin, zusammen mit einem Foto. Verdutzt zog sie das Foto aus der Schachtel und betrachtete es. Darauf war ein weißer Vespa-Roller zu sehen, auf dem kleine Kirschblütensticker klebten. Neben dem Roller stand der alte Ford ihrer Mutter, was wohl bedeutete ...

Ungläubig schlug sich Sakura eine Hand vor den Mund und starrte noch einige Sekunden weiter auf das Bild. Sie konnte es nicht fassen! Ihre Mutter hatte ihr tatsächlich einen Roller geschenkt! »Gefällt er dir?«, fragte sie hinter ihr und Sakura nickte stumm. Sie war immer noch überwältigt davon, dass ihre Mutter ihr ein solch tolles Geschenk gemacht hatte.

»Er ist von mir und deinem Vater zusammen. Ich hatte ihn darum gebeten mich bei deinem Geschenk für deinen achtzehnten Geburtstag zu unterstützen und er hat zugestimmt. Na ja, und weil du letztes Jahr doch deinen Rollerführerschein bestanden hast, dachte ich mir, es wäre das perfekte Geschenk für dich. Jetzt bist du endlich ein wenig unabhängiger von mir.« Sakura stiegen vor Rührung ein paar Tränen in die Augen.

»Danke, *haha*! Das ist das beste Geschenk, das ich je bekommen habe!« Sie umarmte ihre Mutter stürmisch. Diese lachte auf und erwiderte die Umarmung innig. »Willst du ihn dir nicht ansehen?«, fragte sie amüsiert und Sakura nickte eifrig. »Ich ziehe mir schnell noch etwas an«, rief sie, während sie schon zurück in ihr Zimmer flitzte. Rasch schlüpfte sie in eine kurze Hose und ein T-Shirt, bevor sie in den Flur lief. Dort wartete ihre Mutter bereits mit dem Schlüssel in der Hand.

»Aber wenn du ihn testest, dann bitte nur eine kleine Runde, ja?«, mahnte ihre Mutter und Sakura bejahte artig. Sie nahm ihr den Schlüssel ab und drückte ihr noch einen Kuss auf die Wange. »Ich bin in zwanzig Minuten wieder da, versprochen!« Glücklich eilte sie die Treppen hinunter, bis sie schließlich die Tiefgarage erreichte und tatsächlich stand dort, wie auf dem Foto festgehalten, der kleine Roller neben dem Ford ihrer Mutter.

Sakura musste ein freudiges Quietschen unterdrücken, während sie den Roller genauer betrachtete. Ein farblich passender Helm baumelte am Lenker. Diesen setzte sie gleich auf, er passte perfekt. Dann schwang sie ein Bein über den Sitz und ließ sich auf das weiche rosafarbene Leder sinken. Freudige Aufregung durchzuckte ihren Körper, als sie den Schlüssel in die Zündung steckte und den Motor startete. Dann war es auch schon soweit, ihre allererste Spritztour konnte losgehen! Ihr Herz hüpfte vor Aufregung und sie lenkte das Gefährt auf die Straße, bevor sie Gas gab. Der Roller sauste voran und Sakura lachte, während sie eine kleine Runde um den Block drehte.

Es war einfach herrlich! Endlich war sie nicht mehr auf ihre Mutter oder den Bus angewiesen, um von A nach B zu gelangen. Sie war frei!

Und sogar ihr Vater hatte einen Teil dazu beigetragen. Dabei waren seit der Trennung ihrer Eltern vor zwölf Jahren noch nie Geschenke von ihm gekommen. Sakura hielt auch nur sporadisch per E-Mail Kontakt. Trotzdem freute sie sich darüber, dass er ihr wenigstens zur Volljährigkeit etwas geschenkt hatte. Ihre Mutter hatte sicherlich ihre ganze Überzeugungskraft dafür aufbringen müssen. Bei dem Gedanken seufzte sie leise. Schließlich beschleunigte sie, um zu sehen, wie schnell die Vespa werden konnte.

Die Fahrt machte wirklich Spaß und die enttäuschenden Gedanken an ihren Vater verblassten so schnell, wie sie gekommen waren. Alles in allem war der Roller ein wundervolles Geschenk.

Wehmütig stellte sie die Vespa ein paar Minuten später wieder neben dem Ford in der Garage ab. Sie wäre gerne noch länger mit ihr gefahren. »Aber ich könnte heute Nachmittag ja damit zu Jacky düsen. Die wird Augen machen!«, überlegte sie. Bei dem Gedanken an Jackys Gesichtsausdruck, wenn diese den Roller sah, musste sie grinsen. Schließlich eilte sie wieder nach oben in die Wohnung, um dort noch ihre restlichen Geschenke auszupacken.

Danach gönnte sie sich mit ihrer Mutter ein ausgiebiges Frühstück. »Wie war denn eigentlich dein Date gestern?« Sakura hielt mitten in der Bewegung inne und starrte auf ihre Hände. Das katastrophale Ende des Dates hatte sie über Nacht erfolgreich verdrängt. Doch jetzt kehrte die Erinnerung mit voller Wucht zurück. »Es war ... ganz nett«, antwortete sie und versuchte, ein Lächeln aufzusetzen. Misstrauisch hob ihre Mutter die Brauen. »Hat er dich etwa begrapscht?« Sie klang alarmiert. »Nein! Oh Gott, was denkst du nur?«, widersprach Sakura heftig und ihre Mutter entspannte sich sichtlich.

»Was war es dann?« Sakura schluckte. Die Wahrheit konnte sie ihr nicht sagen. Ihre Mutter würde sich nur unnötig sorgen. Immerhin war es nicht normal, sich eigenartige Wesen einzubilden. »Der Film war einfach nicht meins«, erklärte sie deshalb, was nicht einmal ganz gelogen war. »Achso. Aber der Junge war anständig zu dir?« Sakura nickte heftig und ihre Mutter beließ es glücklicherweise dabei. Sie hätte nicht gewusst, was sie sagen sollte, hätte ihre Mutter weiter nachgebohrt. Sie verstand ja selbst nicht, was passiert war. Erst wurde sie von merkwürdigen Träumen geplagt und dann bildete sie sich auch noch diese Wesen ein.

Sakura schüttelte den Kopf, um die trüben Gedanken zu vertreiben. Doch ein bitterer Beigeschmack blieb zurück und so konnte sie sich nicht mehr ganz so sehr auf das Frühstück konzentrieren. Ihre Mutter warf ihr noch einen letzten besorgten Blick zu, doch sie schwieg. Vermutlich wollte sie sich nicht mehr als nötig einmischen, jetzt da Sakura volljährig war.

Einerseits freute es sie, dass ihre Mutter ihr Schweigen akzeptierte, andererseits hätte sie gerne mit ihr über die merkwürdigen Ereignisse geredet. Doch ihre Mutter war der rationalste Mensch, den sie kannte, also kam das definitiv nicht in Frage. So schob sie das Bedürfnis zu reden beiseite und versuchte, sich so normal wie möglich zu verhalten. Sie war sich allerdings nicht ganz sicher, ob ihre Mutter ihr die Scharade abkaufte.

Am Nachmittag konnte sie es dann kaum noch erwarten, Jacky die Vespa zu präsentieren. Die Ablenkung würde ihr sicher guttun. Tatsächlich machte Jacky ein ebenso ungläubiges Gesicht wie Sakura wenige Stunden zuvor und diese konnte sich daraufhin ein Lachen nicht verkneifen. »Wow, das ist wirklich ein megacooles Geburtstagsgeschenk! Ich bin echt neidisch. Aber hey, jetzt musst wenigstens *du* nie wieder den lahmen Bus nehmen!« »Das stimmt. Ich bin endlich frei«, erwiderte sie amüsiert und ihre Freundin grinste.

»Na dann, komm mal rein. Hier warten ja auch noch Geschenke auf dich!«, meinte Jacky überschwänglich. Sakura trat nur zu gerne ein. Neben Jacky gratulierten ihr auch deren Eltern und Geschwister. Sakura bedankte sich gerührt bei allen und hatte sogar einen kleinen Kloß im Hals. »Das wäre doch nicht nötig gewesen«, stammelte sie verlegen, als ihr Jackys Eltern ein Geschenk überreichten. »Ach was, meine Liebe! Man wird nur einmal achtzehn in seinem Leben und wir kennen uns doch schon so lange«, winkte Jackys Mutter Rita ab und Sakura umarmte sie dankbar, bevor sie das Geschenk öffnete.

In der Schachtel lagen ein silberner Schlüsselanhänger in Form eines Kleeblatts und ein Kinogutschein. »Es ist nichts Großes, aber ich habe von deiner Mutter erfahren, dass du einen Roller bekommst und da dachte ich mir, der Anhänger würde dir sicher gefallen. Und den Kinogutschein kannst du vielleicht einmal für ein Date einlösen«, erklärte Rita und zwinkerte ihr vielsagend zu. Sakura lächelte gequält, denn die Erinnerung an ihre gestrige Verabredung wurde ihr nun erneut schmerzlich bewusst. Glücklicherweise schienen die anderen zu denken, dass sie nur etwas verlegen war. »Mam, das ist voll peinlich!«, beschwerte sich Jacky, aber ihre Mutter lachte nur.

»Lass sie doch, Jacky, es ist doch nett gemeint«, beschwichtigte Sakura sie sanft und ihre Freundin seufzte ergeben. Den Nachmittag genoss Sakura in vollen Zügen, sie war wirklich gern bei Jacky und ihrer Familie. Dort wurde viel gelacht und manchmal kam sie sich wie eine zweite Tochter vor, so herzlich wurde sie immer behandelt. Es war beinahe schade, als Jackys Eltern schließlich zu Freunden fuhren. Andererseits wäre es ziemlich peinlich gewesen, wenn sie bei der Party anwesend gewesen wären. Eine sturmfreie Bude war da dann doch cooler. Jacky wies ihre beiden Brüder an, den Sekt für die Gäste einzuschenken, während sie selbst das Geburtstagskind »aufhübschen« wollte. »Aber übertreib es nicht, okay?«, bat Sakura.

»Ach was, ich werde aus dir die schönste Frau des Abends zaubern, wirst sehen. Dann kann dir Dennis sicherlich nicht widerstehen.« Ihre Freundin schleppte sie euphorisch ins Badezimmer. Sakuras Lächeln gefror. »Was hast du denn, Süße?«, fragte Jacky besorgt. Sakura knetete nervös ihre Finger. »Ich weiß gar nicht, ob er wirklich kommt«, gestand sie leise. Ihre Freundin machte ein bestürztes Gesicht. »Hat er dich etwa abserviert?« Sakura schüttelte den Kopf. »Nein, aber ...« Sie druckste herum, da sie nicht wusste, wie sie es ihrer Freundin am besten erklären sollte.

Diese trommelte mit ihren Fingern auf dem Unterarm herum und Sakura ergänzte schließlich leiser: »Na ja, als wir aus dem Kino gegangen sind, da wollte er mich an der Bushaltestelle eigentlich küssen. Ich war total aufgeregt und konnte es kaum erwarten. Aber dann habe ich dieses *Ding* gesehen.« Jacky hob verwirrt eine Braue und wartete darauf, dass sie weitersprach. »Da war so ein merkwürdiges Hasenvieh. Also ich glaube zumindest, dass dort ein komisches Wesen an der Bushaltestelle saß. Ich weiß es nicht sicher. Dennis hat es nicht gesehen, also hab ich es mir wohl nur eingebildet.« Sakura biss sich beschämt auf die Unterlippe und Jacky runzelte bei ihren Ausführungen die Stirn.

»Er fand es natürlich total merkwürdig und dachte, ich würde ihn verarschen. Mir war es richtig peinlich und ich weiß nicht, ob er wirklich Lust hat, heute zu kommen. Ich könnte es ihm nicht mal verübeln, wenn er nicht kommt.« Sie sah betreten zu Boden und ihre Freundin atmete einmal tief ein. »Okay, also irgendwelche Viecher zu sehen, klingt wirklich seltsam. Aber vielleicht war es einfach die Aufregung, Sakura. Oder vielleicht lag es auch an dem Film. Was für einen habt ihr denn angesehen?« Als Sakura ihr den Titel nannte, riss Jacky entsetzt die Augen auf. »Den hast du dir angesehen? Meine Güte, kein Wunder, dass du irgendwelche Viecher gesehen hast! Danach hätte ich vermutlich auch überall lauter Psychopaten gesehen, die mir im Schatten auflauern!«

Sakura schmunzelte und konnte sich das sogar lebhaft vorstellen. Jacky hasste Thriller und Horrorfilme, da sie danach nie ruhig einschlafen konnte. Deshalb mied sie es auch sie anzusehen. Aber bei zwei Brüdern war das natürlich nicht immer so einfach umzusetzen. Sakura war der gleichen Ansicht wie ihre Freundin, doch sie hatte Dennis einfach eine Freude machen wollen. Im Nachhinein war das wohl nicht gerade die beste Idee gewesen. »Lass dich davon nicht unterkriegen, Süße. Wenn er wirklich nicht kommt, dann ist er es auch nicht wert. Ich meine, hey, der Film war bestimmt total creepy, da braucht der sich nicht über deine Reaktion wundern. Dann hast du eben ein bisschen überreagiert, wen juckts? Er hat sich den Film ausgesucht, dann muss er auch damit rechnen, dass du davon Panik bekommst. Wenn er klug ist, dann weiß er das und kommt zur Party.«

Die Worte ihrer Freundin waren wie Balsam für ihre Seele und sie fiel ihr dankbar um den Hals. »Was wär ich nur ohne dich, Jacky?« Ihre Freundin erwiderte die Umarmung und meinte: »Dann wärst du wahrscheinlich wie diese schrägen Katzenomas, mit denen keiner was zu tun haben will. Einsam und verrückt. Aber liebenswert.« Sie kicherten beide drauf los und Sakura war froh, dass ihre Freundin sie jederzeit aufmuntern konnte. »So, jetzt wollen wir dich hübsch machen.« Jacky klatschte auffordernd in die Hände und Sakura nickte zustimmend.

Sie zog ein altrosafarbenes Spitzenkleid an, das sie zusammen mit Jacky extra für diesen Anlass gekauft hatte. Es hatte einen tiefen Rückenausschnitt und obwohl Sakura nicht oft solche Kleider trug, fühlte sie sich darin äußerst attraktiv. Vorsichtig ließ sie sich auf dem Klodeckel nieder, damit ihre Freundin sich ans Werk machen konnte. »Keine Sorge, er wird kommen. Und wenn nicht, dann trete ich ihm am Montag persönlich in den Hintern«, ereiferte sich Jacky, während sie ihr mit einem Pinsel Make-up auftrug.

Seufzend schloss Sakura die Augen und ließ die Prozedur über sich ergehen. *Hoffentlich behält Jacky recht. Ich muss mich auf jeden Fall noch einmal bei ihm entschuldigen.* Eine gute halbe Stunde später war sie dann endlich fertig und Sakura erkannte sich im Spiegel selbst kaum wieder. Ungläubig starrte sie die Fremde an, die ihr Kleid trug, und tastete vorsichtig über ihr Gesicht.

»Nicht, sonst verschmierst du noch was!«, rügte Jacky sie sofort und Sakura ließ die Hände wieder sinken. Ihre Freundin hatte ihren natürlichen Typ gekonnt unterstrichen und ihr eine atemberaubende Frisur gezaubert. Ihr schwarzes Haar lockte sich in sanften Wellen, die Jacky zu einem bauschigen Pferdeschwanz gebunden und über ihre linke Schulter drapiert hatte. Ein paar Haarsträhnen waren an der Seite des Kopfes geflochten. So sah sie zwar erwachsener, aber immer noch süß aus.

»Oh Jacky, es ist wundervoll!«, rief sie entzückt und umarmte ihre Freundin, wobei sie darauf achtete das Make-up nicht zu verschmieren. »Ach, das war doch eine Kleinigkeit für mich«, winkte diese verlegen ab. Sakura grinste. »Du solltest wirklich Make-up Artist werden, du kannst das richtig gut«, riet sie ihr und Jacky lächelte schüchtern. »Vielleicht sollte ich das wirklich. Aber jetzt muss ich mich auch mal fertig machen. Du kannst ja schon nach unten gehen und dich von Andi und Chris bewundern lassen. Außerdem werden bald die ersten Gäste eintreffen.«

Mit diesen Worten scheuchte sie Jacky aus dem Badezimmer und Sakura lief grinsend zurück ins Erdgeschoss.

»Wow, Sakura, du siehst ja heiß aus«, bemerkte Jackys älterer Bruder Andi und stieß einen anzüglichen Pfiff aus. Auch Chris, der Jüngste der drei Geschwister, starrte sie mit offenem Mund an. Verlegen blickte sie zur Seite und wusste nicht so recht, was sie sagen sollte. Immerhin kannte sie die beiden schon seit der Grundschule und sie waren fast wie eigene Brüder für sie. »Hey, ich zieh dich doch nur auf. Aber hübsch bist du trotzdem«, gab Andi zurück und Chris stimmte ihm hastig zu. Sie lächelte verschämt und bedankte sich für das Kompliment.

Da klingelte es an der Haustür. Erleichtert stürmte sie in den Flur, um dieser peinlichen Situation zu entkommen. Ein paar Klassenkameraden standen vor der Tür und gratulierten ihr überschwänglich. Viele machten ihr Komplimente zu ihrem Aussehen und Sakura gewöhnte sich langsam daran, ja sie fand sogar Gefallen an den schmeichelnden Worten. Sie bot den Gästen etwas Sekt an und zeigte ihnen den Garten, wo sie es sich gemütlich machten. Immer mehr Gäste trudelten ein, nach einer Stunde waren alle Leute gekommen, die sie eingeladen hatte. Nur einer fehlte: Dennis.

DIE FRAU IM SPIEGEL

Obwohl Dennis' Abwesenheit sie anfangs enttäuscht hatte, genoss sie mittlerweile die Aufmerksamkeit ihrer Freunde und Klassenkameraden. Sie stieß mit ihnen an und lachte über deren Späße. Es war ihre Party und sie war glücklich. Wenn Dennis nicht kam, dann würde ihm einiges entgehen. Aber das war dann sein Pech. Der Garten war von Jacky und ihren Brüdern liebevoll dekoriert worden. Überall hingen asiatische Lampions. Die Biertische waren mit Blumengestecken geschmückt, auf denen Jacky ein paar Origamischmetterlinge drapiert hatte. Es gab Servietten mit Kirschblütenmuster und eine rosafarbene Maneki Neko war direkt vor Sakuras Ehrenplatz aufgestellt worden. Die rosa Farbe stand für Glück in der Liebe. Sakura konnte sich gar nicht sattsehen an den Dekorationen und ihr Herz quoll schier über vor Glück und Dankbarkeit.

Trotzdem wünschte sie sich, dass Dennis sich noch blicken ließ. Dann könnte sie sich wenigstens ein weiteres Mal entschuldigen. Außerdem wollte sie ihm gerne sagen, was sie für ihn empfand. Auch wenn die Chancen vermutlich seit gestern Abend geringer standen, dass es ihm genauso ging.

Aber die Hoffnung stirbt ja bekanntlich zuletzt. »Was ist los, Süße?«, fragte Jacky besorgt. Sie standen gerade in der Küche und waren dabei, die Salate zum Grillen fertig anzumachen. Ihre Freundin hatte wohl Sakuras' enttäuschte Miene bemerkt. »Er ist nicht gekommen. Also hält er mich wohl doch für einen gewaltigen Freak.«

»Ach Süße, jetzt lass dich doch davon nicht runterziehen. Vielleicht kommt er ja noch. Und selbst wenn nicht, es ist deine Party, genieß sie, du wirst schließlich nicht noch einmal achtzehn. Du brauchst Dennis nicht, um Spaß zu haben!«, versuchte diese sie erneut aufzumuntern und Sakura lächelte mild.

Gerade wollte sie einen weiteren Salat mit Balsamico-Dressing verfeinern, als es wieder an der Tür klingelte. »Das ist er!«, rief sie aufgeregt und streifte die Küchenschürze ab. »Wie seh' ich aus?« Jacky deutete mit dem Daumen nach oben. »Perfekt!«, meinte sie und Sakura stürmte mit flatterndem Herzen zur Tür. Kurz bevor sie sie erreichte, bremste sie ab, atmete zwei Mal tief ein und aus und öffnete dann bemüht langsam die Haustür.

Gott, wäre das peinlich, wenn ich die Türe einfach aufgerissen hätte, dachte sie noch, bevor sie nach draußen spähte und ihr Herz einen Hüpfer machte. Tatsächlich stand ihr Schwarm an der Schwelle und lächelte sein charmantestes Lächeln. »Alles Gute zum Geburtstag, Sakura«, begrüßte er sie. »Danke. Also wegen gestern-« »Schon vergessen«, unterbrach er sie mit einer wegwerfenden Handbewegung.

»Ich hab mir auf dem Heimweg gedacht, dass das wahrscheinlich an dem Film lag. So ein Mysterythriller ist schließlich nicht ohne und das kann einfach nicht jeder ab. Sorry dafür.« Sakura hatte nicht damit gerechnet, dass er sich dafür entschuldigen würde. Aber es enttäuschte sie, dass er sie offenbar für verweichlicht hielt.

»Ja, das kann sein. Ich bin wirklich nicht so der Thrillerfan. Aber komm doch rein, die Party findet im Garten statt.« Sie trat beiseite, um ihn hereinzulassen, und konnte immer noch nicht glauben, dass er wirklich gekommen war. »Ich wusste gar nicht, dass Jacky´s Familie so ein großes Haus besitzt. Echt cool«, sagte er beeindruckt und folgte ihr hinaus in den Garten. Dort wurde er von den anderen Klassenkameraden herzlich begrüßt und jemand reichte ihm ein Glas Sekt. »Auf das Geburtstagskind! Alles Gute und darauf, dass du mit jedem Jahr noch hübscher wirst«, rief er mit erhobenem Glas und die anderen stimmten amüsiert mit ein.

Peinlich berührt bedankte sich Sakura bei ihren Gästen; sie stand nicht sonderlich gern im Mittelpunkt. Ihr Blick haftete jedoch weiterhin an Dennis. Der nahm gerade einen ordentlichen Schluck und zwinkerte ihr über den Rand des Glases hinweg zu. »Und? Was hat er wegen gestern gesagt?«, fragte Jacky beiläufig, während sie einen Salat auf dem Campingtisch neben dem Grill abstellte. »Er hat sich entschuldigt und gemeint, dass es vermutlich wirklich an dem Film lag«, gab sie zurück.

»Na also. Dann geh zu ihm, bevor es eine andere macht! Immerhin ist er der heißeste Junge in unserem Jahrgang und sonst schnappt ihn dir eine gewisse Eva vor der Nase weg!«, raunte Jacky. Tatsächlich stöckelte ihre Klassenkameradin geradewegs auf Dennis zu. Vermutlich um ihn wieder zu bezirzen. Immerhin trug sie heute ein ziemlich weitausgeschnittenes Kleid, das ihren üppigen Busen betonte. Da konnte Sakura freilich nicht mithalten. »Na gut, dann geh ich mal«, murmelte sie, trank noch einen Schluck aus ihrem Glas und marschierte entschlossen zu der Gruppe Jungs hinüber, in deren Mitte Dennis saß. Er lachte gerade und das Geräusch verursachte ein angenehmes Kribbeln in ihrem Bauch.

Mit ihren High Heels kam Eva natürlich nicht sonderlich schnell auf dem Rasen voran und so erreichte Sakura ihren Schwarm kurz vor ihr. Sie tippte ihm auf die Schulter und er drehte sich zu ihr um. Sakura schenkte Eva ein schadenfrohes Lächeln, ehe sie Dennis in ein Gespräch verwickeln wollte. Wütend zog die brünette Schönheit von dannen, nicht ohne Sakura noch einen giftigen Blick zu zuwerfen. »Hi«, begrüßte sie ihn und kam sich im selben Moment furchtbar dämlich vor. *Was machst du denn? Was Besseres fällt dir nicht ein? Gott wie peinlich.* »Hallo noch mal. Was gibt's denn?«, fragte er freundlich und zog sie am Arm zu sich heran. Sakura schluckte aufgeregt.

Ihre Haut kribbelte an der Stelle, an der er sie berührte und in ihrem Magen prickelte es so sehr, als hätte sich eine Brausetablette darin aufgelöst. »Kann ich mich zu dir setzen? Ich wollte mit dir reden«, brachte sie dann hervor. »Klar, warum nicht? Macht mal Platz, Jungs. Die Lady will sich setzen.« Mit einer Handbewegung, als wolle er eine Fliege verscheuchen, deutete er seinen Kumpels an zu verschwinden und diese verzogen sich grinsend. Etwas unbehaglich sah sie ihnen nach, dann ließ sie sich neben Dennis nieder. Er lächelte und Sakura entspannte sich augenblicklich. In seiner Nähe fühlte sie sich einfach nur wohl.

»Alles okay?« Er hob fragend die Brauen und sie versuchte, sich wieder auf das Gespräch zu konzentrieren. »Ja, danke. Das mit gestern war wirklich unangenehm. Ich hatte echt Angst, dass du nicht kommst«, gestand sie und knetete ihre Finger. »Es war wirklich ein bisschen creepy. Ich hab auch lange überlegt, ob ich tatsächlich kommen soll. Aber wie du siehst, bin ich hier.« »Ich finde es schön, dass du gekommen bist«, gestand sie ehrlich und Dennis nickte. »Ja, ich auch. Die Party wird sicher noch besser. Außerdem gefällt es mir, dass du dich in letzter Zeit etwas mehr aufhübschst«, stimmte er ihr zu. Das versetzte ihr einen kleinen Stich ins Herz.

»Findest ... du mich denn sonst etwa nicht hübsch?« Sie versuchte, nicht allzu enttäuscht zu klingen. Verlegen kratzte er sich am Kinn und gab dann zu: »Na ja, sonst siehst du halt mehr aus wie eine graue Maus. Schon süß, aber nicht gerade sehr attraktiv, verstehst du? Du solltest dich öfter so schminken und anziehen, das steht dir viel besser.« Dieses Geständnis schmerzte sie mehr als sie gedacht hätte und sie brauchte einen Moment, um das Ganze zu verdauen.

»Hey, sorry, ich wollte dich jetzt nicht beleidigen. Ich meine du bist ja sonst ganz in Ordnung. Du bist immer nett zu allen in der Klasse Das sind viele Mädchen, die sich hübsch anziehen nicht. Die sind meist einfach nur zickig«, setzte er schnell hinzu und Sakura konnte nicht glauben, was er da sagte. Das klang sehr herablassend gegenüber Mädchen, die sich aufhübschten. Eigentlich wollte sie darauf schon etwas erwidern, doch er sprach bereits weiter: »Aber worüber wolltest du denn jetzt mit mir reden, hm?«

Seine Frage verdrängte den Ärger aus ihren Gedanken und sie räusperte sich kurz. Gedanklich ging sie noch einmal die Worte durch, die sie sich bereits am Morgen zurechtgelegt hatte. Sie hatte gerade zum Sprechen angesetzt, als Dennis neben ihr aufsprang und freudig rief: »Hey, Sebi, du bist ja auch da! Hast dich also doch mal von deiner Konsole wegbewegt, was? Na, komm her, du alter Fortnite-Suchti!« Ungläubig musste Sakura zusehen, wie Dennis seinen besten Freund umarmte und sie völlig zu vergessen haben schien.

Das war's dann wohl mit meinem Geständnis. Männer sind echt totale Idioten! Enttäuscht lief sie zurück zu Jacky, die ihr mitleidig eine Hand auf die Schulter legte. »Gib nicht gleich auf, du bekommst später sicher noch mal die Gelegenheit mit ihm zu sprechen. Wir essen jetzt erst einmal und dann kannst du es noch mal versuchen, okay?« Sakura nickte nur. Doch sie wollte sich nicht von ihrer Enttäuschung den Spaß verderben lassen, schnappte sich ein weiteres Glas Sekt und leerte es mit wenigen Zügen.

»Ich werde mich nicht unterkriegen lassen!«, sagte sie entschlossen und Jacky nickte zustimmend. »Das ist die richtige Einstellung«, lobte sie, dann wandte sie sich mit lauter Stimme an die übrigen Gäste: »Die ersten Würstchen und Gemüsespieße sind fertig. Wer Hunger hat, sollte sich jetzt besser anstellen!« Die anderen ließen sich das natürlich nicht zweimal sagen. So bildete sich kurz darauf eine lange Schlange vor dem Grill, von dem Andi Würstchen und Gemüsespieße auf die Teller verteilte. Das Essen war köstlich und bald amüsierte sich Sakura wieder und genoss die Party. Sie lachte mit ihren Klassenkameraden und lauschte den unglaublichen Geschichten, die die Jungs erzählten, als sie von ihren eigenen Partys berichteten.

Ihr entging jedoch nicht, wie sich Eva bereits beim Essen neben Dennis auf die Bierbank gequetscht und er länger als nötig in ihren Ausschnitt geschielt hatte. *Von wegen Mädchen, die sich hübsch anziehen, sind nur zickig! Eva ist da wohl eine Ausnahme, was?* Ihre Gefühle für Dennis bekamen nun doch einen Dämpfer, aber sie wollte nicht so leicht aufgeben. Immerhin hätte er sie gestern geküsst, wäre dieses verdammte Hasenvieh nicht aufgetaucht. Also war eine große Oberweite wohl nicht das Einzige, das er attraktiv fand.

Stunden später, es war sicher bereits kurz vor Mitternacht, waren bereits einige Gäste wieder gegangen. Auch Eva war schon nach Hause stolziert, nachdem Dennis sich lieber mit seinen Kumpels unterhalten hatte, anstatt auf ihre Avancen einzugehen. Sakura hatte sie nur zu gern verabschiedet. Glücklicherweise war Dennis noch geblieben, denn sie hatte bisher keine weitere Gelegenheit gefunden, ihn in ein Gespräch zu verwickeln.

Doch jetzt saß er gerade alleine auf der Hollywoodschaukel im Garten und nippte an einem Bier. *Perfekt. Jetzt kann ich ihn endlich wieder alleine sprechen, ohne seine nervigen Kumpel um uns herum! Und von Eva werden wir auch nicht mehr gestört werden.* Entschlossen stapfte sie auf ihn zu und war froh, nicht hinzufallen, denn sie war nicht mehr ganz nüchtern und der Weg über den Rasen äußerst uneben. »Hi«, begrüßte sie ihn einsilbig und ließ sich neben ihm auf die Schaukel sinken. »Hi«, gab er zurück und lächelte wieder charmant. »Was gibt's, schöne Frau?«, fragte er und sie roch seine herbe Bierfahne.

»Ich wollte mit dir reden. Aber vorhin waren da ja dieser Sebi und auch Eva. Da hast du mich dann komplett ignoriert«, sprudelte es aus ihr heraus und Dennis nickte. »Sorry, das war wohl nicht sehr nett«, gab er zu und Sakura stimmte ihm zu. »Nein, war es nicht. Aber jetzt sind wir alleine und ich kann dir endlich das sagen, was ich schon lange sagen will.« Sie machte eine kurze Pause und Dennis hob fragend eine Augenbraue. *Jetzt vermassel es bloß nicht,* ermahnte sie sich und schluckte ein paar Mal. Ihr Hals fühlte sich vor lauter Aufregung ganz trocken an. »Dennis, also ich … ich mag dich schon seit wir zusammen in eine Klasse gehen. Das Date gestern war wirklich schön. Wenn man mal von dem peinlichen Vorfall an der Bushaltestelle absieht. Du hast so ein wundervolles Lächeln und in deiner Nähe fühle ich mich immer wohl. Deshalb … deshalb habe ich mich auch in dich verknallt«, plapperte sie dann einfach drauf los.

Dabei wunderte sich ein wenig über sich selbst. Der Alkohol senkte wohl tatsächlich jegliche Hemmschwelle. *Jetzt ist es raus,* schoss es ihr durch den Kopf, während sie ihn gespannt musterte und auf seine Antwort wartete. Er musterte sie ebenfalls schweigend und schien wohl nach passenden Worten zu suchen. *Ist das jetzt gut oder schlecht? Oh Mann, wo ist Jacky, wenn man sie mal braucht?* Ihr Blick schweifte zurück zu der kleinen Gruppe, die noch übriggeblieben war und sie sah, wie ihre Freundin gerade mit einem Kerl aus der Parallelklasse flirtete. *Ist das etwa Max?* Sie kam jedoch nicht dazu, weiter darüber nachzudenken, denn Dennis seufzte plötzlich laut und schien endlich zu einer Antwort gelangt zu sein. »Sakura, ich bin wirklich geschmeichelt, ehrlich. Und ich mag dich auch, aber nicht so wie du es gerne hättest. Ich meine, du bist wirklich süß und heute siehst du auch wirklich umwerfend aus, aber ich empfinde einfach nicht das Gleiche für dich wie du für mich«, antwortete er dann. Sakuras Herz setzte einen Schlag aus und schien dann einen gewaltigen Riss zu bekommen.

»Aber ... warum? Gestern auf dem Date, da wolltest du mich noch küssen«, stammelte sie und konnte nicht fassen, dass sie sich so getäuscht haben sollte. »Das stimmt. Aber das war, bevor du so hysterisch geworden bist. Ja, das lag vielleicht an dem Film, aber es war trotzdem total verrückt. Und mega peinlich. Außerdem, ein Date zu haben heißt ja noch lange nicht, dass man sich ineinander verlieben muss. Ich finde dich nett, aber mehr auch nicht«, gab Dennis bemüht freundlich zurück.

Sakura verstand die Welt nicht mehr. Vor Unglauben blieb ihr für einen Moment tatsächlich der Mund offen stehen. *Wie kann er nur so etwas sagen? Habe ich mich etwa so sehr blenden lassen?* Sie sah auf ihre Hände, die leicht zitterten. Sie konnte nicht fassen, dass er sie einfach eiskalt abservierte. *Warum ist er dann überhaupt gekommen?*

Diese Frage kreiste durch ihren Kopf und sie konnte sich keinen Reim darauf machen. »Warum bist du dann überhaupt gekommen, wenn du mich nur *nett* findest? Warum bist du dann nicht zu Hause geblieben?« Mit der Frage schien er nicht gerechnet zu haben, denn er blinzelte verdutzt. Dann kratzte er sich am Kinn und erklärte: »Na ja, es ist eine Party. Viele meiner Kumpels wollten kommen, warum sollte ich mir das entgehen lassen? Und nur weil das mit uns nichts wird, heißt das ja nicht, dass ich keinen Spaß haben darf, oder?«

Fassungslos starrte sie ihn an. *Er will nur seinen Spaß? Ihm ging es gar nicht um mich, sondern nur darum seine Kumpels zu treffen?* Das war das genaue Gegenteil von dem, was sie sich erhofft hatte. Dennis war einfach ein egoistischer Vollidiot! Aber jetzt ergab es auch Sinn, warum er auf der Party lieber mit seinen Kumpels und Eva abgehangen hatte, als sich mit ihr abzugeben. Er hatte von Anfang an klar gezeigt, dass er kein Interesse an ihr hatte. Ihm war es nur um den Spaß gegangen. Aber sie war so blind gewesen und hatte sich Hoffnungen gemacht. *Vermutlich wollte er das Date gestern nur, um mich rumzukriegen. Eigentlich sollte ich froh sein, dass in dem Moment das Hasenvieh aufgetaucht ist und uns unterbrochen hat. Ich wäre bloß eine weitere Eroberung gewesen und hätte mich noch mehr in meine Hoffnungen hereingesteigert.*

Heiße Wut kochte in ihr hoch und sie ballte ihre Hände zu Fäusten. Dennis hatte sie die ganze Zeit über nur verarscht und sie war darauf hereingefallen. »Du bist wirklich ein Vollidiot!«, rief sie und sprang von der Hollywoodschaukel. Trauer mischte sich zu der Wut und sie hatte Mühe, ihre Tränen zu unterdrücken. Auch wenn Dennis nicht in sie verliebt gewesen war, sie war es definitiv gewesen! Aber er wollte sich ja lieber amüsieren! *Warum sind Männer manchmal nur solche egoistischen Deppen?* Sie sah wieder zu Jacky, die sich mittlerweile wie ein Kätzchen an Max schmiegte und wandte sich mit schmerzerfülltem Gesicht ab. Von ihrer Freundin konnte sie jetzt wohl keine Hilfe erwarten. Enttäuscht betrat sie das Haus, dann ließ sie ihren Tränen freien Lauf.

Schniefend eilte sie die Stufen hinauf in den ersten Stock und verschanzte sich im Badezimmer. Dort sank sie neben der Badewanne zu Boden, vergrub ihr Gesicht in den Armen und weinte hemmungslos drauf los. Sie fuhr mit dem Handrücken über ihre Augen und ein paar schwarze Schlieren blieben darauf zurück. Ihr schönes Make-Up war nun vermutlich ruiniert. Doch das kümmerte sie nicht. Sie gab sich einfach ihrem Schmerz hin und weinte und schluchzte, bis alle Tränen versiegt waren. Schließlich blieb sie mit verquollenen Augen sitzen und versuchte, an nichts zu denken, was nicht gerade leicht war. Dennis' harte Worte, geisterten weiterhin in ihrem Kopf herum. Sie versuchte gerade, sich erneut in Selbstmitleid zu ertränken, als eine Stimme leise ihren Namen rief.

»*Sakura ... Sakura ...*« Erschrocken hob sie den Kopf und lauschte. Doch nichts war zu hören, bis auf die feiernden Gäste, deren Stimmen durch das gekippte Badfenster drangen. Sie dachte schon, sie hätte sich die Stimme eingebildet, als diese erneut nach ihr rief. »*Sakura ... Komm zu mir, Sakura ...*« Die Stimme kam ihr vage bekannt vor, doch sie hatte keine Ahnung, woher. *Steht da etwa jemand vor der Tür,* überlegte sie und stand auf, wobei ihre Beine kribbelten, als würden tausende Ameisen darüber laufen.

Seufzend schüttelte sie sie aus, was das unangenehme Gefühl deutlich milderte. »*Komm zu mir, Sakura*«, lockte die Stimme erneut und plötzlich fiel ihr ein, woher sie ihr bekannt vorkam. *Aus dem Traum von heute Morgen! Aber das ergibt doch gar keinen Sinn! Verliere ich jetzt den Verstand?* Nervös ballte sie die Hände zu Fäusten und wandte sich in Richtung Türe.

Doch noch ehe sie einen Schritt machen konnte, nahm sie eine Bewegung aus dem Augenwinkel wahr. Hastig fuhr sie herum und stolperte erschrocken einen Schritt zurück, wobei sie unsanft gegen die Kante der Badewanne stieß. Den Schmerz nahm Sakura jedoch kaum wahr, zu sehr war sie von der

Erscheinung im Spiegel irritiert. Die junge Frau darin erwiderte ihren Blick, doch sie trug weder ihr Spitzenkleid, noch hatte sie zerzauste Haare. Ganz zu schweigen von verschmiertem Make-up, das man von seinem Spiegelbild wohl erwartete, nachdem man geheult hatte.

Die Frau im Spiegel hatte ihr Haar jedoch zu einem Knoten gebunden, wie es vor langer Zeit in Japan Mode gewesen war. Zudem trug sie einen schlichten weißen Kimono. Ihre Stirn wurde von einer Art Diadem aus Papier bedeckt und ihre Haut wirkte fahl und ungesund. Das alleine war schon verwirrend genug, aber noch mehr beunruhigte Sakura die Tatsache, dass die Frau aussah wie ihr eineiiger Zwilling. Schweigend starrte sie sie an und wusste nicht, ob sie träumte oder immer noch betrunken war.

Das wird es sein! Ich bilde mir das Ganze nur ein, rief sie sich innerlich zur Ordnung und schloss die Augen. *Wenn ich wieder hinsehe, ist die Frau verschwunden.* Sakura riss die Augen auf und stieß einen erstickten Schrei aus, als die Fremde sie immer noch musterte. »Sakura«, sagte sie sanft und Sakura lief ein eisiger Schauer über den Rücken. »Wer ... wer bist du? Warum warst du in meinem Traum? Was willst du von mir?«, fragte sie hektisch. Dabei versuchte sie, nicht daran zu denken, dass sie gerade ihr Spiegelbild mit Fragen bombardierte.

»Mein Name ist nicht wichtig. Aber ich habe dich gerufen, weil ich deine Hilfe brauche. Ich wollte dich nicht erschrecken«, sagte die Frau im Spiegel freundlich. Sakura musste einen weiteren Entsetzensschrei unterdrücken. »Ich bilde mir das hier doch nur ein. Bitte, sag, dass du nur eine Halluzination bist«, flehte sie, doch die Frau schüttelte den Kopf. »Ich bin keine Einbildung. Ich bin ein Geist«, erklärte sie und Sakura stöhnte auf. *Das darf doch nicht wahr sein! So viel habe ich doch auch wieder nicht getrunken. Oder ... schlafe ich etwa?*

»Es ist kein Traum, falls du das denkst«, sprach die Frau weiter und Sakura merkte, wie ihr der Puls in den Ohren dröhnte. Ihr Herz überschlug sich fast in ihrer Brust und kalter Schweiß rann ihr über den Rücken. Das hier war nicht normal! »Bitte, beruhige dich. Ich kann dir alles erklären, aber ich habe nicht viel Zeit«, bat die Spiegelfrau und Sakura nickte schwach. *Es ist nur ein Traum, nur ein Traum!* redete sie sich weiter ein und wartete darauf, dass der »Geist« weitersprach.

»Wie ich bereits sagte, bin ich hier, weil ich deine Hilfe benötige. Du musst nach Japan reisen. Dort wirst du auf Kiba treffen. Bitte, du musst ihn aus den Klauen der Dunkelheit befreien, bevor sie ihn komplett verschlingt«, erklärte die Fremde ernst. Sakura bemerkte, wie traurig sie dabei aussah. Dann erreichten die Worte des »Geistes« ihren Verstand und sie hob ungläubig schnaubend die Augenbrauen. »Ich soll nach Japan reisen, um dort irgendeinen Typen namens Kiba zu treffen? Und den soll ich aus »den

Klauen der Dunkelheit« befreien? Ernsthaft? Fällt dir keine bessere Geschichte ein?«

Das ist ja geradezu lächerlich. Warum sollte ich das tun? Ach ja, das ist nur ein Traum, warum denke ich eigentlich darüber nach? »Das ist keine Geschichte, das ist die Wahrheit! Bitte, du musst nach Japan reisen, um ihn zu retten. Er wird niemals frei sein, wenn du es nicht tust!«, flehte die Frau nun schon fast und Sakura verdrehte genervt die Augen. »Warum gehst du dann nicht selbst und rettest ihn, wenn er dir so viel bedeutet?«, entgegnete sie schroff. Die Frau sah traurig zu Boden. »Wie könnte ich denn? Ich bin doch bereits tot«, widersprach sie und Sakura konnte Tränen in ihren Augen glitzern sehen. Vielleicht hätte sie Mitleid mit ihr gehabt, wenn das alles nicht zu sehr nach einer erfundenen Geschichte geklungen hätte, um sie irgendwie nach Japan zu locken. Sie konnte sich allerdings keinen Reim darauf machen, warum sie so etwas träumen sollte.

»Das tut mir zwar leid für dich, aber ... ich kann jetzt nicht einfach nach Japan reisen. Warum hast du dir überhaupt ausgerechnet mich ausgesucht? Ich bin weder stark noch mutig noch sonst irgendwas, also eigentlich eine völlige Fehlbesetzung für deinen Plan«, entgegnete sie und die Frau schüttelte erneut den Kopf. »Du bist stark, Sakura, du weißt es nur noch nicht. Und du bist die Einzige, die ihn retten kann, darum habe ich dich ausgewählt.«

»Die Einzige, die ihn retten kann? Das glaube ich nicht, ich kenne ihn ja nicht einmal«, protestierte sie heftig und ihr Gegenüber wollte gerade etwas erwidern, als jemand an die Türe klopfte. »Sakura? Bist du da drin?«, rief Jacky laut. Sie zuckte zusammen. *Moment, müsste ich jetzt nicht eigentlich aufgewacht sein? Warum sieht mich dann immer noch diese Frau aus dem Spiegel heraus an?* »Bitte, du musst mir helfen, Sakura. Auch wenn du Kiba nicht kennst, eure Schicksale sind bereits seit Langem miteinander verbunden. Du hast also gar keine andere Wahl, als ihn zu befreien«, flüsterte die Frau noch. Dann war sie plötzlich verschwunden und Sakura's Ebenbild blickte ihr aus dem Spiegel entgegen.

»Sakura? Mach bitte die Türe auf«, rief Jacky erneut und Sakura schloss für einen kurzen Moment die Augen, um sich zu beruhigen. Dann öffnete sie wie in Trance die Türe und Jacky umarmte sie heftig. »Was ist denn los mit dir? Warum hast du dich hier eingesperrt? Du siehst ja schrecklich aus, hast du etwa geweint?« Jacky löcherte sie mit ihren Fragen und Sakura war in diesem Moment wirklich froh über die stürmische Art ihrer Freundin. So wurde sie wenigstens von dieser äußerst merkwürdigen Begegnung abgelenkt.

»Ja, ich habe geweint, aber es geht schon wieder. Du hattest recht, Jacky. Dennis ist wirklich ein Idiot. Er hält mich für eine hysterische graue Maus«, antwortete sie nüchtern. Erneut liefen ihr heiße

Tränen über die Wangen und ein weiterer Schluchzer bahnte sich den Weg aus ihrem Mund. »Och, Süße, komm her.« Jacky nahm sie in den Arm und strich ihr tröstend über den Rücken. »Komm, ich bring dich in die Küche, da bekommst du einen Kakao und kannst mir alles über diesen Volltrottel erzählen. Die Party ist sowieso vorbei. Ich hab die Anderen nach Hause geschickt, ehe ich dich gesucht habe«, sagte Jacky und Sakura lächelte matt. »Danke. Ist der Kakao mit Sahne?«, fragte sie schwach und ihre Freundin nickte heftig.

»Klar, was denkst du denn?« »Dann klingt Kakao gar nicht schlecht«, stimmte sie zu und ließ sich bereitwillig von ihrer Freundin in die Küche führen, wo sie ihr ihr gebrochenes Herz ausschüttete. Die Begegnung mit der merkwürdigen Frau erwähnte sie mit keinem Wort und hatte sie relativ bald verdrängt. Über Dennis zu lästern, beruhigte sie auch deutlich mehr, als über irgendwelche merkwürdigen Erscheinungen im Badezimmerspiegel zu spekulieren, die vermutlich sowieso nur auf ihrem Rausch beruhten. Sie hoffte inständig, dass sie sich in diesem Punkt nicht täuschte.

DES FUCHSGEISTES LEID
SHINYAMA, PRÄFEKTUR NAGASAKI

Der volle Mond eroberte langsam das Firmament und erhellte die Dunkelheit der Welt unter sich mit seinem weichen, silbernen Licht. Das Land kam langsam zur Ruhe und die meisten Bewohner erholten sich von ihrem anstrengenden Tag. Währenddessen jedoch krochen die Kreaturen der Nacht aus ihren Löchern, um ausgewählte Opfer zu jagen und ihnen das Leben zu nehmen. So war allerdings der Kreislauf des Lebens, es lohnte also nicht, sich darüber zu beschweren. Wenn man gut hinhörte, konnte man zwischen dem steten Zirpen der Zikaden ein leises Flötenspiel ausmachen. Die Melodie drang vom Gipfel des Shinyamas und wurde von einer sanften Brise über das Land getragen.

Es waren traurige Klänge, voller Sehnsucht und Wehmut, sodass es dem Urheber dieses schwermütigen Liedes gelang, die Zuhörer zu begeistern und ihre Herzen zu berühren.

In der heutigen Zeit war das Publikum allerdings rar gesät. Die Menschen hasteten durch ihr kurzes Leben und konnten sich nicht einmal an den einfachsten Dingen erfreuen. Zudem hatten sie ihren

Glauben an Magie und die mystischen Wesen des Landes verloren. Und wer nicht mehr glaubte, der sah auch nicht mehr das Wesentliche oder hörte gar liebliche Melodien vom heiligen Berg.

Hätten auch die Menschen in dieser Nacht richtig hingehört, dann wären sie durch dieses Lied sicher zu Tränen gerührt und ihre Herzen von der Traurigkeit ergriffen worden, die sich darin widerspiegelte. Doch die einzigen Zuhörer in dieser Nacht waren ein paar Eichhörnchen, die aufmerksam die Ohren spitzten.

Auch wenn man es ihnen nicht ansah, so löste die wehmütige Melodie auch in ihnen so etwas wie Bedauern aus und verzauberte ihren einfachen Verstand. Sie schienen sogar so überwältigt, dass sie sich während des Flötenspiels nicht mehr zu bewegen wagten. Ganz still saßen sie auf den Ästen, lauschten und beobachteten den Spielmann interessiert aus feuchten, braunen Knopfaugen. Erst als die letzten Töne verklungen waren, setzten sie sich wieder in Bewegung und näherten sich ihm vorsichtig. Das entlockte ihm ein leichtes Lächeln und er streckte seine Hand einem der Tiere entgegen. Behutsam schnupperte es daran. Als es sicher war, dass von ihm keine Gefahr ausging, krabbelte das Tier auf seine Handfläche und beobachtete den jungen Mann aus glasigen Augen. Der umschloss daraufhin sanft den kleinen Körper des Nagetiers und hielt es sich vor sein Gesicht, um es näher zu betrachten.

»Dir hat das Lied also gefallen, ja? Können sich Eichhörnchen überhaupt für irgendetwas außer Nüsse begeistern«, murmelte er und das Tier klackerte eine Antwort. »Verstehe. Nun wie wäre es, wenn ich dir noch ein Lied vorspiele?« Wieder gab es ein keckerndes Geräusch von sich und sein Lächeln wurde eine Spur breiter. »Wie du meinst. Momentan ist noch die Zeit der Kirschblüte. Würde dir ein Lied darüber gefallen?«, fragte er, woraufhin das Tier den Kopf schief legte und blinzelte. »Ich deute das jetzt einfach mal als ʻJaʼ. Ihr Eichhörnchen seid wohl nicht gerade sehr wählerisch, was?« Ein weiteres Klackern ließ ihn schmunzeln und er setzte das Tier auf seinem Knie ab. Dann legte er die Flöte wieder an seine Lippen und stimmte ein weiteres Lied an.

Er hatte gerade die Hälfte der Melodie gespielt, als ein leises Knacken im Unterholz seinen pelzigen Zuhörer verscheuchte. Frustriert ließ er die Flöte wieder sinken und starrte mit finsterem Blick auf die Stelle, an welcher der Unruhestifter keine zwei Sekunden später auftauchte. Als er erkannte, um wen es sich handelte, entspannte er sich ein wenig. Langsam schob er die Flöte in den Obi seines Yukatas. Sein Blick wanderte zurück zum vollen Mond und sein Lächeln schwand. »Hier steckst du also, Bruder. Ich habe dich schon gesucht«, erklang eine sanfte Stimme hinter ihm und er wandte sich halbherzig um. »Was willst du, Hitoshi? Sonst redest du doch auch kaum mit mir«, fragte er bissig.

»Ich bin hier, weil Vater dich sehen möchte«, erwiderte Hitoshi bemüht höflich. Misstrauisch hob er die Augenbrauen. »Er will *mich* sehen? Mich? Bist du ganz sicher, dass er nicht Izuya oder Ikuto meinte?«, schnaubte er abfällig und sein Bruder seufzte schwer. »Er hat ausdrücklich nach dir verlangt. Ich habe allerdings keine Ahnung, worum es geht.« Sein Bruder zuckte die Schultern und er wandte den Blick ein weiteres Mal ab. Ein spöttisches Grinsen erschien auf seinem Gesicht und er murmelte mit hämischem Unterton: »Dann sollten wir uns beeilen. Vater ist ja nicht gerade dafür bekannt, ein geduldiger Mann zu sein. Wobei er seinen Zorn dann wohl noch am ehesten an mir auslassen wird.«

Hitoshi drehte sich neugierig zu ihm um und fragte: »Hast du etwas gesagt, Bruder?« Sein Grinsen verschwand. Widerwillig erhob er sich von seinem Sitzplatz, dem breiten Ast einer alten Eiche, und sprang elegant zu Boden. Leichtfüßig kam er auf dem weichen Waldboden auf. »Nein. Lass uns gehen«, erwiderte er nur kühl. Sein Bruder seufzte abermals. Dann kämpfte er sich vor ihm durch das Unterholz zurück auf die Lichtung, auf der sich das Anwesen ihrer Familie befand. Verborgen hinter Bannkreisen und somit für menschliche Augen unsichtbar, ragte es vor ihnen auf. Es strahlte eine solch respekteinflößende Macht aus, dass auch die meisten Waldbewohner einen großen Bogen darum machten.

Das altehrwürdige Anwesen war einst von dem Gründer ihres Clans, ihrem Urgroßvater, erbaut worden. Seither hatte es der Vater immer an den ältesten Sohn weitergegeben. Dieser wachte dann seinerseits so lange über das Anwesen und die Geheimnisse der Familie, bis er es schließlich seinem ältesten Sohn weitergab und so weiter und so fort. Jedes Mal, wenn Kiba sich dem Gebäude näherte, konnte er die Abneigung seines Vaters schon von weitem spüren und sein ganzer Körper war gespannt wie eine Bogensehne.

Von einem Ort der Geborgenheit konnte also kaum die Rede sein. Er verbrachte daher die meiste Zeit in den Wäldern des Shinyamas, um möglichst viel Abstand zwischen sich und die Person zu bringen, die ihn seit seiner Geburt verachtete. Doch heute schien es die heilige Kami Inari mal wieder auf ihn abgesehen zu haben. Mit jedem seiner Schritte verringerte sich der freiwillig gewählte Abstand und er spürte schon das Unheil auf sich zukommen.

Hitoshi hingegen war ganz entspannt. Er musste sich auch keine Gedanken darüber machen, seine Worte jedes Mal mit Bedacht zu wählen, wenn er mit ihrem Vater sprach. Er musste sich nicht fortwährend so tief vor ihm verneigen, wie es sonst nur einem Gott zustand und jeglichen Augenkontakt vermeiden. Weder Hitoshi noch seine anderen Geschwister hatten je die Ablehnung zu spüren bekommen, die ihr Vater ihm jedes Mal entgegenbrachte, wenn er sich denn einmal dazu herabließ, mit ihm zu reden. Allein der Gedanke daran ließ ihn seine Hände zu Fäusten ballen.

Vor dem Anwesen war ein prächtiger Ziergarten angelegt worden, über den mehrere Holzbrücken führten. Ein künstlich angelegter Bach, in dessen Wasser sich das Mondlicht brach, wand sich wie eine träge Schlange hindurch. Der frische Geruch von Bambus mischte sich mit dem schweren Duft von Pfingstrosen, den Lieblingsblumen seiner Mutter.

Er folgte seinem Bruder über eine der Brücken auf die hölzerne Veranda des Anwesens. Diese verband das Hauptgebäude mit den Nebengebäuden. Prächtige Holzvertäfelungen zierten die Wände und wechselten sich mit handgeschöpften Reispapierwänden ab. Ihr Weg führte sie direkt zum Hauptgebäude, das genau in der Mitte des Bergplateaus platziert war. Sein Urgroßvater hatte darauf geachtet, dass alles im Gleichgewicht war, genau so, wie es die Kami Inari bevorzugte. Nichts war bei der Planung dem Zufall überlassen worden, alles hatte seinen angestammten Platz.

Genauso wie auch er seinen ʻPlatzʼ hatte. Unbändige Wut über dieses Unrecht keimte in ihm auf und er unterdrückte mühsam ein verärgertes Schnauben. Im Eingangsbereich des Hauptgebäudes zogen die Brüder ihre Sandalen aus, wie es sich gehörte. Danach schritten sie auf makellos weißen Zehensocken einen schier endlos langen Flur entlang. Er war gesäumt von Reispapierwänden, die mit prächtigen Malereien geschmückt waren. Je weiter sie den Gang entlang schritten, desto aufwändiger und detaillierter wurden die Darstellungen. Die meisten von ihnen zeigten Füchse mit mehreren Schweifen. Diese wurden immer wieder von blühenden Kirschbäumen abgelöst.

Schnell senkte er den Blick, doch es war bereits zu spät. Schmerzhafte Erinnerungen fluteten seinen Geist und er hatte Mühe sich auf den Weg vor sich zu konzentrieren. Sein Blick trübte sich und er wünschte, er könnte seine qualvolle Vergangenheit endlich hinter sich lassen. Sein Herz hämmerte in seiner Brust und es war ihm, als würde ihm der Schmerz die Kehle zuschnüren. Mit jedem weiteren Schritt fiel ihm das Atmen schwerer und die Dunkelheit zerrte unablässig an seinem Geist. Drohte ihn hinabzuziehen mit ihren grässlichen Klauen und an sich zu ketten, wie schon all die unzähligen Jahre zuvor.

In dem Augenblick blieb sein Bruder endlich vor einem der Zimmer stehen und erlöste ihn davon, noch weiter über sein elendes Schicksal nachzudenken. Er bannte die Erinnerungen zurück in den hintersten Winkel seines Verstandes und die Dunkelheit so weit es ging aus seinem Herzen. Dann betrat er den Besprechungsraum, in dem ihr Vater seine Unterredungen führte. Für das Gespräch mit ihm benötigte er seine ganze Konzentration.

Hitoshi verließ den Raum sogleich wieder und schloss leise die Schiebetüre hinter sich. Er hingegen kniete sich auf den hölzernen Boden und verneigte sich, dabei darauf bedacht, dass nur seine Fingerspitzen den Boden berührten. Kurz darauf wurde die Shoji ein weiteres Mal geöffnet und energischer wieder geschlossen. Aus dem Augenwinkel sah er lediglich die blütenweißen Tabi seines Vaters über den Boden schreiten, bis sie in gut zwei Metern Entfernung vor ihm zum Stehen kamen. Auch ohne aufzusehen, spürte er den eiskalten Blick seines Vaters auf sich. Also bemühte er sich um eine noch unterwürfigere Verbeugung.

Für eine kleine Weile, die ihm wie eine Ewigkeit vorkam, herrschte eine angespannte Stille in dem übersichtlichen Raum. Doch sein Vater war gut darin, seine Gesprächspartner durch scheinbar endlose Geduld so nervös zu machen, dass sie ihm danach schier aus der Hand fraßen. Kaum einer dachte daran, dass diese nur gespielt war, denn eigentlich war Gen ein sehr ungeduldiger Mann. Zudem war er ein äußerst strenger Zeitgenosse und machte damit seinem Namen alle Ehre.

Während er sich immer weiter anspannte, versuchte er die aufsteigende Wut ob dieser Spielchen zu unterdrücken. Sein Vater musterte ihn derweil mit offensichtlicher Genugtuung. Schließlich hatte Gen jedoch genug von seiner Folter und richtete das Wort an seinen jüngsten Sohn: »Wieso musste ich so lange auf dich warten, Kiba? Wo hast du dich wieder herumgetrieben?« Kiba zuckte bei den harschen Worten zusammen. Dabei sollte er es eigentlich gewohnt sein, immerhin redete sein Vater immer in diesem Tonfall mit ihm. »Ich war im südlichen Wald und habe mein Flötenspiel geübt«, gab er leise zurück und sein Vater schnaubte abfällig.

»Verstehe. Aber jetzt, da du hier bist, möchte ich etwas mit dir besprechen. Etwas, zu dem mich deine Mutter überredet hat. Du solltest ihr dafür also dankbar sein«, bemerkte er spitz und Kiba verengte seine Augen zu schmalen Schlitzen. Sein Vater liebte seine Mutter, und doch behandelte er sie in solchen Dingen nicht selten von oben herab. »Ich werde Mutter meinen Dank ausrichten, sobald unsere Unterredung beendet ist, Vater«, entgegnete er bemüht höflich und der ältere Mann nickte.

»Gut. Wie dem auch sei, deine Mutter hat mich dazu überredet, dich wieder an der Jagd teilnehmen zulassen. Ich war zunächst dagegen, immerhin habe ich die Schande nicht vergessen, die du vor einhundertsechsundfünfzig Jahren über uns gebracht hast. Du weißt sicher wovon ich spreche, nicht wahr?« Der Groll in der Stimme seines Vaters war nicht zu überhören und Kiba nickte leicht.

Natürlich hatte er es nicht vergessen. Wie könnte er? Sein Vater ließ ihn schließlich jeden Tag aufs Neue spüren, dass er eine Schande für die Familie war und er ihn am liebsten loswerden wollte. Doch die Kami Inari hätte es nicht geduldet, wenn sein Vater ihn verbannt hätte und so durfte Kiba bleiben. Allerdings hatte ihm sein Vater seitdem kaum Gelegenheiten gegeben, mit ihm zu sprechen. Er konnte sie an einer Hand abzählen und bei diesen wenigen Treffen hatte sein Vater stets das Thema gewechselt, sobald das Wort »Mensch« gefallen war. Auch seine Brüder hatten sich von ihm abgewandt. Lediglich seine Mutter und seine jüngere Schwester machten ihm sein Leben voller Schmach ein wenig erträglicher.

Das Schlimmste war jedoch die innere Dunkelheit, der er seit jener Zeit ausgesetzt war. Sein Vater hatte damals veranlasst, ihn zur Strafe in seinem Zimmer einzusperren. Seine Schwester und seine Mutter hatten ihn nur alle paar Tage besuchen dürfen. Die meiste Zeit war er alleine gewesen. Mit sich und seinen Gedanken. Den grausigen Erinnerungen und dem Wissen, für *ihren* Tod verantwortlich zu sein. Wenn Gen sich dazu herabgelassen hatte, ihn zu besuchen, dann lediglich, um ihm vorzuwerfen, dass er eine Schande für die Familie war. Er hatte es dabei nicht einmal für nötig erachtet, das Zimmer zu betreten. Stattdessen hatte er vor der Shoji gesessen und ihm vorgehalten, wie sehr er sich doch für ihn schämte.

All die Schmach, die Verachtung und die Vorwürfe hatten sich in seinen Gedanken zu einem stetig dunkler werdenden Strudel vereint, in den er immer weiter hineingesogen worden war. Kiba war sich sicher, dass er kurz davor gestanden war verrückt zu werden. Doch seine Mutter hatte dafür gesorgt, dass er sich auf dem Shinyama wieder frei bewegen durfte. Es war ihm jedoch verboten, die Welt der Menschen zu betreten. Sein Vater hatte ihn mit der Isolation für sein schändliches Verhalten bestrafen wollen und es hatte funktioniert.

Kiba hatte jeden Augenblick darunter gelitten und sich vorgenommen sein Herz nie wieder an die falsche Frau zu verlieren. Auch jetzt noch plagten ihn regelmäßig Albträume, in denen er von *ihrem* Tod träumte. Gequält verzog er das Gesicht und drängte die düsteren Gedanken erneut zurück. *Nicht jetzt. Nicht hier,* mahnte er sich und atmete tief ein und aus. Sein rasender Herzschlag beruhigte sich und er konzentrierte sich wieder auf das Gespräch.

»Wie ich sehe erinnerst du dich. Vergiss es niemals, hörst du? Die Menschen sind hinterhältig und missgünstig. Sie manipulieren wo sie nur können und man kann ihnen nicht trauen. Du wirst dich ihnen also nicht nähern, damit so etwas ja nie wieder vorkommt«, grollte sein Vater und Kiba duckte sich unter den harten Worten. Dabei musste sein Vater ihm dies nicht einmal sagen, er wusste selbst, dass man einem Menschen nicht vertrauen durfte. Sie waren schwach und sie waren verletzlich. Eine zu spät behandelte Wunde genügte bereits, um ihr Lebenslicht erlöschen zu lassen. Im einen Augenblick stahlen sie einem das Herz und im nächsten siechten sie bereits dahin. Wie erbärmlich.

Damals hatte er, naiv wie er war, einen unverzeihlichen Fehler begangen. Das würde ihm nicht noch einmal passieren. Er wusste schließlich, was die Konsequenzen waren. Das Bild eines fensterlosen Raumes erschien vor seinem inneren Auge und er schluckte hart. Die allgegenwärtige Dunkelheit, die strafenden Blicke seines Vaters und die immerwährende Einsamkeit – all das hatte er bis jetzt erdulden müssen. Doch dazu würde es nie wieder kommen. Ein Geistwesen hatte sich von den Menschen fernzuhalten und genau das würde er tun.

Gen räusperte sich kurz, bevor er fortfuhr: »Du hast Glück, dass dein Bruder Izuya momentan dabei ist, eine Frau zu finden. Er wird sich also in den nächsten Monaten nicht an der Jagd beteiligen können. Es war der Wunsch deiner Mutter dich wieder daran teilnehmen zu lassen. Da ich ihr nie einen Wunsch verwähren würde, habe ich schließlich zugestimmt.«

Es dauerte einen Moment, bis Kiba begriff, was sein Vater ihm damit sagen wollte. Schließlich riss er ungläubig die Augen auf und starrte Gen fassungslos an. Die Nachricht überraschte ihn so sehr, dass er in diesem Moment jegliche respektvolle Geste vergaß.

Sein Vater musterte ihn kalt aus eisgrauen Augen, während Kiba sich sammelte und unsicher nachhakte: »Ihr wollt mich wirklich wieder daran teilhaben lassen, Vater? Ich ... das kann ich gar nicht glauben. Ich weiß gar nicht was ich sagen soll.« Gen verzog daraufhin verärgert das aristokratische Gesicht. Seine acht Schweife, die ihm nach der Kami Inari den höchsten Rang unter den Kitsune verliehen, peitschten unruhig durch die Luft. Gen trug heute einen nachtschwarzen Yukata, der mit Dutzenden roten Drachen verziert war, die sein machtvolles Auftreten noch unterstrichen. Sein silbergraues Haar hatte er zu einem strengen Knoten gefasst, wie es vor Jahrhunderten in Japan Mode gewesen war. In diesem Moment legte er seine weißen Fuchsohren eng an. Kiba war sich sicher, dass sein Vater ein Knurren unterdrücken musste.

»Du solltest deiner Mutter gegenüber Dankbarkeit zeigen und mir den nötigen Respekt!«, fuhr er ihn an und Kiba senkte demütig das Haupt. »Verzeiht, Vater. Ich war nur so überrascht, dass ich darüber meine respektvolle Haltung verloren habe. Lasst mich Euch versichern, dass das nicht noch einmal vorkommen wird«, entschuldigte er sich. Gen schnaubte verächtlich. »Wenn du dich heute Nacht bei der Jagd gut anstellst, dann werde ich dich auch weiterhin daran teilnehmen lassen. Solltest du jedoch versagen, dann sei dir sicher, dass du meinen Zorn spüren wirst!«, knurrte sein Vater ungehalten und Kiba nickte abermals.

»Gut. Dann geh mir jetzt aus den Augen. Hitoshi wird dir erklären was du zu tun hast. Immerhin ist es ja schon eine Weile her, dass du dabei warst«, sagte Gen noch und Kiba verließ den Raum, ohne sich noch einmal umzudrehen. Normalerweise hätte er eine Unterredung mit seinem Vater voller Wut verlassen. Doch er war so froh darüber, dass er endlich wieder an einer Jagd teilnehmen durfte, dass die Euphorie jeglichen Ärger überdeckte. Hitoshi erwartete ihn bereits und lächelte leicht. »Du darfst also wieder mit auf die Jagd? Ich hätte echt nicht gedacht, dass unser alter Herr sich noch einmal umstimmen lässt«, bemerkte er amüsiert und Kiba grinste.

»Das habe ich einzig und alleine Mutter zu verdanken. Ich werde mich nachher gebührend bei ihr bedanken.« Hitoshi nickte und schlang ihm einen Arm um die Schultern. »Na dann kleiner Bruder, komm mit. Ich werde dir noch einmal erklären, worum es bei der Jagd geht. Und danach werden wir ein paar Oni zurück in die Unterwelt schicken.« Kiba nickte aufgeregt. »Ich freue mich schon darauf, diese widerlichen Kreaturen mal wieder aufzumischen«, gab er zu und sein Bruder lachte herzhaft. »Das verstehe ich, immerhin musstest du lange darauf verzichten. Na los, folge mir.«

Ihr Weg führte sie den langen Gang zurück zum Empfangsbereich und sie zogen sich ihre Geta wieder an. Im Hauptgebäude befanden sich die Privatgemächer der Familie sowie das Besprechungszimmer und auch ein großes Speisezimmer. In den angrenzenden Trakten waren die Dienstboten sowie die Bäder, die Lagerräume und Gästezimmer untergebracht. Hitoshi führte Kiba über eine weitere Brücke zu einem der Nebengebäude. In diesem befand sich das Dōjō des Anwesens. Dort trainierten seine Brüder und sein Vater meistens neue Angriffstaktiken und bereiteten sich auf die Oni-Jagd vor.

»Ich bin gespannt, was Ikuto dazu sagen wird«, sinnierte Hitoshi und zog sich abermals die Sandalen aus. Kiba tat es ihm gleich und stellte sie ordentlich neben die seines Bruders. »Ikuto wird nicht gerade begeistert sein«, meinte er resigniert und Hitoshi seufzte. »Jetzt zieh doch nicht so ein Gesicht, Bruder. Mit der Einstellung wird es dir nicht gelingen einen Oni zu fangen. Wir müssen zusammenarbeiten.« Er schob die Shoji zur Seite und betrat vor Kiba den holzvertäfelten Raum. Hitoshi beschwor eine kleine blaue Flamme und entzündete damit eine Laterne neben dem Eingang. Diese tauchte den Raum in ein schummriges Licht.

»Ja, das stimmt schon. Aber du weißt doch, dass Ikuto mich nicht sonderlich leiden kann. Und außerdem werde ich den Rückstand nie wieder aufholen können. Ich werde vermutlich versagen.« Hitoshi lächelte ihn aufmunternd an und klopfte ihm auf die Schulter. »Das wird schon. Du bist ein Kitsune, es liegt dir im Blut, diese widerlichen Kreaturen zu vertreiben. Du bist besser als sie oder irgendein anderes dämonisches Wesen. Deshalb kannst du gar nicht versagen, Kiba«, sprach er und die Entschlossenheit in seiner Stimme machte Kiba Mut.

»Du hast recht. Ich bin ein Kitsune, ich bin stärker und schneller als es je ein Oni sein könnte! Also gut, weih mich in die Geheimnisse der Jagd ein«, forderte er seinen Bruder auf und dieser grinste erneut. »Das ist die richtige Einstellung. Du wirst sehen, so schwer ist es gar nicht und Vater wird heute Abend stolz auf dich sein.« Hitoshi blies sanft gegen das Licht der Kerze, doch anstatt zu erlöschen zerstob die Flamme in mehrere kleine Funken. Mit einer kreisenden Handbewegung befahl Hitoshi den Funken, sich im Raum zu verteilen. Wie aufs Stichwort entzündeten sie schließlich weitere Laternen an den Wänden.

Das Dōjō war nun hell erleuchtet und der frisch polierte Boden glänzte sanft im Kerzenlicht. Hitoshi hängte die Laterne zurück an den Haken neben der Tür. Dann schritt er in die Mitte des Raumes und ließ sich dort auf den Knien nieder. Kiba folgte seinem Beispiel und setzte sich ihm in einigem Abstand gegenüber. »Bist du bereit?«, fragte Hitoshi und Kiba nickte. »Gut, dann lass uns anfangen.« In der nächsten Stunde wies Hitoshi Kiba erneut in die Kunst der Oni-Jagd ein. Dieser versuchte, sich alles so genau wie möglich einzuprägen, um seinen Vater nicht noch einmal zu erzürnen.

VERKNÜPFTE SCHICKSALE
AUGSBURG, DEUTSCHLAND

»Ich verstehe nicht, warum er sich nicht bei dir entschuldigen kann. Er ist wirklich ein Trottel. Wein ihm bloß keine Träne hinterher, hörst du«, raunte Jacky wütend. Sie hatten gerade das Fach Darstellung, in dem sie ihre technischen Kunstfertigkeiten weiterentwickeln sollten. Momentan arbeiteten sie an einer Insektenstudie, wobei sie die Tiere so naturgetreu wie möglich mit Bleistift zeichnen sollten. »Hatte ich auch gar nicht vor«, erwiderte Sakura nicht minder verärgert. Gerade zeichnete sie höchst konzentriert den Flügel ihres Schmetterlings mit einem weichen Bleistift nach.

Sie hatte mit Dennis abgeschlossen und ihn seit der Party gekonnt ignoriert. Das war nun eine Woche her und Jacky war sichtlich stolz auf sie. Auch wenn Sakura immer noch sehr enttäuscht über seine Abfuhr war. Der Grund für seine Zurückweisung war sicher eine Ausrede gewesen. Aber was konnte man auch von jemandem erwarten, der Mädchen nur anziehend fand, wenn sie sich hübsch anzogen? Eva hatte nun vermutlich wieder mehr Chancen bei ihm. Das schien auch sie selbst gemerkt zu haben, denn sie trug täglich tief ausgeschnittene Oberteile. Sakura fragte sich, wie sie es schaffte, dass nichts versehentlich herausfiel.

Den Jungs in der Klasse gefielen Evas Outfits natürlich auch. *Oberflächliche Idioten.* Kam es denn wirklich nur auf das Äußere an? War es nicht der Charakter, der zählte? Oder war sie einfach nur naiv und hatte nicht verstanden, wie es im Leben wirklich zuging? Eigentlich hatte sie immer gehofft, eines Tags jemanden kennen zu lernen, der sie so liebte, wie sie war. Aber vielleicht hatte sie einfach zu viele Liebesromane gelesen, in denen die Wirklichkeit beschönigt dargestellt wurde. *Gibt es die wahre Liebe überhaupt? Oder ist das alles nur die Erfindung von Romanautoren, damit wir uns besser fühlen?*

Sie wusste es nicht. Vermutlich steigerte sie sich gerade zu sehr in dieses Thema hinein. Immerhin hatte sie ja erst vor Kurzem einen Korb bekommen. Doch auch wenn sie sich noch immer über Dennis' Verhalten ärgerte, konnte sie wenigstens bei einer anderen Sache deutlich aufatmen: Seit der Party, hatte sich keines der gruseligen Hasenmonster mehr blicken lassen. Auch die Geisterfrau war ihr nicht erneut erschienen. Weder im Traum noch in ihrem Badezimmerspiegel, worüber sie sehr froh war.

Denn nun war sie sich sicher, dass sie sich das Ganze nur eingebildet hatte. Der Alkohol hatte ihr wohl etwas vorgegaukelt, das Gespräch mit der fremden Frau hatte nie stattgefunden. Sie hatte offensichtlich mit sich selbst geredet. Scheinbar besaß sie eine blühende Fantasie, wenn sie sich schon eingeredet hatte, ihr Schicksal sei mit dem einer fremden Person verknüpft. Vermutlich hatte sie zu viele Mangas gelesen, denn sie glaubte normalerweise weder an Schicksal noch an Karma. Mit einem Fremden durch irgendeine göttliche Fügung verbunden zu sein, hörte sich einfach zu sehr nach einer Fantasygeschichte an. Kopfschüttelnd verdrängte sie den Gedanken wieder. *Es gibt kein Schicksal und auch keine Verbindung, Punkt.*

Jacky bemerkte glücklicherweise nicht, dass sie gerade nicht bei der Sache war. Sie hatte ihrer Freundin noch immer nichts von dem Vorfall im Badezimmer erzählt und sie wollte es auch nicht tun. Es war einfach nur peinlich. Jacky würde lediglich grinsen und ihr raten, das nächste Mal weniger Alkohol zu trinken. Doch da sie eh nicht plante, in nächster Zeit irgendwelche Feiern zu besuchen, erübrigte sich dieser Ratschlag. Stattdessen wollte sie sich darauf konzentrieren, das Schuljahr mit guten Noten abzuschließen und ihre Mutter mit Stolz zu erfüllen.

Also wischte sie alle Gedanken an eingebildete Geisterfrauen, verknüpfte Schicksale und merkwürdige Hasenwesen fort. Sie war eine normale Schülerin mit guten Noten und sie war froh über ihr beschauliches Leben.

Aufregung und Abenteuer waren einfach nichts für sie. Und eine wirklich außergewöhnliche Persönlichkeit war sie auch nicht. Sie würde in zwei Jahren ihr Abitur machen und Japan vermutlich auch erst in ein paar Jahren wieder besuchen. Nicht, weil sie ihre Großmutter nicht liebte, aber sie konnten sich einen Flug dorthin nicht einfach so leisten.

Das Schicksal jedoch, an welches sie so wenig glaubte, schien ganz andere Pläne mit ihr zu haben. Kaum war sie am Abend eingeschlafen, hörte sie wieder diese - mittlerweile vertraute - Stimme. »*Sakura ... Sakura ...*«, wisperte sie sanft in der Dunkelheit. Sakura spürte heiße Wut in sich aufsteigen, wie Lava in einem brodelnden Vulkan. »*Was willst du von mir? Lass mich gefälligst in Ruhe! Du bist ein Geist und die gibt es nicht*«, schrie sie der Stimme ungehalten entgegen. Sie erschrak jedoch fürchterlich, als die junge Frau plötzlich direkt neben ihr auftauchte. »*Ich fürchte, ich kann dich nicht in Ruhe lassen, Sakura. Bitte, du musst mir helfen*«, erwiderte sie immer noch sanft, aber bestimmt. »*Jetzt fängst du schon wieder damit an! Ich werde dir nicht helfen, such dir jemand anderen dafür*«, entgegnete Sakura wütend, doch die Frau machte keinerlei Anstalten zu gehen.

»*Das geht nicht, das habe ich dir doch schon gesagt. Dein Schicksal ist mit Kibas verbunden. Spürst du denn nicht, wie er leidet?*« »*Nein, ich spüre nicht, wie jemand leidet, der nicht existiert. Ich werde jetzt gehen und du lässt mich ab sofort bitte in Ruhe. Ich kann dir nicht helfen*«, antwortete sie genervt und wandte sich ab. Doch die Fremde hielt sie unerbittlich am Arm fest.

»Wenn du nicht zu ihm gehst, wird er niemals frei sein! Noch kannst du ihn retten«, flehte sie und sah Sakura eindringlich in die Augen. Für einen kurzen Moment war Sakura schon gewillt, ihr nachzugeben. Dann jedoch riss sie sich los und stapfte in die Dunkelheit davon.

»Na, dann bleibt er eben gefangen. Das Ganze ist doch sowieso nur ein Hirngespinst von mir. Du bist nicht real und er auch nicht, also passiert ja sowieso nichts«, rief sie der Frau noch über die Schulter hinweg zu. Aus den Augenwinkeln sah sie noch, wie diese zu Boden sank. *»Dann lässt du mir keine andere Wahl. Wenn du nicht freiwillig nach Japan reisen willst, werde ich dich wohl dazu zwingen müssen«,* sprach die Frau leise. Sakura schüttelte nur den Kopf.

Kurz darauf zog sich die Dunkelheit bereits wieder zurück und Sakura wachte langsam auf. Blinzelnd öffnete sie die Augen und erkannte lediglich die bekannten Umrisse ihrer Möbel. *Es ist also noch mitten in der Nacht*, schlussfolgerte sie und ein Blick auf den Wecker bestätigte diese Vermutung. Es war kurz nach zwei Uhr morgens. Entnervt drehte sie sich auf die andere Seite und schloss abermals die Augen. Es wäre doch gelacht, wenn sie nicht gleich wieder einschlafen würde! In ihrem Kopf kreisten jedoch die letzten Worte der Frau und sie wurde von einem mulmigen Gefühl erfasst. Irgendetwas würde passieren und sie war sich sicher, dass es nichts Gutes sein würde.

Der nächste Tag begann wie jeder andere Schultag auch. Als sie in die Küche kam, sah sie auf dem Tisch einen kleinen Zettel liegen. Ihre Mutter war heute anscheinend schon früher zur Arbeit gefahren, da sie dort ein morgendliches Meeting abhielten. »Schön, dann esse ich wohl alleine«, murmelte sie und bestrich sich eine Vollkornsemmel mit Marmelade. Danach schnappte sie sich ihren Helm und ihre Schultasche und lief in die Tiefgarage. Sie war gerade erst die Rampe hinaufgefahren, als etwas direkt vor dem Roller über die Straße sprang. Sakura bremste erschrocken ab. Irritiert blickte sie sich um und konnte einen Schrei gerade noch unterdrücken, als sie wieder eines der Hasenmonster auf dem Rasen sitzen sah. Wieder blickte es sie aus leuchtend roten Augen an. Es kam ihr so vor, als läge dieses Mal ein gewisser Vorwurf in seinem Blick. Doch das war Unsinn und sie schüttelte den Kopf, bevor sie einfach weiterfuhr. *Diese Monster sind nicht real,* rief sie sich selbst zur Ordnung und konzentrierte sich dann aufs Fahren, um heil an der Schule anzukommen.

Der Schultag verlief wie üblich schleppend, aber ohne besondere Vorkommnisse. Keine Hasenmonster weit und breit. Zusammen mit Jacky genoss sie nach dem Unterricht noch ein leckeres Eis in ihrer Lieblingseisdiele, wo sie Pläne für die Pfingstferien schmiedeten. Es war kurz nach sechs, als Sakura schließlich zu Hause ankam. Sie fuhr mit dem Roller in die Garage und sah den Ford ihrer Mutter bereits auf dem Stellplatz stehen. Überrascht zog sie die Brauen nach oben, ehe sie die Vespa daneben stellte. *Heute hat sie aber früh Schluss machen können,* überlegte sie und nahm den Helm ab. Liebevoll tätschelte sie noch den Lenker ihres Gefährts, dann machte sie sich auf den Weg nach oben.

Sakura entdeckte ihre Mutter in der Küche, wo sie gut gelaunt in einem Topf rührte. »Mmh, Spaghetti Bolognese«, bemerkte Sakura glücklich und atmete den würzigen Duft der blubbernden Sauce tief ein. »Ich weiß doch, dass du das gerne isst. Wenn du deine Sachen aufgeräumt hast, kannst du dann bitte den Tisch decken?« »Klar, mach ich«, bejahte sie und räumte ihre Schultasche in ihr Zimmer. Sakura hatte gerade angefangen, den Tisch zu decken, als das Telefon klingelte und sie beide verwundert innehielten. »Ich geh schon,« meinte Sakura dann nur und eilte in den Flur, um den Hörer abzunehmen. »Hallo«, fragte sie höflich und war überrascht, als sie die Stimme ihrer Großmutter am anderen Ende der Leitung vernahm.

»Oh. Ohayô gozaimasu, sobo. Hai, Sakura desu. Hai, genki desu. Ah, chotto matte.« Sie presste den Telefonhörer an sich und eilte zurück in die Küche. »Großmutter ist am Telefon, sie möchte dich sprechen. Irgendwie klang sie ziemlich ernst«, erklärte sie. Ihre Mutter nahm rasch den Hörer an sich. »Moshi moshi! Hai, Hina desu. Hai-« den Rest bekam

Sakura nicht mehr mit, denn ihre Mutter zog sich ins angrenzende Wohnzimmer zurück.

Mit gerunzelter Stirn beobachtete Sakura die geschlossene Türe. Das ungute Gefühl, welches sie in der vergangenen Nacht beschlichen hatte, breitete sich wieder in ihr aus. Etwas war nicht in Ordnung, das spürte sie ganz genau. Und ein winziger Teil ihres Gehirns war sich sicher, dass dies mit den merkwürdigen letzten Worten der Geisterfrau zu tun hatte. Doch ihr Verstand wischte diese absurde Theorie einige Sekunden später bereits wieder fort.

Es gibt keine Geister, Punkt. Großmutter ist vielleicht nur krank. Das ist kein Grund sich gleich wieder über irgendwelche Hirngespinste zu sorgen, schalt sie sich selbst. Sie atmete ein paar Mal tief ein und aus, bevor sie sich dem Abendessen auf dem Herd zuwandte. Die Sauce köchelte vor sich hin und Sakuras Magen knurrte laut.

Mit einem Lächeln nahm sie die Bolognese-Sauce vom Herd und stellte sie auf einen Untersetzer am Tisch. Die Nudeln verteilte sie gerecht auf zwei Teller. »Es ist bestimmt nichts Schlimmes passiert«, versuchte sie sich selbst zu beruhigen. Doch sie schaffte es nicht, sich vollends davon zu überzeugen. Trotzdem begann sie schließlich ihre Portion zu essen, ehe sie kalt würde, und zwei Minuten später kehrte ihre Mutter zurück. Sie wirkte müde und besorgt. Sakura fragte bekümmert: »Ist alles in Ordnung mit *sobo*?« Ihre Mutter schüttelte nur den Kopf und ließ sich ihr gegenüber am Esstisch nieder, doch den Teller ignorierte sie. »Was hat sie denn?« Sakura legte die Gabel beiseite. Der Blick ihrer Mutter machte ihr irgendwie Angst und Sakura befürchtete, sie würde gleich in Tränen ausbrechen.

Seufzend fuhr sich ihre Mutter durchs Haar und schien nach Worten zu ringen, doch dann antwortete sie schwach: »Sie ... ist heute Morgen die Treppe hinuntergestürzt und der Nachbar, Herr Takashi, hat sie ins Krankenhaus gefahren. Dort wurde sie geröntgt und gerade hat sie erfahren, dass ihr Bein wohl gebrochen ist. Sie muss für zwölf Wochen einen Gips tragen und ist auf die Hilfe der Nachbarn angewiesen, da sie ja ganz alleine in dem Haus wohnt.« Sie unterbrach sich und Sakura stand auf, um ihre Mutter zu umarmen. »Das tut mir wirklich leid für *sobo*«, sprach sie leise und ihre Mutter erwiderte die Umarmung traurig.

Sakura fühlte sich in diesem Moment wirklich schlecht; sie hatte ihre Großmutter seit Jahren nicht gesehen und nun war sie verletzt. Ihr Herz zog sich bei dem Gedanken zusammen, dass die alte Frau nun ganz alleine in dem großen Haus lebte und nur ab und an von den Nachbarn versorgt wurde. »Und mir erst, denn wir können ihr gerade nicht helfen. Dabei sind wir doch ihre Familie!«, entgegnete ihre Mutter mit belegter Stimme. Sakura strich ihr tröstend über den Rücken. *Ich muss für haha stark sein. Sie braucht im Moment mehr Trost als ich. Ich hoffe, ich kann sie irgendwie beruhigen,* überlegte sie und unterdrückte mit Mühe ihre aufkommenden Tränen. Dann straffte sie sich und meinte aufmunternd: »Wir können sie doch besuchen. In den Pfingstferien.« Ihre Mutter schüttelte den Kopf. »So schnell bekomme ich keinen Urlaub. Aber wir werden sie besuchen, bald schon. Ich habe ihr versprochen, dass wir in ein paar Wochen zu ihr kommen und dann werden wir sie mit nach Deutschland nehmen«.

Perplex ließ Sakura von ihrer Mutter ab und starrte sie ungläubig an. »Du willst *sobo* hierherholen? Aber ... das geht doch gar nicht so einfach«, stammelte sie und ihre Mutter nickte erschöpft. »Ich weiß. Doch sie kann nicht dortbleiben, in dem großen Haus, so ganz alleine. Sie braucht jemanden, der ihr hilft, immerhin ist sie schon sechsundsiebzig. Deswegen wird sie zu uns nach Deutschland ziehen. Deine Großmutter hat schon zugestimmt, auch wenn es ihr sicherlich nicht leichtfallen wird.« Sakura nickte verstehend, auch wenn sie immer noch ein wenig überrumpelt war. »In den Sommerferien besuchen wir also *sobo*, ja? Und wie lange bleiben wir dort?«, hakte sie dann nach und ihre Mutter schenkte ihr einen mitleidigen Blick. »Fast die ganzen Ferien, fürchte ich. Ich muss immerhin ihre Unterlagen für die Einreise organisieren und ihre ganzen Habseligkeiten zusammenpacken. Und sie muss sich ja auch noch von ihren Freunden verabschieden und von ihrem Beinbruch erholen.« Fassungslos starrte sie ihre Mutter an. Sie konnte nicht glauben, was sie da hörte.

»Die ... ganzen Ferien? Aber ich kann doch nicht sechs Wochen in Japan bleiben! Was ist mit Jacky? Wir hatten schon so viel geplant und –« Sie unterbrach sich, als sie die Enttäuschung im Blick ihrer Mutter sah. »Ich weiß, dass du schon viel geplant hast und es tut mir auch sehr leid, dass ich dir diesen Sommer jetzt kaputt mache. Aber deine Großmutter ist verletzt und sie hat dich schon seit vier Jahren nicht mehr gesehen. Ist es da nicht nur fair, sie für eine etwas längere Zeit zu besuchen und ihr beim Umzug zur Hand zu gehen?«, erwiderte ihre Mutter nüchtern und Sakura sah bedrückt zu Boden.

»Ja ... schon. Aber ich könnte doch nach drei oder vier Wochen wieder zurückfliegen. Ich meine ich bin achtzehn, ich kann schon auf mich aufpassen«, versuchte sie ihre Mutter zu überreden, doch diese schüttelte nur den Kopf. »Ja, du bist jetzt volljährig und ich bin mir sicher, du könntest dich selbst versorgen. Aber ich brauche dich in Koyamason bei deiner Großmutter. Ich kann nicht alles alleine erledigen. Jemand muss sich um sie kümmern, während ich in der Stadt die wichtigsten Unterlagen beantrage. Die Umzugskartons packen sich auch nicht von alleine, immerhin muss ein ganzes Haus ausgeräumt werden. Und du hast deine Großmutter jetzt seit Jahren nicht mehr gesehen. Ich glaube da ist es nur gerecht, wenn du ein paar Wochen bei ihr bleibst und beim Umzug hilfst.«

Da begriff Sakura, dass es zwecklos war, ihre Mutter weiter überreden zu wollen. Und sie verstand auch deren Argumente. Immerhin liebte Sakura ihre Großmutter. Also war es nur richtig, wenn sie beim Umzug half. Ergeben seufzend nickte sie und ihre Mutter lächelte matt. »Du bist ein gutes Mädchen, Sakura. Ich weiß, dass du enttäuscht bist, weil du deine Sommerferien in einem winzigen Dorf in Japan verbringen musst. Aber vielleicht lernst du dort auch jemanden kennen mit dem du dich anfreunden kannst.« Ihre Mutter versuchte eindeutig, sie aufzuheitern. Sakura schenkte ihr darauf ein aufgesetztes Lächeln.

Sie war sich sicher, dass sie in dem Kaff ihrer Großmutter niemanden in ihrem Alter kennen lernen würde. *Jacky wird total enttäuscht sein, dass wir in den Sommerferien doch nichts zusammen unternehmen können,* überlegte sie bitter und widmete sich ihren mittlerweile erkalteten Nudeln. In Gedanken versunken, dachte sie erneut an die Worte der Geisterfrau. Ihr wurde ganz flau im Magen und die Hand, mit der sie die Gabel hielt, zitterte leicht. *Kann es sein, dass sie etwas mit dem Unfall zu tun hat?*

Allein der Gedanke war entsetzlich. Aber auch vollkommen unrealistisch. *Das ist doch Unsinn. Sobos Sturz war reiner Zufall. Oder nicht?* Eine kleine, uneinsichtige Stimme in ihrem Kopf war nicht ganz überzeugt davon und sie schob den Teller zur Seite. Der Appetit war ihr nun endgültig vergangen. »Ich gehe mal meine Hausaufgaben machen«, entschuldigte sie sich lahm. Ihre Mutter sah ihr besorgt hinterher, sagte aber nichts. Diese Geistersache ging ihr einfach nicht mehr aus dem Kopf und das ärgerte und verunsicherte sie gleichermaßen. Sie musste sich irgendwie ablenken und so schnappte sie sich ihre Mathehausaufgaben und versuchte, diese zu lösen.

Dabei musste sie sich konzentrieren und so konnte sie alle Gedanken an Geister und den Unfall ihrer Großmutter verdrängen. Danach hatte sie sich wieder abgeregt und so beschloss sie, noch ein wenig zu zeichnen. Lächelnd steckte sie ihre Kopfhörer in die Ohren und wählte die Playlist aus, die sie immer zum Zeichnen abspielte. Sobald die ersten Töne erklangen, begann sie das leere Blatt Papier vor sich mit skizzenhaften Linien zu füllen. Wie damals im Bus war sie wieder vollkommen vertieft. Abermals kam es ihr so vor, als würden die Stifte sie führen statt umgekehrt. Erst als sie das Bild eine Stunde später genauer betrachtete, erkannte sie erstaunt, was sie da eigentlich zu Papier gebracht hatte. Es handelte sich um einen blühenden Kirschbaum. Einige Blüten segelten zu Boden. Um den Stamm war ein dünner roter Faden geschlungen, dessen Enden um zwei Hände, genauer gesagt deren kleine Finger, geknotet waren.

Erschrocken ließ sie den Stift fallen. Ihr Herzschlag beschleunigte sich und ihre Hände wurden unangenehm feucht.

In Japan war der rote Faden das Symbol für das Schicksal. In den meisten Darstellungen endete er an den kleinen Fingern der Personen, deren Schicksale miteinander verknüpft waren. Schluckend betrachtete sie die beiden Hände, die linke war eindeutig die einer Frau. Sah man genauer hin, konnte man sogar einige Ähnlichkeiten zu ihrer eigenen linken Hand erkennen, wie etwa den herzförmigen Leberfleck an ihrem Ringfinger.

Die andere Hand war die eines Mannes, größer und kräftiger als ihre, aber mit geschmeidigen Fingern und etwas längeren Nägeln. Sie war ihr fremd und wirkte doch so vertraut, dass sie kurz davor war mit den Fingern darüber zu streichen, um sie zu berühren. Entsetzt über diese vollkommen irrwitzige Reaktion, wandte sie sich von dem Bild ab und versuchte sich zu beruhigen. *Das hat keine Bedeutung! Sakura, du hast nur ein Bild gemalt, auf dem Hände und ein Kirschbaum zu sehen sind ... und ein roter Schicksalsfaden, der beide verknüpft.*

Augenblicklich erstarrte sie, und die Worte der Geisterfrau kamen ihr wieder in den Sinn. *Eure Schicksale wurden bereits vor langer Zeit miteinander verbunden.*

Oh Gott, werde ich jetzt etwa verrückt? Hatte die Geisterfrau etwa doch recht? Sind mein Schicksal und das dieses Kibas miteinander verbunden? Nein, das Schicksal gibt es nicht. Das ist doch nur esoterischer Quatsch. Aber warum zeichne ich dann so etwas? Und warum hat es sich angefühlt, als hätte jemand anders meine Hand geführt? War etwa doch irgendein Geist im Spiel oder bilde ich mir das nur ein? Bin ich wirklich ein Freak? Ich will das nicht! Ich will normal sein. Einfach nur wie alle anderen. All diese Gedanken rasten durch ihren Kopf und verursachten einen pochenden Schmerz hinter den Schläfen. Die aufsteigende Panik schnürte ihr langsam die Luft ab und sie atmete japsend ein.

Als diese wilden Gedanken drohten, sie immer weiter hinabzuziehen, gab sie sich eine leichte Ohrfeige. »Beruhige dich Sakura. Es gibt keine Geister! Dass du das gezeichnet hast, war nur ein Zufall. Genauso wie der Unfall deiner Großmutter. Das hat nichts mit diesen dämlichen Worten zu tun! Dein Unterbewusstsein versucht dir nur etwas vorzugaukeln«, murmelte sie vor sich hin und atmete ein paar Mal tief ein und aus. »Dafür gibt es sicherlich eine vernünftige Erklärung. Denk einfach nicht mehr darüber nach und zerstöre das Bild. Du hast so etwas sicherlich in einem deiner Mangas gelesen«, fuhr sie fort. Rasch zerknüllte sie das Blatt mit beiden Händen und warf es in den Papierkorb.

Danach schloss sie Augen und machte eine der Entspannungsübungen, die ihr ihre Mutter gezeigt hatte. Normalerweise nutzte sie die Übungen nur vor einem Mathetest. Doch diese Situation war eine Ausnahme. Zunächst wackelte sie mit ihren Zehen und konzentrierte sich ganz auf ihre Atmung. Danach wiederholte sie in Gedanken ein kurzes Mantra. *Ich werde entspannter und entspannter. Alles wird gut.* Bereits eine Minute später verlangsamte sich ihr Herzschlag und sie bekam wieder genug Luft.

Zufrieden atmete sie ein letztes Mal tief ein und aus. Ihre wirren Gedanken hatten sich verflüchtigt und sie konnte wieder klar denken. Sie glaubte weder an Geister noch an das Schicksal. Lediglich an Zufälle. Wenn sie sich weiterhin damit beschäftigte, dann würde sie wirklich noch verrückt werden. Also strich sie alle Gedanken daran einfach aus ihrem Gedächtnis. Etwas zu verdrängen war zwar eigentlich nicht gut, aber in diesem Fall war es einfach zu verlockend. Solange sie nicht wieder einen dieser merkwürdigen Träume hatte, war alles in Ordnung. Zumindest hatte sie kein Problem damit, sich das einzureden.

Also ignorierte sie ihre Bedenken, steckte sich wieder ihre Kopfhörer ein und begann in einem neuen Liebesroman zu lesen. Entspannt machte sie es sich in ihrem Bett bequem.

Nach einer Weile musste sie mehrmals herzhaft gähnen, doch der Roman war einfach zu interessant, um ihn schon beiseitezulegen. Als sie jedoch ein neues Kapitel beginnen wollte, fielen ihr beim Lesen schon fast die Augen zu. Resigniert schob Sakura ihr Lesezeichen zwischen die Seiten und legte das Buch zurück auf ihr Nachtkästchen. Im Bad putzte sie noch schnell die Zähne, wobei sie tunlichst einen allzu genauen Blick in den Spiegel vermied.

Auf dem Rückweg huschte sie am Schlafzimmer ihrer Mutter vorbei. »Gute Nacht, *haha*«, sagte sie und ihre Mutter erwiderte den Gruß schwach. Offensichtlich war auch sie schon ziemlich erschöpft. Aber nach der besorgniserregenden Nachricht ihrer Großmutter war das ja auch kein Wunder. Sakura nahm sich vor, am nächsten Tag das Frühstück für ihre Mutter vorzubereiten. Vielleicht konnte sie ihr damit eine kleine Freude machen. Schließlich schlüpfte sie in ihren Schlafanzug und kuschelte sich ins Bett. Sie löschte das Licht und glitt kurz darauf in einen traumlosen Schlaf.

GESTÄNDNISSE

»Ich hätte nicht gedacht, dass du bei der Jagd noch so erfolgreich sein würdest, Kiba. Deine Brüder haben mir berichtet, dass du mehrere Oni zurück in die Unterwelt gejagt hast. Der Wunsch deiner Mutter war also doch nicht so abwegig, wie ich zunächst gedacht habe.« Der Tonfall seines Vaters klang nicht ganz so harsch wie sonst. Die Kälte in seiner Stimme war zwar nicht gewichen, aber er klang deutlich weniger distanziert. *Kann es sein, dass ich mir durch die erfolgreiche Jagd seinen Respekt verdient habe,* dachte Kiba hoffnungsvoll und wagte es für einen kurzen Moment, den Kopf zu heben. Der Blick seines Vaters war tatsächlich ebenfalls weniger abweisend, der Hass verschwunden. Doch es würde noch lange dauern, bis die Augen seines Vaters ihm wohlwollend entgegenblicken würden.

Vielleicht würde er ihm in ein paar Jahren endlich verzeihen können, was damals vorgefallen war. »Durch deine wider Erwarten erfolgreiche Jagd, ist es dir nun erlaubt öfter daran teilzunehmen. Ich werde das mit deinen Brüdern besprechen. Jetzt geh, deine Mutter erwartet dich.« Mit diesen Worten entließ ihn Gen und Kiba erhob sich rasch. Eilig verließ er das Besprechungszimmer und machte sich auf den Weg zu den Gemächern seiner Mutter.

Sein Herz machte einen Satz, bei dem Gedanken daran, seine Mutter endlich wieder zu besuchen. Aus Angst vor dem Hass seines Vaters war er ihr in den letzten Jahrzehnten meist aus dem Weg gegangen. Er bereute es zutiefst, doch es war nicht mehr rückgängig zu machen. Dabei hatte er sie sehr vermisst. Ihre tröstenden Berührungen und die liebevolle Stimme. Seine Beine trugen ihn daher besonders schnell zum Hauptgebäude, in dem die Zimmer der Familie untergebracht waren. Sein eigenes Schlafgemach war bereits vor langen Jahren vom Hauptgebäude in einen der angrenzenden Trakte verlegt worden. Ein weiterer Beweis der Abneigung seines Vaters. Immerhin war es bei Kitsune nicht üblich, ein Familienmitglied aus dem Hauptgebäude ihrer Herrenhäuser auszuschließen. Doch Kiba war heute zu gut gelaunt, um verbitterte Gedanken darüber zuzulassen.

Trotz seiner langen Abwesenheit kannte er den Weg zum Gemach seiner Mutter auswendig. Er fühlte sich so leicht wie schon lange nicht mehr und ein breites Lächeln schlich sich auf seine Lippen. Dann hatte er endlich die reich verzierten Türen ihres Zimmers erreicht und legte erwartungsvoll eine Hand an die Schiebetür. Einen kurzen Moment zögerte er noch. Was würde seine Mutter wohl sagen, wenn er sie nach so langer Zeit wieder aufsuchte? Sie war sicherlich enttäuscht. Dann straffte er die Schultern und schüttelte den Kopf, um die Unsicherheit zu vertreiben.

Der schwere Duft frischer Pfingstrosen begrüßte ihn, als er die Shoji öffnete. Alleine dieser Geruch erinnerte ihn an die wenigen schönen Tage in seiner Kindheit. Damals hatte er eine unbeschwerte Zeit bei ihr verbracht und sie hatte stets ein Lächeln auf den Lippen getragen. Denn sie liebte ihn, trotz seines roten Fells, das ihn so sehr von allen anderen Mitgliedern seines Clans unterschied. Denn in den Augen der Kami Inari war ein Kitsune mit rotem Fell unwürdig, ihre Aufträge zu erfüllen.

Auch jetzt lächelte seine Mutter, als er vor ihr niederkniete. Sie streckte freudig die Arme nach ihm aus. Ihre Erscheinung machte ihrem Namen alle Ehre: Hiromi, die großzügige Schönheit. Schön war seine Mutter wirklich. Ihr strahlend weißes Haar fiel in sanften Wellen über ihre Schultern hinab, bis zu ihrer schmalen Taille. Mehrere Pfingstrosen schmückten wie ein Kranz ihr Haupt und ihre hellgrünen Augen leuchteten fröhlich. Kein Wunder, dass sein Vater sie verehrte – sie sah aus wie eine Göttin.

»Lass doch die Förmlichkeiten, mein Sohn. Wir sind hier unter uns«, erklang ihre glockenhelle Stimme und Kiba ließ sich bereitwillig in ihre Umarmung sinken. Die unzähligen Lagen ihrer Kleidung raschelten, als sie die Arme um ihn legte und er sich an sie schmiegte. In ihren Armen fühlte er sich stets geborgen und so schloss er beruhigt die Augen, während sie ihm liebevoll über das Haar strich.

»Mein Sohn, ich habe dich sehr vermisst. Deine Besuche sind seltener geworden. Die Melancholie zieht dich immer mehr in ihren Bann«, flüsterte sie. Kiba biss sich reumütig auf die Unterlippe. »Ich weiß, es tut mir leid, Mutter. Aber ich hatte meine Gründe. Vater ... du weißt wie sehr er mich wegen damals immer noch verachtet«, entschuldigte er sich. Hiromi schob ihn ein Stück von sich fort und bedachte ihn mit einem mitleidigen Blick.

»Ich weiß, dein Vater ist kein einfacher Mann. Er kann immer noch nicht akzeptieren, dass du ... ein wenig anders bist, als deine Geschwister. Ich glaube, es hat ihn damals sehr in seinem Stolz verletzt, als du geboren wurdest und er sah, dass du rotes Fell hast. Immerhin kannst du deshalb keine Aufträge für die Kami erfüllen. Dabei ist das doch unsere Lebensaufgabe. Und als du dich dann auch noch auf eine Menschenfrau eingelassen hast, da ... ich fürchte, er hat sein Herz in diesem Moment komplett verschlossen. Für ihn ist es wohl leichter zu hassen, als zu vergeben.«

Kiba schnaubte verärgert. »Ich weiß. In seinen Augen bin ich unwürdig, weil ich rotes Fell habe. Das hat er mich schon als Kind immer spüren lassen. Anfangs habe ich es nicht verstanden. Aber als ich sah, wie liebevoll er mit Hitoshi und den anderen

umgegangen ist ... da wusste ich, dass er mich hasst.«
Seine Mutter schlug betreten die Augen nieder. »Es tut mir sehr leid, mein Sohn. Ich wünschte dein Vater könnte dich genauso sehr lieben wie deine Brüder und deine Schwester«, beteuerte sie. Kiba strich ihr über den Arm, um sie zu trösten. Er wollte nicht, dass sie diese Wehmut empfand. »Es ist nur verständlich, dass du irgendwann angefangen hast, gegen deinen Vater zu rebellieren. Du musstest dich ihm immer unterwerfen und konntest nie wirklich frei sein. Ständig hat er dich eingeengt. Dabei habe ich ihn so oft gebeten, dich nicht so zu erniedrigen.

Doch er wollte einfach nicht auf mich hören.«

Bei diesen Worten ballte Kiba die Hände unbewusst zu Fäusten. Für ihn war der Shinyama das reinste Gefängnis, er konnte nicht fort, egal wie weit er laufen würde, denn er war immer noch ein Clanmitglied. Als solches hatte er bestimmte Pflichten zu erfüllen. Einerseits war er dazu angehalten, sich in einer der drei großen Künste zu perfektionieren. Da er jedoch kein wirkliches Talent zum Zeichnen besaß, geschweige denn beim Verfassen von Gedichten, hatte er sich für das Erlernen verschiedener Instrumente entschieden. Am liebsten war ihm dabei immer noch die Flöte. Ihre Klänge ließen sein Herz am meisten vor Freude erbeben.

Andererseits hatte er die Aufgabe die Opfergaben, von dem kleinen Schrein am Fuße des Shinyamas, einzusammeln. Diese wurden in speziellen Kisten aufbewahrt, damit sie nicht verdarben, und dann einmal im Jahr verbrannt. So gelangten die Gaben in den himmlischen Tempel der Kami Inari. Ihre Göttin würde dann die geflüsterten Wünsche erfüllen, die mit den Opfergaben verbunden waren. Sofern es in ihrer Macht stand.

Da er der jüngste Sohn der Familie war, hatte er kaum andere Verpflichtungen. Insgeheim war er sich sicher, dass sein Vater ihm aufgrund seiner Fellfarbe auch keine anderen wichtigen Aufgaben zutraute. Seine größte Pflicht war jedoch das Jagen von Oni, die die Menschen heimsuchten und quälten. Früher hatte er sich oft gewünscht, sein Vater möge ihn verstoßen, in der Hoffnung, so endlich seine Freiheit erlangen zu können.

Mittlerweile war er jedoch froh, dass er es nicht getan hatte. Denn ein Kitsune, der auf sich alleine gestellt war, war relativ bald ein toter Kitsune. Und nun durfte er auch endlich wieder an der Jagd teilnehmen. Er wäre töricht, wenn er sich deshalb nicht dankbar zeigen würde. Seine Mutter räusperte sich leise und er merkte, dass er gedanklich abgeschweift war. »Verzeihung *haha ue*,« entschuldigte er sich, ehe er den Gesprächsfaden wieder aufnahm. »Ich weiß, dass er nicht zu seinen Gefühlen stehen kann. Und was meine Zuneigung zu der Menschenfrau betrifft, das ist jetzt einhundertsechsundfünfzig Jahre her. Aber er kann mir einfach nicht verzeihen. Dabei belastet mich die Sache von damals doch wohl am meisten. Glaubst du, ich hätte nicht aus meinem Fehler gelernt?«, ereiferte er sich und seine Mutter drückte seine linke Hand.

»Ich glaube nicht, dass es ein Fehler war, sich zu verlieben, mein Sohn. Es war einfach nur die falsche Frau. Aber reden wir nicht mehr über ein solch bedrückendes Thema, Kiba. Wie war die Jagd? Ich habe schließlich lange auf deinen Vater eingeredet, damit du teilnehmen darfst. Jetzt möchte ich auch wissen, wie du dich geschlagen hast«, forderte sie ihn auf und er verdrängte seine trüben Gedanken, ehe er zu erzählen begann.

»Du hast vier Oni alleine in die Unterwelt vertrieben? Ich bin wirklich stolz auf dich, mein Sohn. Und ich bin sicher, dass es dein Vater ebenfalls ist, auch wenn er es nicht zeigt. Du wirst ein würdiger Nachfolger Izuyas werden«, lobte sie ihn und Kiba kratzte sich verlegen am Kopf.

»So gut wie er werde ich wohl nie werden. Er ist immerhin Vaters ganzer Stolz. Aber es wäre schön, wenn Vater mich endlich ebenfalls akzeptieren würde. Ich weiß ich bin nicht der Sohn, den er sich gewünscht hat. Aber ich bin trotzdem ein richtiger Kitsune und ein Mitglied dieses Clans. Eines Tages wird er mir verzeihen, daran glaube ich ganz fest«, erwiderte er und war entschlossen, diesen Traum zu verwirklichen.

»Das denke ich auch. Bis dahin wird es wohl noch ein weiter Weg sein, aber du darfst nicht aufgeben.

Akina und ich werden dich dabei so gut wir können unterstützen.« Das wusste er. Seine Mutter und seine jüngere Schwester hatten immer an ihn geglaubt und ihn oft vor seinem Vater und seinen Brüdern verteidigt. »Und dafür bin ich euch mehr als dankbar. Ihr habt mir in den letzten Jahren so viel Kraft geschenkt, ohne euch wäre ich sicherlich der Dunkelheit verfallen. Aber ihr könnt mich nicht immer vor Vater in Schutz nehmen. Ich muss mich selbst vor ihm behaupten.«

Seine Mutter strich ihm daraufhin sanft über die Wange und nickte verstehend. »Natürlich musst du das. Ich bin sicher, dass du das schaffen kannst. Du bist stark«, flüsterte sie und Kiba schenkte ihr ein dankbares Lächeln. Sie zog ihn für einen Moment wieder in ihre Arme und er genoss diesen selten gewordenen Augenblick in vollen Zügen. »So und nun würde ich gerne ein Lied von dir hören. Hitoshi hat mir erzählt, dass du immer noch gerne Flöte spielst. Ich wäre erfreut, das Lied der Kirschblüten von dir zu hören. Erfüllst du mir diesen Wunsch?«

Wie könnte er einen Wunsch seiner Mutter abschlagen? »Natürlich, *haha ue*. Ich weiß doch, wie gerne du dieses Lied hörst.« Also entfernte er sich ein paar Schritte von ihr, während sie es sich auf ihrem Futon gemütlich machte, und zog die Flöte aus seinem Gürtel. Konzentriert schloss er die Augen, setzte das Instrument an seine Lippen und begann schließlich die liebliche Melodie zu spielen, die seine Mutter so sehr mochte.

Sie erfüllte den Raum mit ihren betörenden Klängen und er konnte vor seinem geistigen Auge einen Kirschbaum sehen, dessen Äste leicht im Wind wiegten. Normalerweise war es ein fröhliches Lied und Kiba fühlte sich danach meist glücklich und zufrieden. Doch der schöne Moment wurde jäh zerstört, als mehrere Erinnerungen seinen Geist erfüllten und er sich an jenen traurigen Abschied von vor über hundert-sechsundfünfzig Jahren entsann.

Sein Herz krampfte sich zusammen und er beendete abrupt das Lied, sodass seine Mutter einen Augenblick benötigte, ehe sie begriff, dass etwas nicht stimmte. »Kiba? Ist alles in Ordnung?«, fragte sie besorgt und ihre sieben Schweife peitschten unruhig hin und her. Er bedeckte mit einer Hand seine Augen, um die Tränen zurückzuhalten. Währenddessen streckte er den anderen Arm in Richtung seiner Mutter, um sie fernzuhalten. Diese erstarrte mitten in der Bewegung und musterte ihn kummervoll.

»Du hast *ihren* Tod immer noch nicht überwunden nicht wahr? All die Jahre, die seitdem vergangen sind, und doch kannst du *sie* nicht vergessen und der Schmerz droht dich zu überwältigen. Oh Kiba, ich wünschte ich könnte etwas für dich tun. Ich kann dich doch nicht leiden sehen«, sagte sie bekümmert. Sie näherte sich ihm, trotz seiner stummen Aufforderung, auf Abstand zu bleiben. Erneut zog sie ihn in ihre Umarmung und Kiba ließ es geschehen. Was hätte er auch tun sollen? Es tat einfach zu gut, von seiner Mutter Trost gespendet zu bekommen. Heiße Tränen rannen ihm über die Wangen, während er sein Gesicht an ihrer Schulter verbarg und sie ihm beruhigend über den Rücken strich.

»Es wird alles wieder gut mein Sohn. Eines Tages wirst du darüber hinwegkommen, ich glaube fest daran. Du benötigst einfach nur etwas mehr Zeit. Vielleicht ist es sogar ganz gut, dass du dich zukünftig wieder auf die Jagd begibst. Sie wird dich von deinem Kummer ablenken.« Ihre tröstenden Worte waren wie Balsam für seine wunde Seele und er hoffte, dass sie Recht behalten würde. In diesem Moment ahnte er noch nicht, wie sehr sie sich irren sollte.

In den letzten Tagen hatte Sakura außerordentlich gut geschlafen. Kein aufdringlicher Geist hatte sie in ihren Träumen heimgesucht und sie hatte auch nicht mehr das Bild eines roten Schicksalsfadens im Kopf. Doch sie hütete sich davor, sich darüber zu freuen. Bald würden sie wieder ein paar Klausuren schreiben und momentan saß sie nach der Schule fast zwei Stunden an ihren Einträgen, um zu lernen.

Wer wusste schon, ob ihre Fantasie sie nicht vor lauter Stress wieder ein paar Hasenwesen sehen ließ?

Bisher war sie davon jedoch verschont geblieben. Mit jedem Tag, der verstrich, atmete sie mehr und mehr auf. Der Anruf ihrer Großmutter lag jetzt vier Tage zurück und das ungute Gefühl war wieder verschwunden. Fast genauso schnell, wie es aufgetaucht war. Jetzt würde sie sich erst einmal auf die letzten Klausuren in diesem Schuljahr konzentrieren und dann ihre kranke Großmutter besuchen. Vielleicht tat ihr dieser Ortswechsel sogar ganz gut, dann würde wenigstens Dennis für längere Zeit nicht mehr sehen müssen.

Die ständige Nähe zu ihm in der Schule stieß ihr sauer auf. Laufend flirtete er mit Eva oder anderen Mädchen aus den Parallelklassen. Wie um ihr zu beweisen, dass er sich blendend amüsierte. Am liebsten hätte sie ihm deswegen eine verpasst, doch sie wollte sich keinen Ärger einhandeln. Stattdessen ging sie ihm aus dem Weg. Er hatte es nicht verdient, dass sie auch nur einen weiteren Gedanken an ihn verschwendete. Außerdem konnte sie sich in den Ferien vom Schulstress erholen. Und ohne Stress würde sie sicherlich auch keine Hasenmonster mehr sehen.

Es gab nur noch ein Problem, dem sie sich heute stellen musste: Sie hatte Jacky noch nicht erzählt, dass sie die kompletten Sommerferien in Japan verbringen würde. Ihre Mutter hatte heute ein Gespräch mit der Personalleiterin in ihrer Firma. Dann würde sich herausstellen, wann genau sie nach Japan fliegen würden. *Vielleicht sind es ja auch nur fünf Wochen, dann könnten wir immerhin noch eine Woche zusammen verbringen,* hoffte sie.

Sie zog ihre Schultasche aus dem Fach unter dem Sitz des Rollers und machte sich auf den Weg in ihr Klassenzimmer. In der ersten Stunde hatten sie heute Geschichte, also die perfekte Gelegenheit, um mit Jacky über die Sommerferien zu reden. »Hey, Süße, alles klar bei dir?« Jacky umarmte sie zur Begrüßung. Sakura erwiderte die Umarmung und setzte ein fröhliches Lächeln auf. »Klar und bei dir?« »Alles wie immer. Stell dir vor, heute Morgen ist mir noch etwas eingefallen, das wir unbedingt in den Ferien machen sollten!«, erwiderte Jacky gut gelaunt und Sakura merkte, wie ihr Lächeln in sich zusammenfiel. »Äh, weißt du, da gibt es noch eine Sache, die ich dir erzählen muss, Jacky«, gestand sie, denn die Gelegenheit war gerade günstig.

Jacky hob misstrauisch die Augenbrauen und Sakura schluckte kurz, bevor sie schließlich nervös weitersprach: »Also ... es geht um die Sommerferien. Meine Großmutter hat sich vor ein paar Tagen das Bein gebrochen. Und weil sie ganz alleine in ihrem Haus in Japan lebt, hat meine Mutter beschlossen, dass wir sie in den Sommerferien besuchen werden. Na ja, und sie möchte meine Großmutter nach Deutschland holen. Das heißt, dass wir noch den ganzen Papierkram erledigen und die Umzugskartons packen müssen und deswegen ... deswegen werde ich wahrscheinlich die ganzen Sommerferien über in Japan sein.«

Okay, jetzt ist es raus! Hoffentlich ist sie nicht allzu enttäuscht deswegen. Sie hat sich noch mehr gefreut, als ich. Aber ich kann ja auch nichts dafür, schoss es ihr durch den Kopf. Sakura biss sich auf die Unterlippe und musterte ihre Freundin, die eine ganze Weile nichts sagte. »Jacky? Alles okay?«, fragte sie besorgt und ihre Freundin nickte stumm. »Du wirst also die ganzen Sommerferien in Japan verbringen?«, hakte Jacky nach. Sakura nickte bestätigend. Seufzend schloss Jacky die Augen und schüttelte dann den Kopf.

»Gut, weil ... weißt du, ich wollte dir deswegen nämlich auch noch was sagen. Meine Tante hat gestern angerufen, du weißt ja, dass sie schwanger war und vorgestern kam mein Cousin zur Welt. Tja und da sie mit ihrem Mann in San Francisco wohnt, haben meine Eltern beschlossen, dass wir sie doch in den Sommerferien besuchen könnten. Ich wäre also sowieso nur zwei Wochen hier gewesen, in denen wir uns gesehen hätten. Deswegen ... auch wenn es eigentlich traurig ist, aber deswegen ist es auch gar nicht so schlimm, wenn du deine Großmutter in Japan besuchst.«

Sakura musterte sie erst einmal baff. *Also ... damit hatte ich jetzt nicht gerechnet,* musste sie sich eingestehen. Gleichzeitig schien ihr ein großer Felsbrocken vom Herzen zu fallen. Jacky war also doch nicht enttäuscht, wie befürchtet. Sie war ebenfalls für ein paar Wochen nicht im Lande. Natürlich war es traurig, dass sie ihre Freundin für ganze sechs Wochen nicht sehen würde, aber dafür hätten sie sich danach sicherlich viel zu erzählen. *Wobei Jacky sicherlich aufregendere Ferien erleben wird,* dachte sie für einen Moment betrübt. Doch dann wischte sie diesen Gedanken gleich fort.

Sie gönnte Jacky den Besuch bei ihrer Tante. Ihre Freundin sah ihre amerikanischen Verwandten nämlich genauso selten, wie sie selbst ihre Großmutter. »Dann bin ich ja froh, dass du nicht total enttäuscht bist«, meinte sie schließlich und Jacky lachte amüsiert. »Unsinn! Wir haben jetzt die Pfingstferien, in denen wir es ordentlich krachen lassen können und nach den Sommerferien sehen wir uns ja wieder. Außerdem können wir uns doch E-Mails schreiben und bestimmt auch ab und zu skypen – deine Oma hat doch einen Internetanschluss, oder?« Jacky wirkte so fröhlich wie immer und Sakura musste darauf ebenfalls lachen.

»Ja! Gott sei Dank, sonst würde ich die sechs Wochen nicht überleben!«, antwortete sie und Jacky grinste. »Na siehst du! Wir werden sicherlich einen aufregenden Sommer haben, wir beide!«, rief ihre Freundin begeistert in voller Lautstärke. Ein paar Mitschüler blickten daraufhin schmunzelnd in ihre Richtung. »Ganz bestimmt. Übrigens herzlichen Glückwunsch an deine Tante. Freust du dich darauf, deinen Cousin zu sehen?« »Na ja schon ein wenig. Ich meine, Babys sind ja wirklich süß, aber ich hasse es, wenn sie alles ansabbern«, gab sie zu.

Nun musste auch Sakura grinsen. »So sind Babys nun mal. Aber du bist sicherlich eine tolle große Cousine«, erwiderte sie gut gelaunt und Jacky grinste breit. »Aber sowas von!« Daraufhin prusteten sie beide los und kassierten einen kleinen Tadel von Herrn Riemer, der gerade das Klassenzimmer betreten hatte. Nachdem sie sich entschuldigt hatten, schlugen sie ihre Bücher auf und keine fünf Minuten später landete ein kleiner gefalteter Zettel auf Sakuras Heft.

Also deine Großmutter tut mir zwar leid, aber ist es nicht voll öde, sechs Wochen nur alleine mit deiner Mutter und deiner Oma in Japan abzuhängen? Wohnt deine Oma nicht in einem kleinen Kaff?

Seufzend sah sie zu Jacky hinüber, die so tat, als würde sie Herrn Riemers Ausführungen über den Ersten Weltkrieg lauschen. Schließlich schrieb sie auf die Rückseite ihre Antwort: *Vielleicht wird es ja gar nicht so schlimm, wie befürchtet. Immerhin gibt es eine Kleinstadt ganz in der Nähe, da finde ich sicherlich ein paar Leute, mit denen ich abhängen kann.*

Möglichst unauffällig schob sie Jacky den Zettel zu, den diese geschickt unter ihrer Hand verbarg, während sie vorgab, sie hätte von ihr einen Stift geliehen bekommen.

Herr Riemer war zwar freundlich, aber er duldete es nicht, wenn man in seinem Unterricht redete oder Zettelchen schrieb. *Wie gut, dass wir in der vorletzten Reihe sitzen, da fällt das gar nicht auf.* Fleißig notierte sie den Tafelanschrieb in ihr Heft. »Also du bist echt eine totale Optimistin oder?«, flüsterte Jacky kopfschüttelnd und Sakura zuckte nur mit den Schultern.

»Wenn ich nicht optimistisch an meinen bevorstehenden Japanurlaub denken würde, dann würde ich total deprimiert werden«, gab sie ebenso leise zurück und war froh, dass Herr Riemer nichts bemerkte. Jacky schob ihr wenig später einen zweiten Zettel zu.

Das glaube ich dir. Da hab ich lieber die Aussicht auf ein sabberndes Baby, als auf einen trostlosen Aufenthalt in einem japanischen Kaff, in dem es wahrscheinlich nicht mal nen Bäcker gibt.

Sakura musste ihr wohl oder übel recht geben.

Es gibt zwar einen, aber der ist auch das einzige Geschäft in dem sechzig Seelen Dorf, schrieb sie zurück und Jacky hob ungläubig die Augenbrauen. »Jetzt tust du mir noch mehr leid«, flüsterte sie mitleidig und Sakura seufzte erneut. »Immer noch besser, als die Sommerferien zum Großteil alleine zu verbringen und höchstwahrscheinlich Dennis über den Weg zu laufen«, konterte sie. Dabei tat sie so, als müsste sie einen Stift vom Boden aufheben.

»Okay, da stimm' ich dir zu. Alles ist besser, als diesem Idioten im Freibad oder so zu begegnen. Am besten noch mit Eva oder einer anderen Tussi am Arm«, gab Jacky zu und Sakura nickte verbittert. Den Rest der Stunde schwiegen sie, da sie sich sorgten, eventuell doch einen Rüffel von ihrem Lehrer zu bekommen. Doch in der Pause führten sie ihr kleines Gespräch weiter, wobei vor allem Jacky von ihren Plänen in den USA erzählte. Sakura hörte hauptsächlich zu und versuchte, nicht daran zu denken, dass sie in Japan dagegen vermutlich vor Langeweile sterben würde.

Nach dem Unterricht verabschiedete sie sich deswegen ausnahmsweise nur allzu gerne von Jacky, denn sie wurde langsam neidisch. Auch wenn sie ihrer Freundin den Urlaub gönnte. Zu Hause angekommen, widmete sie sich erst einmal ihren Hausaufgaben, bevor sie es sich auf dem kleinen Balkon gemütlich machte. Die Sonne wärmte angenehm ihre Haut und sie konnte es kaum noch erwarten, bis endlich die Pfingstferien beginnen würden. Ein wenig sonnte sie sich noch auf dem Liegestuhl. Doch nach einer Weile beschloss sie, etwas Produktiveres zu tun. Sie entschied, ihr Japanisch aufzufrischen.

Immerhin sprach sie mit ihrer Mutter ausschließlich deutsch. Sie wusste, ihre Mutter wollte, dass sie sich möglichst gut integriert fühlte. Tatsächlich gab es Tage, an denen sie sich mehr als Deutsche fühlte. Vielleicht lag es auch daran, dass sie eine *hāfu* war, also einen deutschen Elternteil hatte. Leider hatte ihr Vater sich in den letzten Jahren kaum für sie interessiert. Sie verspürte auch nicht das Bedürfnis, ihn zu treffen. Ihr reichten ihre Mutter und ihre Großmutter.

Seufzend vertrieb sie die Gedanken an ihren Vater und holte aus ihrem Zimmer ein paar Mangas in

Originalsprache. Diese hatte sie vor ein paar Jahren am Flughafen in Nagasaki gekauft. Damals hatte sie sie jedoch nur halbherzig gelesen. Jetzt musste sie allerdings feststellen, dass die Serie eigentlich ganz spannend war. Zum Glück hatte sie gleich fünf Bände davon mitgenommen. Den Großteil der Sätze konnte sie einwandfrei verstehen, sie war also doch nicht so eingerostet, wie sie befürchtet hatte.

Sie war so vertieft in ihre Lektüre, dass sie gar nicht mitbekam, wie die Zeit verging. »Na, ist die Geschichte spannend?«, fragte plötzlich jemand hinter ihr. Erschrocken wirbelte Sakura herum. »Ach, du bist es«, murmelte sie erleichtert, als sie ihre Mutter sah. Rasch legte sie den Manga beiseite. »Der Manga ist wirklich faszinierend. Das habe ich damals, als ich die Reihe gekauft hab, gar nicht so gemerkt. Und mein Japanisch ist auch nicht so eingerostet wie ich dachte«, erwiderte sie gut gelaunt. Ihre Mutter lachte kurz auf.

»Gut zu wissen, du willst dich in Kinenshi ja auch verständigen können, um neue Leute kennen zu lernen«, sagte ihre Mutter mit einem Schmunzeln und Sakura nickte lächelnd. »Genau. Aber sechs Wochen sind schon eine ganz schön lange Zeit. Hoffentlich kann ich danach dann noch Deutsch«, witzelte sie und erwartete, dass ihre Mutter ebenfalls lachte. Doch diese sah betrübt zu Boden und in Sakura läuteten gleich mehrere Alarmglocken.

»Alles in Ordnung, *haha*?«, fragte sie deshalb besorgt. Ihre Mutter schüttelte nur stumm den Kopf. »Ist es wegen der Arbeit? Haben sie dich etwa nicht freigestellt?«, hakte sie weiter nach. Wieder schüttelte ihre Mutter den Kopf. »Nein, so ist das nicht. Ich wurde freigestellt, aber ... ich fürchte wir werden nicht sechs Wochen in Japan bleiben. Nicht nur. Es werden wohl eher acht Wochen sein. Herr Takashi hat mich heute Vormittag angerufen und gemeint, dass es ihm lieber wäre, wenn wir so schnell wie möglich kommen könnten. Seine Frau ist auch nicht in bester Verfassung und kann sich nicht die ganze Zeit um deine Großmutter kümmern. Deswegen bin ich mit meiner Abteilungsleiterin übereingekommen, dass ich mir für acht Wochen frei nehmen kann«, erklärte sie und blickte Sakura entschuldigend an.

»Es tut mir wirklich leid, Sakura, aber ich fürchte du wirst die letzten beiden Schulwochen wohl in Japan verbringen müssen. Ich habe es auch schon mit deinem Schulleiter abgeklärt und da du so gute Leistungen in diesem Jahr gezeigt hast, hat er ein Auge zugedrückt und es genehmigt.« Sie sah zerknirscht auf ihre Hände. Sakura merkte, wie ihr langsam der Boden unter den Füßen entglitt und sie sich wieder setzen musste. »Acht Wochen?«, murmelte sie entsetzt. Ihre Mutter strich ihr beruhigend über den Rücken. »Aber ... dann bekomme ich ja mein Zeugnis überhaupt nicht. Und ich verpasse die letzten Wochen vom Unterricht und den Klassenausflug nach

Salzburg«, stammelte sie und ihre Mutter runzelte die Stirn, was nur passierte, wenn sie enttäuscht oder wütend war.

»Ich weiß und es tut mir auch furchtbar leid, mein Schatz. Doch ich kann es nun mal nicht ändern und ich bin froh, dass ich überhaupt so lange »Urlaub« nehmen kann. Das ist schließlich auch keine Selbstverständlichkeit. Du musst dich also wohl oder übel damit arrangieren, dass du die letzten Unterrichtsstunden verpasst. Die Hefteinträge kann dir Jacky sicher kopieren. Dein Schulleiter meinte auch, dass sie uns dein Zeugnis zuschicken werden«, sagte sie ernst.

Sakura schämte sich ein wenig für ihr kindisches Verhalten. Sie war nicht wütend auf ihre Mutter, die konnte genauso wenig dafür wie ihre Großmutter. Aber sie war sauer auf die gesamte Situation. Falls es doch ein Schicksal gab, dann hatte es wohl gerade beschlossen, ihr einen Streich nach dem anderen zu spielen. *Zuerst die Sache mit den Geistern und jetzt auch noch das!* Manchmal war das Leben wirklich unfair.

Seufzend schmiegte sie sich an die Brust ihrer Mutter. Sie genoss für ein paar Momente die Nähe, die ihr wie immer Trost spendete. »Du hast Recht, *haha*, entschuldige. Geht es Großmutter denn arg schlecht? Ich meine, wenn sich die Nachbarin schon so sehr um sie kümmern muss«, fragte sie besorgt und dieses Mal seufzte ihre Mutter.

»Es könnte sicherlich schlimmer sein, aber sie ist ja nicht mehr ganz so fit. Frau Takashi erledigt schon den halben Haushalt für sie, da sie das selbst kaum noch kann.«

Sakura merkte, wie sie ein schlechtes Gewissen bekam, da sie ihre Großmutter in den letzten vier Jahren kaum angerufen oder sich nach ihr erkundigt hatte. Vielleicht war es ja doch gar nicht so schlecht, sie jetzt zu besuchen, immerhin würde ihre Oma auch nicht ewig leben.

»Bist du noch sauer?«, fragte ihre Mutter, doch Sakura schüttelte den Kopf. »Nein, du kannst ja nichts dafür und Großmutter erst recht nicht. Mich hat es nur geärgert, dass ich beim Klassenausflug nicht mit dabei sein kann, ich war ja noch nie in Salzburg«, erwiderte sie ehrlich. »Das verstehe ich. Aber weißt du was? Wir können nächstes Jahr gerne nach Salzburg fahren, wenn du willst. Mit deiner Großmutter zusammen. Dann können wir dort alles ansehen, was du willst. Was hältst du davon?« Überrascht sah Sakura auf und ihre Mutter schenkte ihr ein mildes Lächeln. »Meinst du das ernst?« So richtig wollte sie das Ganze ja noch nicht wirklich glauben.

»Natürlich meine ich das ernst, mein Schatz«, gab sie zurück und Sakura wusste nicht, ob sie weinen oder lachen sollte. Sie entschied sich schließlich dafür zu lachen und fiel ihrer Mutter dankbar um den Hals. »Danke, *haha*!«

»Wir fahren ja erst nächstes Jahr, also freu dich nicht zu früh. Ich hoffe nur, dass es deiner Großmutter bis dahin noch so gut geht, dass sie mitkommen kann«, wimmelte sie sie ab und Sakura sah verlegen zu Boden. »Du hast ja recht. Ich freu mich ja nur so, weil ich schon immer mal gerne dorthin wollte. Immerhin lebten dort in der Vergangenheit ein paar sehr bekannte Maler und wir wollten mit unserer Klasse eines der größeren Kunstmuseen besuchen. Dort gibt es wohl im Sommer eine kleine Ausstellung von Rueland Frueauf und seinem Sohn. Außerdem soll der Blick von der Burg einfach fantastisch sein.«

»Das verstehe ich, aber wie gesagt, freu dich nicht zu früh, ich will nicht, dass du am Ende enttäuscht bist«, meinte ihre Mutter. Sakura musste ihr wohl oder übel recht geben. Wenn sie sich zu sehr auf den Ausflug freute, dann wäre sie am Ende wirklich enttäuscht, wenn sie letztendlich doch nicht fuhren. »Soll ich dann jetzt anfangen das Abendessen zu kochen? Ich wollte Teriyaki-Nudeln mit gebratenem Schweinefleisch machen.«

»Echt jetzt?« Strahlend sah sie ihre Mutter an und diese nickte amüsiert. »Ich weiß doch, dass das eins deiner Lieblingsgerichte ist.« Daraufhin machte Sakura einen kleinen Freudensprung und eilte an ihrer Mutter vorbei in die Küche. »Ich helfe dir natürlich, dann geht es schneller!«, rief sie ihr noch über die Schulter hinweg zu. Ihre Mutter folgte ihr belustigt.

»Wie gut, dass deine Großmutter das Gericht auch

sehr mag, dann werden wir das in den Sommerferien wohl öfter kochen.« Sakura klatschte freudig in die Hände. »Also jetzt freue ich mich doch ein wenig auf Japan«, rief sie munter und band ihre Schürze um. »Das glaube ich gerne. Und du musst auch nicht mehr lange, warten, es sind ja nur noch sieben Wochen bis dahin.«

Sieben Wochen? Das hört sich wirklich nicht sehr lange an. Dann habe ich ja nur noch fünf Wochen Schule, überlegte sie, während sie ein Stück Ingwer zerkleinerte und die Scheiben in eine Schüssel für die Marinade gab. »Dann muss ich die Pfingstferien wirklich genießen. Immerhin bin ich jetzt achtzehn, ich kann also machen worauf ich Lust habe«, erklärte sie ihrer Mutter, die gerade im Wok etwas Knoblauch anbriet. »Das ist wahr. Aber ich bin froh, dass ich dich gut erzogen habe, sodass du keine Dummheiten anstellst«, entgegnete sie und Sakura grinste.

»Also ich werde auf jeden Fall einmal mit Jacky in die Disco gehen. Das habe ich ihr versprochen.« Daraufhin hob ihre Mutter misstrauisch die Augenbrauen und Sakura schwor ihr, dass sie keinen Alkohol trinken würde. Sie hatte schließlich keine Lust, sich betrunken auf die Tanzfläche zu stürzen und sich dort zum Affen zu machen. Oder noch schlimmer: wieder irgendwelche Geistwesen zu sehen, die es eigentlich nicht geben sollte. »Versprochen, *haha.* Ich werde nichts trinken, ich mag Alkohol eh nicht und ich will auch nicht die Kontrolle über mich verlieren«, versuchte sie ihre Mutter zu beruhigen. Diese musterte sie noch einen Augenblick, ehe sie nickte.

Später am Abend knipste Sakura ihr Nachtlicht an, um den fünften Band ihrer Mangareihe weiterlesen zu können. Eigentlich war sie kein großer Fan von Fantasybüchern, aber diese Geschichte war wirklich gut. Sie handelte von dem Geist Yui, der in einer verlassenen Villa lebte und nach Jahrzehnten der Einsamkeit zog dort die junge Studentin Mariko ein. Mariko hatte das Haus von ihrer Urgroßmutter geerbt. Diese war die jüngere Schwester von Yui, der mit zweiundzwanzig durch einen tragischen Unfall gestorben war. Anfangs gab es in der Geschichte einige peinliche Momente und öfter Streitereien zwischen den beiden. Doch Yui war auch sehr fürsorglich und konnte gut zuhören. Ab dem dritten Band konnte Mariko dann ihre romantischen Gefühle für Yui nicht mehr leugnen. Doch Yui hatte auch ein dunkles Geheimnis und stieß Mariko immer wieder von sich.

»Ich bin schon gespannt wie es mit den beiden weitergeht. Aber jetzt sollte ich schlafen«, murmelte sie und gähnte herzhaft. Sie legte den Manga beiseite und löschte das Licht. Sakura begann bereits einzudösen, aber die Geschichte ließ sie nicht mehr los. *Wie kann sich ein Mensch eigentlich in einen Geist verlieben? Eine Beziehung wäre doch sicherlich schwierig. Man könnte sich nicht umarmen oder küssen - auch wenn das im Manga anders dargestellt wurde.* Mal davon abgesehen, dass ein Geist ja eigentlich ein Verstorbener war. Allein die Vorstellung, einen Toten zu küssen, war wirklich grausig. *Also ich könnte mich sicher niemals in einen Geist verlieben,* dachte sie noch, dann war sie auch schon eingeschlafen.

ABSCHIED

»Ich kann immer noch nicht glauben, dass du jetzt tatsächlich für acht Wochen nach Japan fliegst. Ich meine, als du mir das erzählt hast, da hat sich das alles noch so weit weg angehört. Aber jetzt ist der große Tag da und ich kann's immer noch nicht wirklich begreifen.« Jacky hatte Tränen in den Augen, als sie Sakura umarmte und fest an sich drückte. Fast so, als wollte ihre Freundin sie nie wieder loslassen. Sakura ging es nicht anders. Die Zeit war wirklich fast schon davongeflogen. Sie hatten wunderbare Pfingstferien zusammen verbracht und auch danach hatten sie fast jeden Tag etwas zusammen unternommen.

Doch heute war der große Abschied gekommen und Sakura spürte einen dicken Kloß im Hals, während sie ihre Freundin im Arm hielt. »Ihr benehmt euch ja, als wäre es ein Abschied für immer, dabei seht ihr euch doch in acht Wochen bereits wieder«, tadelte Sakuras Mutter die beiden amüsiert. Jacky protestierte: »Acht Wochen sind aber auch wirklich eine kleine Ewigkeit! Wir können ja nicht einmal eine kleine Party zum Bestehen des ersten Jahres schmeißen. Und ich kann mich auch nicht bei Sakura darüber beschweren, dass sie bessere Noten als ich im Zeugnis stehen hat.«

Daraufhin musste Sakura grinsen und Jacky kicherte albern. »Verstehe, das sind natürlich schwerwiegende Argumente. Ich fürchte, wir müssen unseren Flug canceln, Sakura«, ging ihre Mutter darauf ein und alle drei fingen an zu lachen. »Wir skypen ja miteinander, versprochen. Mindestens einmal in der Woche, ja?« versuchte Sakura ihre Freundin aufzuheitern und diese nickte schwach. »Na komm, mach ein fröhliches Gesicht, sonst bin ich traurig und ich will nicht unglücklich ins Flugzeug steigen«, sagte sie aufmunternd und Jacky schenkte ihr ein erzwungenes Lächeln.

»Hey, das kannst du doch besser!«, neckte Sakura sie und ihre Freundin grinste breit. »Na also, das ist die Jacky die ich kenne!« Sie umarmten einander noch einmal fest und ein paar Tränen liefen über Sakuras Wangen. »Du wirst mir echt fehlen. Hast du ein Glück, dass ich vier Wochen bei meinem Cousin bin. Da hab ich was zu tun und kann nicht die ganze Zeit Trübsal blasen«, meinte ihre Freundin überschwänglich. Da konnte Sakura schon wieder lächeln.

»Sakura, Liebes, wir müssen jetzt langsam zum Gate, sonst fliegen die noch ohne uns«, drängte ihre Mutter sanft aber bestimmt. Sakura zuckte bedauernd die Schultern, bevor sie ihre Handtasche schulterte und ihrer Mutter in Richtung Gate folgte.

»Ich schreibe dir eine Nachricht, wenn ich angekommen bin!«, rief sie Jacky noch über die Schulter hinweg zu. Dann beeilte sie sich, zu ihrer Mutter aufzuschließen. Zusammen durchschritten sie die Passkontrolle und gelangten in einen weiteren Wartebereich, in welchem bereits unzählige japanische Touristen Platz genommen hatten.

»Irgendwie komme ich mir hier fehl am Platz vor«, nuschelte sie, während sie sich auf zwei unbequemen Metallsitzen niederließen. Ihre Mutter legte einen Finger an die Lippen und schüttelte den Kopf. »Deine Großmutter hat dir übrigens noch etwas zum Geburtstag geschickt. Es kam vorletzte Woche an, aber ich sollte es dir erst geben, wenn wir am Flughafen sind«, sagte sie und kramte in ihrer Handtasche. Schließlich reichte sie ihr ein kleines Päckchen und Sakura nahm es neugierig entgegen. »Ich habe das Klebeband schon zuhause aufgeschnitten. Hier am Flughafen darf man ja keine spitzen Gegenstände mitbringen. Aber ich habe nicht hineingesehen«, erklärte ihre Mutter und Sakura nickte.

Was Großmutter mir wohl geschickt hat, überlegte sie und spähte interessiert in den Karton hinein. Obenauf lagen zwei Päckchen Pocky mit den Geschmacksrichtungen Erdbeere und Classic. Die Keksstäbchen zählten zu ihren Lieblingssüßigkeiten und in Deutschland bekam man die Originale nur in wenigen Läden oder online. Meist gab es nur die deutsche Version, bekannt als Mikado.

Ein Lächeln trat auf ihr Gesicht und sie steckte die Packungen in ihre eigene Handtasche. *Da werde ich mir nachher im Flugzeug ein paar gönnen,* beschloss sie und sah erneut in die Schachtel hinein. Unter einer Lage Zeitungspapier lag ein kleines Taschenbuch mit rotem Ledereinband. Darauf stand in leicht abgeblätterten Hiragana »*Japanische Mythologie – Geschichten von Yûrei, Yôkai und anderen Fabelwesen*«. Das Leder war an manchen Stellen etwas abgewetzt, es musste also schon länger im Besitz der Familie sein.

Irritiert sah Sakura zunächst auf das Buch in ihrer Hand und warf dann einen ungläubigen Blick zu ihrer Mutter hinüber. »Was soll ich denn bitte damit?«, fragte sie und machte sich nicht einmal die Mühe ihr Missfallen zu verbergen. »Das weiß ich auch nicht, Liebes. Aber deine Großmutter hatte sicherlich einen Grund, dir das Buch zu vermachen«, antwortete sie achselzuckend und Sakura steckte das Buch grummelnd zu den Süßigkeiten. Gerade wollte sie die Schachtel wieder schließen, als ihr ein kleiner Brief auffiel, der ganz unten am Boden lag. Neugierig zog sie ihn heraus und entfaltete ihn.

Meine liebe Sakura,

alles Gute zu deinem achtzehnten Geburtstag! Du fragst dich sicher, warum ich dir dieses alte Buch geschenkt habe. Es ist bereits seit vier Generationen im Familienbesitz und nun soll es an dich übergehen. Ich dachte mir, es ist an der Zeit, dass du dich ein wenig mit der japanischen Mythologie beschäftigst. Es ist immer von Vorteil, wenn man über die Bewohner der Geisterwelt Bescheid weiß. Wer weiß schon, was einem dieses Wissen eines Tages nutzen wird?

Immerhin wurdest du auch mit der Gabe beschenkt. Sobald du in Japan angekommen bist, werde ich dir mehr darüber erzählen.

Bis dahin wünsche ich dir eine gute Reise und viel Vergnügen mit dem Buch.

In Liebe
   Großmutter Fuyumi

Mit hochgezogenen Augenbrauen starrte Sakura auf den Brief und wusste nicht, was sie dazu sagen sollte. *Ich wurde mit einer Gabe beschenkt? Was für eine Gabe meint sie denn? Das Talent zum Zeichnen kann es ja wohl kaum sein. Und was hat das Ganze mit dem Buch über Geister und Dämonen zu tun?* Kopfschüttelnd steckte sie den Brief zu den anderen Geschenken in die Handtasche. Sie beschloss, das Buch erst einmal in der Tasche zu lassen und ihre Großmutter danach zu fragen. Doch eigentlich hatte sie genug von Geistergeschichten und kein Interesse, dieses »Wissen« noch zu vertiefen.

»Hat Großmutter dir in dem Brief erklärt, warum sie dir das Buch geschenkt hat?«, fragte ihre Mutter neugierig und Sakura schüttelte nur den Kopf. Ihre Mutter musste nicht wissen, dass ihre Großmutter dachte, sie hätte eine besondere Gabe und das Wissen über Geister würde ihr daher nützlich sein. So wie sie ihre Mutter kannte, würde diese sich dann nur noch mehr um die Gesundheit der alten Frau sorgen und sie eventuell zu einem Psychologen schicken.

Das wollte sie ihrer Großmutter nicht antun.

»Nein, sie hat mir lediglich gratuliert und gemeint, dass ich mir die Süßigkeiten schmecken lassen soll«, log sie also. Dabei versuchte sie das schlechte Gewissen zu ignorieren, das sie daraufhin überfiel. *Es ist besser so für alle Beteiligten,* redete sie sich ein. Eine halbe Stunde später konnten sie dann endlich an Bord des Flugzeugs gehen. Als sie ihre Plätze erreichten, ließ sich Sakura mit einem Seufzen in das weiche Leder des Sitzes sinken und blickte aus dem kleinen Bullauge hinaus auf das Rollfeld.

Ihre Mutter verstaute in der Zwischenzeit das Handgepäck und reichte ihr Bücher und Snacks, die Sakura in der Tasche an ihrem Vordersitz verstaute. Dabei schob sie das Buch ihrer Großmutter ganz nach hinten. Kurz darauf wurden auch schon die Türen geschlossen, alle Passagiere hatten ihre Plätze eingenommen und zwei Stewardessen erklärten die Sicherheitsregeln, natürlich auf Japanisch.

Währenddessen rollte das Flugzeug bereits langsam auf die Startbahn und wartete noch auf das Signal zum Losfliegen. *Gleich ist es soweit. Gleich verlassen wir Deutschland.* Für einen kurzen Moment hatte sie das Gefühl, dass ihr Leben danach nicht mehr so unbedeutend sein würde wie bisher. Schluckend krallte sie sich an die Armlehnen und ihre Mutter legte ihr beruhigend eine Hand auf den Arm. »Keine Angst, Liebes. Es wird alles gut gehen«, flüsterte sie sanft. Sakura lächelte verkrampft. Ihr war ganz flau im Magen und wieder hatte sich ein Kloß in ihrem Hals gebildet. Das Starten eines Flugzeuges machte ihr schon immer Angst und sie hoffte, dass es bald vorbei sein würde.

Keine Minute später wurden sie auch schon in den Sitz gedrückt, als der Pilot die Maschine hochzog und Sakura verkrampfte sich, während ihre Mutter beruhigend auf sie einredete. *Bitte, bitte lass uns nicht abstürzen,* flehte sie in Gedanken. Dabei versuchte sie ruhig und gleichmäßig zu atmen, während ihr der Puls in den Ohren dröhnte und ihr Herz aufgeregt pochte. Dann endlich waren sie in der Luft und eine gefühlte Ewigkeit später hatten sie schließlich die Reiseflughöhe erreicht. Sakura atmete erleichtert aus und ihr Puls kam wieder zur Ruhe.

Ihre Mutter lächelte und strich ihr über den Kopf. »Siehst du? Alles ist gut«, sagte sie fröhlich und Sakura nickte zustimmend. »Ja, alles ist gut«, wiederholte sie und merkte wie sie sich entspannte. Jetzt konnte sie den Flug auch genießen und sah neugierig aus dem Fenster. Es war früher Vormittag und der Himmel leuchtete in einem strahlenden Blau. Weiße Schäfchenwolken trieben an ihnen vorbei und Sakura war froh, dass sie einen Platz vor den Tragflächen des Flugzeugs ergattert hatten.

Allerdings konnte sie die schöne Aussicht nicht lange genießen, denn bald schon erreichten sie ihren Zwischenstopp in Amsterdam. Dort hatten sie eineinhalb Stunden Aufenthalt und eine Handvoll Gäste stiegen aus, bevor neue Passagiere zustiegen. Beim Abflug verkrampfte sie sich erneut, doch dieses Mal war es nicht ganz so schlimm, wie bei ihrem ersten Start. »Ich werde mich jetzt ein wenig hinlegen, Liebes. Wenn du zur Toilette musst, weck mich einfach, in Ordnung?«, erklärte ihre Mutter erschöpft und klopfte sich das Kissen zurecht, welches sie von einer Stewardess bekommen hatte.

»Ist gut. Ich denke, ich werde etwas lesen«, erwiderte Sakura und zog einen ihrer beiden Mangas aus der Tasche am Vordersitz. Sie schob ihre Lehne ein Stück zurück, machte es sich bequem und versank schließlich in der fiktiven Welt. Leider hatte sie beide Bände nach kurzer Zeit bereits zu Ende gelesen. Daraufhin starrte sie eine Weile gelangweilt aus dem Fenster. Die Aussicht war allerdings immer noch die Gleiche wie am Vormittag und so sank sie seufzend wieder zurück in ihren Sitz. *Warum habe ich mir nichts zum Zeichnen mitgenommen? Dann könnte ich mich wenigstens beschäftigen!* Verärgert verschränkte sie die Arme vor der Brust.

Vielleicht sollte ich mich auch hinlegen, überlegte sie und schloss die Augen. Doch da sich die Passagiere vor und hinter ihr lautstark unterhielten, konnte sie nicht einschlafen. Genervt öffnete sie die Augen. Irgendwann glitt ihr Blick zurück zu der Tasche, in der sie ihre Mangas verstaut hatte, und blieb dort hängen. Es kam ihr vor, als würde das Buch nach ihr rufen. Mangels Alternativen griff sie schließlich doch danach und schlug skeptisch die erste Seite auf. Sie war froh, dass sie ihre Japanisch-Kenntnisse in den letzten Wochen aufgefrischt hatte. Das Buch war natürlich auf einem wesentlich höheren Niveau verfasst als ihre Mangas.

Zunächst las sie das Inhaltsverzeichnis. Die »Fabelwesen« waren in drei Kategorien eingeteilt: in Dämonen, die Yōkai; in Geistwesen, auch Yūrei bzw. Bōrei genannt und in weitere Fabelwesen. Zu jedem Wesen gab es offenbar ein eigenes kurzes Kapitel, in welchem es genauer beschrieben wurde. Lustlos schlug sie die ersten paar Seiten um. Die einzelnen Kapitel beinhalteten zusätzlich immer eine Illustration der jeweiligen Kreatur. Doch die meisten Dämonen waren ziemlich hässlich und auch ekelerregend.

Aber natürlich gab es auch einige, die schön anzusehen waren, wie etwa die *Yuki Onna, die Schneefrau.* Die Illustration war äußerst gelungen und stellte eine junge zierliche Frau mit schlohweißem Haar und gleichfarbigem Kimono dar, die vor schneebedeckten Bäumen stand. Sie verschmolz beinahe mit ihrer Umgebung.

Neugierig geworden, las sie den Text durch, der die Schneefrau beschrieb, und ein leichter Schauer lief ihr über den Rücken. Zwar warnte die Schneefrau die Menschen angeblich vor Schneestürmen, manchmal lockte sie aber auch Bergwanderer mitten in das Schneegestöber, wo sie jämmerlich erfroren. Außerdem entführte sie scheinbar kleine Kinder, die nachts alleine draußen spielten. *Also wenn es die wirklich gibt, dann möchte ich der im Winter nicht über den Weg laufen.* Schnell blätterte sie weiter. Auf die Yuki Onna folgten wieder einige widerwärtige Kreaturen, wie etwa die *Rokurokubi*. Auf der Illustration sah man Menschen, deren Hälse unnatürlich lang dargestellt wurden. Diese schlangenartigen Hälse waren wirklich ekelhaft anzusehen und Sakura schlug die Seite rasch um.

Als ihr Blick jedoch auf die Zeichnung der nächsten Kreatur fiel, musste sie ein Würgen unterdrücken. Die Illustration zeigte die sogenannte *Futakuchi-onna*. Dieser Frau war am Hinterkopf ein zweiter Mund gewachsen. Ihre Haare wirkten wie Tentakeln, die diesen fütterten. Sakura wurde bei dem Anblick speiübel. Gerade wollte sie das Buch schon zuschlagen, als ihr versehentlich die nächste Seite aus der Hand glitt und umschlug.

Das Bild auf eben jener Seite nahm sie sofort gefangen. Doch es war nicht etwa ein neu aufgekommener Sinn für Ästhetik oder die altertümliche Kunst, die sie faszinierte und innehalten ließ. Nein, sie hatte diese Kreatur schon einmal gesehen, und zwar in ihrem Traum vor mehreren Wochen. Sie wusste nicht, warum sie sich plötzlich wieder daran erinnern konnte, aber sie war sich dessen völlig sicher.

Dieses Wesen war der Person, die mit der sterbenden Frau unter dem Kirschbaum gesessen hatte, so ähnlich, dass es fast schon unheimlich war. Allerdings gab es dennoch einen Unterschied: Das Haar des Mannes in ihren Träumen hatte die Farbe von Fuchsfell gehabt. Der Mann auf diesem Bild hatte jedoch schneeweißes Haar. Gebannt betrachtete sie die Seite, nahm jedes Detail in sich auf. Das markante männliche Gesicht, mit den schmalen Lippen und den strahlenden gelben Augen. Es kam ihr so vor, als würden sie den Leser tatsächlich anstarren. *Wirklich gruselig.*

Das lange Haar war zu einem altertümlichen Zopf gebunden, während zwei ebenfalls weiße Hundeohren auf seinem Kopf thronten. *Nein, keine Hundeohren. Das sind Fuchsohren*, verbesserte sie sich, als sie die Schweife bemerkte, die wild durch die Luft zu peitschen schienen. Es waren sieben an der Zahl und sie verliehen dem Mann irgendwie eine respekteinflößende Aura. Sein roter Kimono war mit aufwändigen Stickereien verziert und auf seiner linken Hand tanzte eine hellblaue Flamme. *Von all den angeblich existierenden mystischen Wesen Japans, ist dieses hier das anmutigste und zugleich auch das gefährlichste,* fand sie und begann den Informationstext auf der gegenüberliegenden Seite zu lesen.

Der Kitsune.

Ein Fuchsgeist, der die Fähigkeit besitzt, Feuer gegen seine Feinde einzusetzen und sich in einen Fuchs zu verwandeln. Sie sind die Diener der Kami Inari und gehören zu den mächtigsten mythologischen Wesen Japans. Ihre Aufgabe als Götterboten nehmen sie sehr ernst, aber sie sind auch sehr eigensinnige Geschöpfe und den Menschen nicht immer freundlich gesinnt ...

Ihr Blick glitt noch einmal zurück zu dem Bild und tatsächlich wirkte der Ausdruck in den Augen des Mannes äußerst abfällig und kalt. Fast so, als wüsste er, dass er gerade von einem Menschen betrachtet wurde. Sakura musste der Beschreibung zustimmen, diese Kreaturen schienen die Menschen wirklich nicht leiden zu können. Trotzdem wirkte der *Kitsune* äußerst faszinierend, daher las sie auch noch den Rest des Kapitels. Es gab offenbar viele Schreine in ganz Japan, die der Kami Inari huldigten, und angeblich wurde jeder von einer anderen Kitsune-Familie bewacht.

Sie erinnerte sich an den kleinen Schrein am Fuße des Hügels, der hinter dem Dorf ihrer Großmutter aufragte. Daneben standen, wie sie nur zu gut wusste, ebenfalls zwei Fuchsstatuen. Also wurde dort auch die Kami Inari verehrt. *Sobo denkt bestimmt, dass der Schrein auch von einer Kitsune-Familie bewacht wird,* überlegte sie kopfschüttelnd. Sie hatte immer noch keine Ahnung, was ihre Großmutter mit dem Buch als Geschenk bezwecken wollte.

Doch es würde noch einige Stunden dauern, bis sie auf diese Frage eine Antwort erhalten würde. Sie schenkte dem Fuchsgeist noch einen letzten Blick, ehe sie endgültig umblätterte.

KOYAMASON

Bald schon schickte die Sonne ihre letzten spärlichen Strahlen in den Himmel, ehe sie endgültig versank. Die Stewardessen huschten durch den Gang, um den Gästen neue Getränke oder Kissen zu bringen. Dazwischen eilten ein paar Passagiere umher, um sich die Beine zu vertreten oder die Toiletten aufzusuchen. *Ich glaube, ich werde jetzt auch mal kurz auf die Toilette gehen,* beschloss Sakura. Sanft rüttelte sie ihre Mutter an der Schulter. Diese schlug leise murrend die Augen auf und blinzelte verschlafen. »Sakura? Ist alles in Ordnung?« Sie rieb sich gähnend die Augen. »Ja, alles gut. Aber ich müsste mal wohin«, erklärte Sakura und ihre Mutter verstand sofort.

Sie wandte sich an den Gast zu ihrer Linken und beide erhoben sich, um Sakura hinaus zu lassen. »Ich beeile mich«, versprach sie und marschierte schnurstracks in Richtung der Örtlichkeiten. Dort reihte sie sich in die kurze Schlange hinter ein paar ältere Damen ein und schenkte allen ein höfliches Lächeln. Nach einigen Minuten war sie selbst an der Reihe und schloss dankbar die Türe hinter sich. Als sie sich die Hände wusch, kam ihr noch einmal das Bild des

Fuchsgeistes in den Sinn, der mit arrogantem Blick zu ihr aufgesehen hatte.

Der hat fast wie ein Adeliger ausgesehen, immerhin war sein Kimono so reich verziert. Und er hat einfach so hochnäsig gewirkt, fast wie Lucius Malfoy. Der hält sich ja auch für was Besseres, überlegte sie und warf die benutzten Papiertücher in den Mülleimer unter dem Waschbecken. Kopfschüttelnd verdrängte sie alle weiteren Gedanken an dieses Geschöpf, es war schließlich nicht real, und ging zurück zu ihrem Platz.

Ihre Mutter unterhielt sich gerade mit dem älteren Herrn neben sich und sie musste sich räuspern, damit sie von ihnen bemerkt wurde. Die beiden standen abermals auf und Sakura glitt zurück auf ihren Platz. Das Taschenbuch lag immer noch aufgeschlagen auf dem Tischchen. Irritiert blickte sie auf die offene Seite. Sie war sich sicher, dass sie vorhin beim Umblättern ein ganz anderes Wesen gesehen hatte, als jenes, von dem nun eine Illustration zu sehen war.

Misstrauisch musterte sie die Gestalt und auch diese kam ihr merkwürdigerweise bekannt vor. Wieder war es eine Frau, dieses Mal mit pechschwarzem Haar, aber ebenfalls in einen weißen Kimono gekleidet. Auf der Stirn trug sie eine Art Diadem. Es sah aus, als hätte ein Kind versucht, aus einem Stück Papier eine einfache Krone zu schneiden. Die Lippen der Frau leuchteten blutrot und unterhalb ihrer Brust war die Farbe hell und durchscheinend aufgetragen worden. So wirkte es, als hätte sie keine Beine. Offensichtlich sollte die Frau einen Geist darstellen. *Woher kenne ich sie nur,* überlegte sie, immer noch verwundert.

Dann fiel es ihr wie Schuppen von den Augen und sie wich erschrocken vor dem Buch zurück. *Diese Geisterfrau aus dem Spiegel und meinen Träumen! Die sah doch fast genauso aus!* Ein eisiger Schauer kroch über ihren Rücken. »Das kann nicht sein! Es gibt keine Geister! Das war nur Einbildung«, versuchte sie sich leise zu beruhigen. Allerdings gab es da ein kleines Problem: Sie hatte noch nie zuvor das Bild eines Bôrei, also einer »verstorbenen Seele« gesehen, wie also hatte sie sich das einbilden können?

Gibt es etwa doch ...? Nein! Das kann nicht sein, dafür gibt es sicherlich eine logische Erklärung! Ihre Gedanken rasten wild durcheinander und sie versuchte das Chaos in ihrem Kopf zu beseitigen. »Es gibt für alles eine Erklärung. Ich hab dieses Wesen sicherlich einmal in einem Manga oder Anime gesehen und mich auf meiner Party unter Alkoholeinfluss daran erinnert. Es muss einfach so sein«, murmelte sie und doch war sie von ihren eigenen Worten nicht sonderlich überzeugt. Sakuras Hände begannen wieder zu schwitzen und das Blut rauschte in ihren Ohren, während ihre Überzeugungen langsam aber sicher zu bröckeln begannen. Entsetzt schlug sie das Buch zu und steckte es zurück in die Tasche am Vordersitz - ganz weit nach hinten, sodass sie es nicht mehr sehen musste.

Langsam atmete sie tief ein und aus und schloss die Augen. Sie begann wieder mit ihren Zehen zu wackeln und versuchte an etwas Unverfängliches zu denken. Als Erstes fielen ihr dabei die Kätzchen aus dem Video ein, das ihr Jacky heute Morgen gezeigt hatte. Allein der Gedanke an die süßen herumtollenden Katzenbabys ließ sie lächeln. Langsam beruhigte sich ihr Herzschlag wieder und auch ihre Gedanken kamen zur Ruhe.

Warum wehrst du dich eigentlich dagegen Geister sehen zu können, wisperte eine innere Stimme frech und sie schnaubte. *Weil es keine Geister gibt. Menschen, die etwas sehen können, das es nicht gibt, gelten im Allgemeinen als verrückt.*

Sollte irgendjemand davon erfahren, dass sie angeblich Geister sehen konnte, würde man sie zu einem Psychologen schicken. Eigentlich war das der einzige Grund, warum sie sich immer wieder einredete, dass es keine Geister geben konnte. Aber das war ja wohl auch legitim. Nein, es war besser, wenn sie das Buch ihrer Großmutter so schnell wie möglich wieder zurückgab. Es brachte nur Unheil über ihren Seelenfrieden! Mit einer Hand rieb sie sich über die Augen. Die zehn Stunden, die sie bereits unterwegs waren, spürte sie nun sehr deutlich.

Sie gähnte hinter vorgehaltener Hand und beschloss, nicht mehr über dieses leidige Thema nachzudenken, sondern sich ebenfalls eine Weile hinzulegen. So fragte sie eine der vorbeihuschenden Stewardessen, ob sie ihr ebenfalls ein Kissen bringen könnte. Ihre Mutter unterhielt sich immer noch mit dem älteren Mann neben sich. Sie hatte glücklicherweise nichts von Sakuras leichter Panikattacke mitbekommen. Das war gut, sie wollte nicht, dass ihre Mutter sich auch noch um sie sorgte. Immerhin bereitete ihr bereits die Situation ihrer eigenen Mutter genug Kummer.

Kurz darauf wurde Sakura das Kissen gereicht, sie bedankte sich und drehte sich in Richtung Fenster. Dann kuschelte sie sich in das erstaunlich weiche Kissen und schlief bald darauf ein. Erst kurz vor dem Landeanflug am Flughafen von Nagasaki erwachte sie wieder. Ihre Gedanken waren endlich zur Ruhe gekommen und sie fühlte sich wieder erholter und unbefangener. Allerdings hatte sie durch die ungünstige Liegeposition einen steifen Nacken bekommen. Missmutig begann sie sich zu massieren und räumte ihre Bücher zurück in ihr Handgepäck. Sie war mehr als froh, als sie das Flugzeug eine halbe Stunde später endlich verlassen konnten. Sakura war überrascht, wie viele Fluggäste sich bereits in am frühen Vormittag im Terminal tummelten, dabei war es wohl kaum später als acht oder neun Uhr.

In Deutschland ist es jetzt also ein oder zwei Uhr nachts. Das bedeutete, Jacky würde erst in ein paar Stunden aufstehen und ihre Nachricht lesen. Trotzdem schrieb sie, wie versprochen, dass sie gut angekommen waren. Ihre Mutter hatte sich in der Zwischenzeit am Gepäckband angestellt und wartete auf ihre Koffer. Seufzend stellte Sakura sich neben sie und half ihr, die schweren Gepäckstücke vom Band zu wuchten, sobald sie eines davon entdeckt hatten. Zusammen stapelten sie die beiden Koffer und die Reisetasche auf einen Kofferkuli und machten sich auf den Weg zur Ankunftshalle.

»Herr Takashi meinte, dass er uns um halb zehn Uhr abholen würde, das heißt wir haben noch eine knappe halbe Stunde um eine Kleinigkeit zu frühstücken«, erklärte ihre Mutter gut gelaunt. Sakura nickte nur und folgte ihr in Richtung eines kleinen Bistros. Dort setzten sie sich an einen runden Tisch und bestellten ein großes Wasser und zwei Portionen Ramen mit Gemüse. Sakura nippte vorsichtig an ihrer Suppe und stellte fest, dass sie äußerst lecker war. Nach diesem kurzen Frühstück, für Sakura glich es eher einem Mitternachtssnack, marschierten sie schließlich nach draußen.

Die Sonne schien am strahlend blauen Himmel, an dem kaum eine Wolke zu sehen war. Das stete Zirpen einiger Zikaden drang an ihre Ohren, immer wieder übertönt von dem lauten Rauschen der Flugzeugtriebwerke. Über ihnen zogen kreischend ein paar Möwen ihre Kreise, auf der Suche nach geeigneter Beute. Das Flughafengebäude war terracottarot gestrichen und ein paar sorgfältig gestutzte

Büsche säumten den Eingangsbereich. Wenn man den Blick über die Dutzenden parkenden Autos schweifen ließ, dann konnte man im Hintergrund sogar das Meer erkennen. Denn der Flughafen von Nagasaki lag mitten in der Ōmura-Bucht, die zum Ostchinesischen Meer gehörte.

Der frische Geruch des Meeres stieg ihr in die Nase und sie konnte beim Atmen sogar ein wenig Salz auf der Zunge schmecken. Sakura schloss für einen Moment die Augen und sog die Eindrücke in sich auf. Eine Mischung aus Angekommensein und Unsicherheit machte sich in ihr breit. Immerhin war sie das letzte Mal vor vier Jahren hier gewesen. Erst als ihre Mutter sie leicht an der Schulter antippte, öffnete sie die Augen wieder. »Lass uns dort zum Parkplatz gehen. Herr Takashi sollte bald ankommen.« Sakura nickte und gemeinsam machten sie sich auf den Weg zum gut gefüllten Parkplatz.

Herr Takashi tauchte tatsächlich gut fünf Minuten später auf. Sakura erkannte ihn sofort, denn er sah noch genauso aus wie in ihrer Erinnerung. Der ältere Herr war ungefähr so groß wie ihre Mutter, hatte schütteres graubraunes Haar und ein wettergegerbtes Gesicht. Er trug ein hellgrünes Poloshirt und beige Chinohosen. Seine Arme waren sonnengebräunt und Sakura erinnerte sich daran, dass er häufig in seinem Garten arbeitete. Auf seinen schmalen Lippen zeichnete sich ein warmes Lächeln ab, als er sie erkannte.

»Ah Takashi-san, da sind Sie ja«, begrüßte ihn ihre Mutter höflich und beide verneigten sich voreinander. »Hallo Takashi-san.« Sakura tat es ihrer Mutter gleich und der ältere Herr wandte sich ihr zu, ehe sie sich voreinander verbeugten. »Guten Morgen, Sakura-chan, Hina-san. Willkommen in Japan«, hieß er sie fröhlich willkommen und nahm ihnen den Kofferkuli ab.

»Es ist wirklich sehr nett von Ihnen, dass Sie uns hier abholen kommen«, bedankte sich ihre Mutter überschwänglich, während sie dem alten Mann über den Parkplatz zu seinem Wagen folgten. »Das ist überhaupt kein Problem, Hina-san. Ich kenne Sie ja noch von Kindertagen und ich helfe doch gerne. Trotzdem bin ich froh, dass Sie endlich hier sind und sich um Ihre Mutter kümmern können. Fuyumi-san hat Sie sehr vermisst«, sagte er und schob den Kuli entschlossenen Schrittes bis zu seinem Auto.

Dort luden er und ihre Mutter die Gepäckstücke ein, ehe die Fahrt schließlich losging. Sakura machte es sich auf der Rückbank bequem und starrte aus dem Fenster, während sie vom Flughafengelände fuhren. »Wie lange fahren wir nach Koyamason, Takashi-san?«, fragte sie dann, da sie als Teenager nicht darauf geachtet hatte. »Fast eineinhalb Stunden, Sakura-chan. Wenn ihr müde seid, könnt ihr euch gerne eine Weile ausruhen, der Flug war sicherlich anstrengend«, erwiderte er freundlich und Sakura sank frustriert in ihren Sitz zurück.

Eineinhalb Stunden noch? Warum muss Großmutter auch am entferntesten Fleck dieser Erde wohnen? Deprimiert starrte sie aus dem Fenster. Während sie an einer Ampel warteten, bemerkte sie aus dem Augenwinkel eine Bewegung und sah nach rechts. Auf dem Bürgersteig saß ein kleines waschbärartiges Wesen mit einem Strohhut auf dem Kopf und starrte direkt zu ihr hinüber. Erschrocken wandte sie den Blick ab, atmete ein paar Mal tief ein und aus, und spähte dann vorsichtig erneut aus dem Fenster. Das Tierchen sah für einen Moment weiter in ihre Richtung, dann blinzelte es und verschwand die Straße entlang. Die wenigen Passanten schienen sich nicht an ihm zu stören. So als wäre es völlig normal, einem Waschbären mit Strohhut auf dem Kopf zu begegnen.

»Takashi-san? Gibt es hier viele Waschbären?«, fragte sie irritiert. Der alte Mann runzelte die Stirn. »Waschbären? Nein die gibt es hier eigentlich nicht. Warum fragst du?«, erwiderte er ernst und Sakura schluckte. »Ich habe gerade einen gesehen oder zumindest etwas Ähnliches. Es hatte einen Strohhut auf«, erklärte sie und errötete, da sie sich ein wenig lächerlich vorkam. Herr Takashi blinzelte für einen Moment, dann lachte er herzhaft auf. »Ach so, du hast wohl die Statue eines Tanukis gesehen. Die gibt es hier überall. Ein Tanuki ist ein Yōkai, aber er ist kein Waschbär, sondern ein Marderhund. Meist werden sie mit einer Art Strohhut und einer großen Flasche Sake dargestellt«, antwortete der alte Mann amüsiert und Sakura nickte dankbar.

Trotzdem war sie sich sicher, einen *lebendigen* Tanuki gesehen zu haben. *Ich glaube, ich werde wirklich langsam verrückt. Zuerst sehe ich diese komischen Hasenviecher in Deutschland und jetzt trinkfreudige Marderhunde in Japan,* schoss es ihr durch den Kopf. Sie beschloss, den Rest der Fahrt nicht mehr aus dem Fenster zu blicken. Also schwieg sie stattdessen und begnügte sich damit, Musik auf ihrem Smartphone zu hören. Ihre Mutter erkundigte sich derweil nach dem Befinden ihrer Großmutter und der Frau von Herrn Takashi.

Da sie sich nur einen Kopfhörer ins Ohr gesteckt hatte, erfuhr sie, dass sich ihre Großmutter wohl gut von dem Beinbruch erholt hatte. Dennoch war sie immer noch auf Hilfe angewiesen. »Es ist wirklich gut, dass ihr gekommen seid. Fuyumi-san konnte es kaum noch erwarten, euch endlich wieder zu sehen«, sprach ihr Nachbar gut gelaunt und ihre Mutter lachte kurz hinter vorgehaltener Hand. Sakura wusste, dass es in Japan für Frauen normal war, ihre Verlegenheit zu überspielen, indem sie unter anderem ihr Lächeln mit einer Hand verdeckten.

»Das glaube ich gern. Ich freue mich auch schon, Mutter nach so langer Zeit wieder zu sehen. Sakura natürlich auch, nicht wahr?« Sie blickte zu ihr auf die Rückbank und Sakura nickte. »Ja, klar«, bestätigte sie höflich und schloss wieder die Augen, um sich auf ihre Musik zu konzentrieren. »Sie ist sicher erschöpft von dem langen Flug. Lassen wir sie lieber in Ruhe«, meinte Herr Takashi nachsichtig und ihre Mutter stimmte ihm leise zu. Die restliche Fahrt schwiegen sie. Auch ihre Mutter war ausgelaugt von der Reise und Herr Takashi war ein rücksichtsvoller Mann, der ihr Schweigen akzeptierte.

Eigentlich war es eine Schande, dass Sakura sich weigerte, wieder aus dem Fenster zu sehen, denn Koyamason lag auf der Halbinsel Kaba. Diese hatte eine sehr hübsche, nahezu unberührte Landschaft zu bieten. Doch sicher war sicher. Koyamason lag am Fuße eines Hügels, dem Shinyama, und als sie endlich in das kleine Dörfchen hineinfuhren, wagte sie dann doch einen Blick hinaus. Die »Straßen«, oder wohl eher schlecht geteerte Feldwege, waren fast ausgestorben. Lediglich ein paar streunende Katzen liefen umher. Schließlich hielten sie vor dem Haus ihrer Großmutter und Sakura war froh, aus dem engen Auto aussteigen zu können. Sie reckte und streckte sich ausgiebig, dann sah sie sich interessiert um.

Das Dorf hat sich überhaupt nicht verändert. Es ist immer noch genauso verlassen und trostlos wie früher, dachte sie frustriert, als sie ein paar Schritte die »Straße« entlang spazierte. In den Schlaglöchern hatte sich Regenwasser gesammelt, mehrere der Streunerkatzen tranken gierig daraus und einige Hühner liefen gackernd an ihnen vorbei. »Wirklich trostlos«, murmelte sie und beneidete Jacky nun noch mehr um ihre USA-Reise. Seufzend wandte sie sich ab und betrachtete den großen Hügel, der fast bedrohlich hinter dem Haus ihrer Großmutter aufragte.

Dicht bewaldet und nicht gerade einladend erhob er sich dort wie ein uralter Wächter. Zwischen den Bäumen hingen einige Nebelschwaden und verliehen ihm etwas Mystisches, während eine Krähe unheimlich aus dem Dickicht hervor krächzte. Eine Gänsehaut zog ihr über den Rücken und sie wandte sich schnell ab. »Sakura? Kannst du uns hier einmal kurz helfen?«, rief ihre Mutter und sie eilte nur zu gern wieder zurück zum Auto.

»Klar! Was soll ich machen?« Ihre Mutter reichte ihr wortlos die Reisetasche. »Du kannst die Tasche tragen, Takashi-san und ich nehmen die Koffer«, erklärte sie und Sakura seufzte. »Klar, mache ich«, meinte sie dennoch ergeben. Sie hatte gerade einen Schritt in Richtung Haus gemacht, als die mit Holzstreben verstärkte Haustüre geöffnet wurde und ihre Großmutter heraustrat. Sie trug ein Lächeln auf ihrem faltigen Gesicht und Sakura merkte, wie sie sich gleich angekommen und zuhause fühlte. »Hallo meine Lieben. Endlich seid ihr da«, begrüßte sie die alte Dame gut gelaunt. Sakura stellte die Tasche ab und hastete die wenigen Stufen hinauf zu ihr.

Ihre Großmutter lachte glücklich und zog sie überraschenderweise gleich in ihre zierlichen Arme. Der schwache Duft von Lavendelparfum haftete an ihrer Kleidung und erinnerte Sakura an vergangene Besuche. Sie war froh, sie einigermaßen wohlbehalten zu sehen und umarmte sie fest. »*Haha*, wie geht es dir?«, fragte ihre Mutter besorgt, während auch sie die Stufen hinaufstieg, und ihre Großmutter antwortete sanft: »Es geht schon, Liebes. Das Bein schmerzt zwar noch ein wenig, aber nicht mehr so sehr wie am Anfang. Ich bin so froh, dass ihr hier seid.«

Dann zog sie auch Sakuras Mutter in eine Umarmung und Sakura sah ein paar Tränen in den Augen ihrer Mutter aufblitzen. Offenbar hatte sie ihre Mutter ebenso vermisst. Sakura konnte es ihr nicht verdenken. Immerhin lagen vier Jahre zwischen ihrem letzten Besuch und heute. Sie hatten in der Vergangenheit lediglich ein paar Mal im Jahr miteinander telefoniert. »Ihr habt mir sehr gefehlt, ihr beiden. Aber kommt doch rein, ihr seid sicher sehr erschöpft von der langen Reise«, meinte ihre Großmutter fürsorglich und trat beiseite, damit sie das Gepäck ins Haus tragen konnten.

Das Haus entsprach dem für diese Gegend eher untypischen Machiya-Stil. Normalerweise prägte dieser Baustil das Bild von Städten. Von diesen hatte sich ihr Großvater auch inspirieren lassen. Damals hatte er wohl ein wenig Ärger mit den örtlichen Behörden gehabt. Doch nach einem intensiven Gespräch – bei dem angeblich ordentlich Sake geflossen war – hatte er die Baugenehmigung schließlich bekommen. So zumindest hatte er es ihr erzählt, als sie noch ein Kind gewesen war, und mächtig stolz dabei gewirkt. Bei dem Gedanken an ihn schlich sich ein wehmütiges Lächeln auf ihre Lippen. Das Haus hatte zwei Stockwerke und anstatt Shoji aus Reispapier, besaß es hölzerne Schiebetüren mit feinen Streben. Die Fassade leuchtete in einem kräftigen Beigeton, von der sich die hölzernen Elemente der Fenster und Türen elegant abhoben.

Alle Fenster waren mit hölzernen Fensterläden zum Schieben versehen, deren Design dem der Haustüre entsprach. Das Dach selbst war etwas flacher, als es bei Häusern in Deutschland üblich war, und die Fenster zierten typisch asiatische Spitzbogen. Eine weitere Überdachung, aus den gleichen anthrazitfarbenen Ziegeln, zog sich an der gesamten Hausfront entlang. Daran hingen einige weiße Lampions mit Segnungswünschen. Vermutlich hatte sie Herr Takashi für ihre Großmutter aufgehängt, um sie gebührend zu empfangen. Sakura musste bei dem Gedanken schmunzeln und betrat schließlich das Haus. Sie stellte die Reisetasche erst einmal im Flur ab und zog ganz selbstverständlich ihre Schuhe aus.

»Habt ihr Hunger? Wenn ihr wollt, mache ich euch eine Kleinigkeit zu Essen. Oder wollt ihr lieber ein warmes Bad zur Entspannung nehmen?«, fragte ihre Großmutter fürsorglich. Sakura lächelte warm, da sie sich sofort wieder heimisch und geborgen fühlte. »Wenn es keine zu großen Umstände macht, dann beides bitte«, erwiderte sie, da die Suppe am Flughafen sie nicht wirklich satt gemacht hatte und ein entspannendes Bad durchaus verlockend klang.

»Natürlich nicht, Liebes. Das mache ich doch gerne für euch«, winkte ihre Großmutter ab und humpelte in die Küche. Sie stützte sich auf einen Stock und ihr rechtes Bein steckte noch in einem dicken Gips. Trotzdem wirkte die alte Dame alles andere als hilflos.

»Soll ich dir helfen, *haha*?«, rief Sakuras Mutter besorgt. Die alte Dame bejahte. »Du kannst das Badewasser bereits einlassen, Hina.« Ihre Mutter nickte und verschwand in das große Badezimmer im Erdgeschoss. »Soll ich dir auch helfen, *sobo*?«, erkundigte sich Sakura mit einem schlechten Gewissen, doch ihre Großmutter lehnte höflich ab. »Danke, Liebes, aber du kannst dich ausruhen. Wenn ich Hilfe brauche, dann rufe ich dich, ja?« Widerwillig gehorchte sie der Anweisung und nahm die Reisetasche mit ins obere Stockwerk, in dem die beiden Gästezimmer des Hauses lagen. Eines war das alte Jugendzimmer ihrer Mutter, in welchem sie schlafen würde, das andere wurde im Moment als Abstellkammer genutzt.

Dort stapelten sich Umzugskartons, die meisten noch leer, aber in den nächsten Wochen würden sie sich alle noch füllen. Seufzend schloss sie die Schiebetüre wieder. Sie wollte jetzt nicht an die ganze Arbeit denken, die noch auf sie zukommen würde. Stattdessen öffnete sie die Türe zu ihrem Schlafzimmer. Sie warf die Reisetasche unachtsam auf das schmale Bett und sah sich um. Der Raum war klein, aber gemütlich. Es gab ein großes Fenster, mit Blick auf den Shinyama, durch das helles Tageslicht drang. Direkt darunter stand ein hölzerner Schreibtisch mit einem Computer darauf. Er schien zwar nicht mehr der Neueste zu sein, aber immerhin hatte er einen Internetanschluss.

Das Beste an diesem Zimmer war jedoch der begehbare Kleiderschrank, der eigentlich eine Art Raumteiler war. Mehrere Shoji trennten den Raum nach gut zwei Dritteln ab und dahinter standen drei große Regale, in denen sie ihre Kleidung verstauen konnte. An einer Kleiderstange unter einem der Regale hing, einsam und leicht verstaubt, ein alter Yukata ihrer Mutter in einer Plastikhülle. Neugierig öffnete sie diese und musste ein paar Mal niesen. Dann zog sie das Kleidungsstück heraus.

Auf den weißen Stoff waren viele rosafarbene Kirschblüten gestickt worden. Er fühlte sich weich und seidig in ihrer Hand an und sah sehr hochwertig aus. Überraschenderweise war er dazu noch sehr leicht. Sakura musste lächeln, als sie sich ihre Mutter in dem Yukata vorstellte. *Sie hat damals sicher wunderschön ausgesehen,* überlegte sie und streichelte das elegante Kleidungsstück ehrfürchtig. »Hübsch, nicht wahr?« Erschrocken wirbelte sie herum. Ihre Mutter stand in der Türe und ein Lächeln lag auf ihren Lippen. »Und wie! Du hast bestimmt toll darin ausgesehen und allen Jungs den Kopf verdreht«, erwiderte sie und grinste.

»Oh ja, sie sind mir scharenweise hinterhergelaufen«, antwortete ihre Mutter amüsiert und zwinkerte.

Sakura musste lachen und ihre Mutter grinste schelmisch. »Willst du ihn nach dem Bad anprobieren? Er passt dir sicher und wird dir wunderbar stehen«, fragte sie dann und Sakura blinzelte überrascht. »Darf ich wirklich?« Ihre Mutter lachte erneut. »Natürlich, ich vermache ihn dir, mir passt er sowieso nicht mehr«, erklärte sie und Sakura umarmte sie freudig. »Dann will ich ihn unbedingt anprobieren!«, rief sie aufgeregt und ihre Mutter strich ihr lächelnd über den Kopf. »In Ordnung, nach dem Bad helfe ich dir, ihn anzuziehen. Deine Großmutter wird Augen machen, wenn sie dich so sieht.«

Sie zwinkerte abermals und Sakura grinste. »Das hoffe ich doch, ich muss dir ja schließlich Konkurrenz machen, wenn ich ihn auf dem Sommerfest tragen werde«, gab sie frech zurück. »Du wirst so bestimmt den ein oder anderen Verehrer bekommen«, stimmte ihre Mutter zu und Sakura lachte. All die trüben Gedanken, die sie auf der Fahrt gehabt hatte, waren mit einem Mal wie weggeblasen. Nun freute sie sich doch ein wenig auf die Sommerferien.

Zumindest auf das *Natsu Matsuri*, an dem sie den Yukata tragen konnte. Sie hoffte inständig, dass sie dort mit einem Jungen hingehen konnte. Immerhin hatte sie fast acht Wochen Zeit jemanden kennen zu lernen. Es wäre sicher sehr romantisch, mit einem Jungen auf der Wiese zu sitzen und das tolle Feuerwerk zu betrachten. *Und sich vielleicht auch zu küssen,* überlegte sie schwärmend. Natürlich wäre es nur ein Urlaubsflirt, aber sie war volljährig und im Urlaub einen Jungen zu küssen, war nichts Besonderes für Mädchen in ihrem Alter. Jacky hatte im letzten Sommerurlaub in Spanien einen der Animateure des Hotels geküsst, in dem sie mit ihrer Familie gewohnt hatte.

Ein paar Dates mit einem ortsansässigen Jungen würden ihr vielleicht die Normalität zurückgeben, die sie in den letzten Wochen schmerzlich vermisst hatte. Immerhin waren ihre Gedanken unfreiwillig immer wieder um die Themen *Geister* und *Schicksal* gekreist. Doch jetzt in den Ferien wollte sie sich endlich wieder amüsieren. *Bitte ihr Götter, erfüllt mir den Wunsch, dieses Jahr mit einem netten Jungen zum Natsu Matsuri zu gehen*, flehte sie in Gedanken und hoffte ihr Wunsch würde erhört werden.

Tatsächlich wurde Sakuras Wunsch von einer bestimmten Göttin vernommen, die sanft lächelte und Sakuras roten Schicksalsfaden durch ihre Hände gleiten ließ. Mehrere Fäden waren bereits mit ihm verwoben, die von Familie und Freunden und bisher unbekannten Personen. Ein Garn stach besonders hervor: Es war fast doppelt so dick wie die anderen, aber auch wesentlich dunkler, fast schon blutrot. Behutsam strich die Göttin darüber und betrachtete den Knoten, der ihn mit Sakuras Schicksal verknüpfte.

Dieser war groß und aufwändig gestaltet, das Zeichen für eine äußerst bedeutsame Begegnung. Ein Lächeln trat auf ihr Gesicht und sie freute sich bereits auf den Tag, an dem diese Begegnung stattfinden würde. »Ich werde dir deinen Wunsch gerne erfüllen, liebes Kind. Du wirst ihn schon bald treffen, den besonderen Jungen, der dein Schicksal verändern wird.«

GABE ODER FLUCH?

Sakura und ihre Mutter kehrten zurück ins Wohnzimmer, das den Mittelpunkt des Hauses bildete. Der Raum war traditionell mit Tatamimatten ausgelegt und ein paar Sitzkissen lagen am Boden um einen niedrigen Tisch. Da es kein separates Esszimmer gab, wurde stets an diesem Tisch gegessen. Im Winter wurde er durch einen Kotatsu ersetzt, einen japanischen Heiztisch. An ihm war eine übergroße Decke befestigt, sodass man sich schön einkuscheln konnte. Unter dem Tischgestell war eine Elektroheizung angebracht, die ausreichend Wärme spendete. So rückte im Winter oft die ganze Familie im Wohnzimmer zusammen, da der Rest des Hauses nicht beheizt wurde. Sakura fand diese Idee wundervoll, denn in ihren Augen war die gemeinsame Zeit mit der Familie etwas sehr Wichtiges und Wertvolles.

Ihre Großmutter hatte trotz ihres schmerzenden Beines ein leckeres Mittagessen gezaubert, natürlich traditionell japanisch. Es gab Omuraisu, also Omelette gefüllt mit gebratenem Hühnchen und Reis. Sakura lief bereits beim Anblick des Gerichts das Wasser im Mund zusammen. Hastig probierte sie und seufzte verzückt. »Das schmeckt wirklich sehr lecker, *sobo*!«, lobte sie und ihre Großmutter lächelte geschmeichelt. »Ich bin froh, dass es dir schmeckt. Bei deinem letzten Besuch hast du dich ja geweigert, es zu probieren«, erwiderte die alte Dame und Sakura errötete leicht.

»Da war ich in einer schwierigen Phase«, erklärte sie peinlich berührt und sowohl ihre Großmutter als auch ihre Mutter lachten. »Das ist nicht lustig! Ich war vierzehn und hab mir eben eingebildet, nur Toastbrot oder Müsli zu essen, wäre total vernünftig«, rief sie verärgert und verdrehte genervt die Augen. »Schon gut, Liebes. Wir sind ja froh, dass du diese Phase hinter dir hast. Jetzt iss erst einmal auf und dann gönnen wir uns ein entspannendes Bad«, beruhigte ihre Mutter sie sanft.

Sakura murmelte seufzend: »*Hai, hai.*« Das leckere Mittagessen aß sie jedoch auf und musste sich zusammenreißen, nicht zu schlingen. »Ich warte hier im Wohnzimmer auf euch. Lasst euch ruhig Zeit, meine Lieblingsserie fängt gleich an«, sagte ihre Großmutter und schaltete den Fernseher an, während Sakura und ihre Mutter den Tisch abräumten. »Ich wusste gar nicht, dass *sobo* so gerne fernsieht«, murmelte Sakura und räumte ihre Schüsseln in die Spülmaschine.

»Nun ja, seit dem Tod deines Großvaters vor vier Jahren ist sie etwas einsam und hat schließlich den Fernseher für sich entdeckt. Und solange sie sich keine Horrorfilme ansieht, ist ja alles in Ordnung.« Ihre Mutter zwinkerte und Sakura kicherte leise. Nachdem sie die Küche in Ordnung gebracht hatten, war es nun endlich Zeit für das entspannende Bad. Inzwischen war das heiße Wasser abgekühlt und hatte die perfekte Badetemperatur erreicht. Sakura erinnerte sich jedoch daran, dass man sich in Japan zunächst gründlich reinigte und abbrauste, bevor man schließlich in die Wanne stieg. Also zog sie sich aus und setzte sich auf einen der beiden Holzschemel, um sich einzuseifen.

Danach spülte sie den ganzen Schweiß und Staub, der sich auf der Reise an ihrem Körper festgesetzt hatte, ab. Erst zum Schluss stieg sie in die Wanne und schloss wohlig seufzend die Augen. Der Geruch von Orangenöl hüllte sie ein und ihre Gedanken kamen zur Ruhe. »Wirklich herrlich«, murmelte sie und ihre Mutter folgte ihr kurz darauf. »Das ist wahr, eine richtige Wohltat nach einem solch langen Flug«, stimmte sie ihr zu. Sie entspannten sich eine ganze Weile in dem warmen Wasser und Sakura fühlte sich nun viel erholter. Fast schon wehmütig stieg sie schließlich wieder aus der Wanne und trocknete sich ab. »Jetzt ziehen wir dir den Yukata an. Ich bin wirklich gespannt was deine Großmutter dazu sagen wird.« Sakura gab zwinkernd zurück: »Sie wird natürlich begeistert sein.«

Zusammen stiegen sie die Stufen hinauf in den ersten Stock. Vorsichtig zog ihre Mutter das Kleidungsstück aus der Hülle und betrachtete es liebevoll. »Nun denn, jetzt zeige ich dir, wie man einen Yukata anzieht«, verkündete sie freudig und Sakura konnte sehen, wie ihre Augen vor Aufregung funkelten. Das zauberte ihr ebenfalls ein Lächeln ins Gesicht. Sie freute sich schon darauf, den schönen Stoff tragen zu dürfen. Als sie in die langen weiten Ärmel schlüpfte, zog sich eine Gänsehaut über ihren Körper.

»Der Stoff ist so angenehm weich«, bemerkte sie und ihre Mutter lachte. »Ja, nicht wahr? Dabei besteht er nur aus Baumwolle.« Sakura hob überrascht die Augenbrauen. »Und ich dachte schon, das wäre Seide oder so etwas«, gab sie zurück, woraufhin ihre Mutter den Kopf schüttelte. »Das wäre für einen Yukata viel zu teuer. Außerdem ist Seide nicht so luftdurchlässig wie Baumwolle und da es hier im Sommer sehr heiß wird, ist sie eher ungeeignet für solche Kleidungsstücke.« Die Erklärung war einleuchtend und doch war Sakura erstaunt, wie leicht und hochwertig sich die Baumwolle anfühlte.

»Jetzt kommt der Obi, das dauert etwas länger.« Ihre Mutter legte Sakura einen breiten rosafarbenen Gürtel um ihren Bauch. Er war ebenfalls mit Blüten verziert, diese waren jedoch weiß. Es dauerte wirklich eine ganze Weile, bis ihre Mutter den langen Obi um sie gewickelt und die Enden hinten zu einem etwas ausgefalleneren Knoten zusammenband. »Fertig. Wenn du jetzt auf ein Matsuri gehen würdest, würde ich dir noch die Haare hochstecken und du müsstest dir noch Tabi und Geta anziehen, dann wäre es perfekt. Aber ich denke, für heute lassen wir es einfach so.« »Ich finde es jetzt schon perfekt«, gab Sakura zu und ihre Mutter lächelte warm.

»Das glaube ich dir. Na, dann lass uns mal runter gehen. Aber stolpere nicht.« Das war leichter gesagt als getan, denn sie konnte in dem Yukata nicht so große Schritte machen wie gewohnt. *In einem schweren Kimono kann man sicherlich nur noch trippeln,* überlegte sie, während sie sich abmühte, die Treppe hinab zu kommen. »Da kommt man ja ganz schön ins Schwitzen«, stellte sie fest und keuchte leicht, als sie endlich unten an der Treppe angekommen war. »Daran gewöhnst du dich schon«, erwiderte ihre Mutter und tätschelte ihr die Schulter.

»*Haha*? Bist du noch im Wohnzimmer?«, rief sie dann und Sakura folgte ihr trippelnd zu dem besagten Zimmer. »Wo sollte ich denn sonst sein? Was ist denn, Hina?«, rief ihre Großmutter zurück. Sakura spähte hinter der Schulter ihrer Mutter hervor, die sich vor sie geschoben hatte, um die Überraschung perfekt zu machen. »Ich möchte dir etwas zeigen. Sieh mal, was wir in meinem alten Zimmer gefunden haben«, erwiderte sie und trat zur Seite, um der alten Dame den Blick auf ihre Enkelin zu gewähren.

Mit geweiteten Augen erhob sich ihre Großmutter von ihrem Sitzkissen und kam langsam humpelnd auf sie beide zu. »Meine Güte, Kind, du siehst ja wundervoll aus!«, stieß sie hervor und hielt sich gerührt ihre Hände an die Wangen. Sakuras Gesicht wurde heiß und sie bedankte sich geschmeichelt. »Sie sieht dir darin ja noch ähnlicher als sonst, Hina«, fügte ihre Großmutter hinzu und diese lächelte stolz.

»Sie hat wohl nur die guten Gene geerbt«, antwortete ihre Mutter und grinste. »Das hat sie wohl«, stimmte ihre Großmutter glucksend zu und Sakura kicherte ebenfalls. »Wirst du ihn am *Natsu Matsuri* tragen?«, erkundigte sie sich dann und Sakura nickte. »Ich hoffe, ich kann dort zusammen mit einem Jungen hingehen«, gestand sie und ihre Großmutter wackelte vielsagend mit den Augenbrauen. »So umwerfend wie du bist, wirst du sicherlich bald ein paar Dates in Kinenshi haben. Ich habe erst letztens auf dem Markt mit ein paar jungen Männer gesprochen, die sehr gut zu dir passen würden«, meinte sie verschwörerisch und Sakura grinste nun auch.

»*Haha*! Setz ihr nicht solche Flausen in den Kopf! Ich will nicht, dass sie sich auf irgendeinen dahergelaufenen Jungen einlässt, der ihr am Ende auch noch das Herz bricht«, protestierte ihre Mutter. Sakura verdrehte die Augen und erwiderte entschlossen: »Das wird schon nicht passieren, *haha*. Ich werde mir nicht das Herz brechen lassen, das verspreche ich dir.« Ihre Mutter seufzte jedoch gequält.

»Wehe du kommst dann heulend angerannt, wenn er dir weh getan hat«, drohte sie und Sakura wusste, dass das nicht ernst gemeint war. »Natürlich nicht.

Ich werde ihm erst eine Ohrfeige verpassen und dann heulend angerannt kommen«, erklärte sie frech und ihre Mutter lachte kopfschüttelnd. »Du bist mir ja eine. Aber ich denke, wir vertagen diese Diskussion auf ein anderes Mal. Ich würde mich gerne noch einmal hinlegen, das heiße Bad und der lange Flug haben mich wirklich erschöpft«, meinte sie dann und gähnte hinter vorgehaltener Hand.

Sakura stimmte ihr zu: »Oh ja, der Jetlag ist echt nicht witzig.« Ihre Großmutter legte ihnen sanft die Hände auf die Schultern. »Dann geht euch mal ausruhen ihr beiden. Ich bin hier im Wohnzimmer, falls etwas sein sollte.« Sakura tappte ungelenk zur Treppe zurück. »Glaubst du, du schaffst den Aufstieg?«,fragte ihre Mutter amüsiert und Sakura nickte eifrig. Etwas unbeholfen setzte sie den Fuß auf die erste Stufe, doch es ging leichter als befürchtet. Trotzdem musste sie sich am Geländer festhalten und war froh, schließlich oben angekommen zu sein. Ihre Mutter war ihr gefolgt und half ihr, den Yukata auszuziehen, was wieder eine ganze Weile dauerte. »Gute Nacht, Liebes. Schlaf gut.« Sanft strich ihre Mutter über ihr Haar.

»Gute Nacht, *haha*. Bis später«, erwiderte sie schläfrig und unterdrückte ein Gähnen. Kaum hatte ihre Mutter das Zimmer verlassen, kramte sie ihr Nachthemd aus der Reisetasche und streifte es über. Dann schob sie die Fensterläden zu und kuschelte sich in das Bett. Ihr Kopf fühlte sich schwer an und ihre

Lider fielen immer wieder zu. Sie gähnte abermals und es dauerte nicht lange, bis sie eingeschlafen war.

Erst mehrere Stunden später erwachte sie wieder und rieb sich verschlafen die Augen. Ein Blick auf ihr Handy verriet ihr, dass es bereits sieben Uhr abends war. Jacky hatte ihr mittlerweile geantwortet und sie lächelte matt, als sie ihre Nachricht las. Sie vermisste ihre Freundin mehr, als sie erwartet hatte, und schrieb ihr eine dementsprechend deprimierende Nachricht zurück.

In Deutschland war es jetzt kurz nach zwölf Uhr mittags und Jacky hatte erzählt, sie würde zu dieser Zeit mit ihren Geschwistern an den See fahren. Da sie ihr Handy dorthin nie mitnahm, aus Angst es könnte gestohlen werden, würde sie ihr auch erst wieder in ein paar Stunden antworten. *Diese Zeitverschiebung ist echt bescheuert! Jetzt muss ich jedes Mal überlegen, wie spät es in Deutschland ist, bevor ich Jacky schreibe oder mit ihr skype.* Frustriert warf sie das Smartphone auf das Nachtkästchen.

Nachdem sie sich kurz gestreckt hatte, beschloss sie, nach unten zu ihrer Großmutter zu gehen. Es war an der Zeit, ihr das Buch zurückzugeben und sie nach der »Gabe« zu fragen. Also schlüpfte sie in eine frische Jeans und ein sauberes T-Shirt, zog das Buch aus ihrer Handtasche und machte sich auf den Weg ins Wohnzimmer. Ihre Großmutter saß immer noch dort, doch jetzt strickte sie an etwas, das wie eine rosa

Mütze aussah. »Ah hallo, Liebes. Na, hast du gut geschlafen?«, fragte sie gut gelaunt und Sakura nickte.

»Ja, danke. Ähm ... ich muss dir etwas sagen«, begann sie dann und ihre Großmutter warf ihr einen neugierigen Blick zu. »Was denn, meine Liebe?« Sakura fummelte mit der rechten Hand am Saum ihres T-Shirts herum und vermied es, ihre Großmutter anzusehen. Das Buch hielt sie hinter ihrem Rücken versteckt.

»Also ... du hast mir doch das Buch zum Geburtstag geschenkt.« Sie zog es hinter ihrem Rücken hervor und ihre Großmutter nickte lächelnd. »Es ist interessant, nicht wahr?« »Nun ja, vielleicht ein bisschen. Egal, ich ... ich würde es dir gerne wieder zurückgeben«, beendete sie stammelnd ihre kurze Rede. Die alte Frau hob misstrauisch die Augenbrauen.

»Warum das? Gefällt es dir nicht?« Sie klang eindeutig enttäuscht und Sakura bekam ein schlechtes Gewissen. »Nun ja, *gefallen* ist so ein dehnbarer Begriff und damit hat es eigentlich auch nichts zu tun. Es ist nur so, es macht mir ein wenig Angst«, gestand sie und kam sich albern dabei vor. Dabei erzählte sie ja nur die Wahrheit. »Es macht dir Angst?« Jetzt schien ihre Großmutter neugierig geworden zu sein und legte das Strickzeug beiseite. »Als ich es im Flugzeug gelesen habe, da hat es fast wie von Geisterhand eine andere Seite umgeblättert. Und als ich kurz darauf von der Toilette gekommen bin, war eine andere Seite aufgeschlagen als die auf der ich zuletzt gewesen bin. Da *haha* sich aber mit ihrem Sitznachbarn unterhalten hat, ist sie es sicher nicht gewesen«, erklärte sie und hoffte, ihre Großmutter würde sie jetzt nicht auslachen.

Doch die alte Frau blieb ernst und runzelte stattdessen nur die Stirn. »Du meinst also, es hat sich selbst umgeblättert? Das klingt wirklich sehr mysteriös. Aber ich habe mir schon so etwas gedacht.« Sakura hob skeptisch die Augenbrauen. »Was meinst du damit, dass du dir so etwas schon gedacht hast?« Ihre Großmutter seufze schwer. »Nun, weil du etwas Besonderes bist, mein Kind. Schon als du noch ganz klein warst, habe ich gemerkt, dass du anders bist als andere Kinder«, erklärte sie sanft und Sakura wusste nicht, ob sie das als Kompliment sehen sollte oder eher als Beleidigung.

»Ach ja? Hatte ich einen Fantasiefreund oder wie?«, fragte sie spöttisch, doch ihre Großmutter schüttelte den Kopf. »Unsinn. Nein, du konntest Dinge sehen, die andere Kinder nicht sehen konnten ... und auch die meisten Erwachsenen nicht.« Sakura schnaubte verärgert. »Also doch ein Fantasiefreund?« Erneut schüttelte ihre Großmutter den Kopf. »Nein Kind. Du besitzt die besondere Gabe, Geister und Dämonen in ihrer wahren Gestalt sehen zu können«, erklärte sie dann und Sakura schnalzte missbilligend mit der Zunge.

»Ja klar, und den Weihnachtsmann gibt es wirklich!« *So ein Quatsch! Als ob es Geister und Dämo-*

nen gäbe! Wütend verschränkte sie die Arme vor der Brust. *Und was war dann die Frau im Spiegel? Und die Hasen und der Tanuki,* konterte die kleine Stimme in ihrem Kopf und Unsicherheit kroch in ihr hoch. »Du glaubst also, dass es Geister und Dämonen nicht gibt? Auch das war mir schon klar, denn in Deutschland sind sie weit weniger verbreitet als hier in Japan. Aber ich werde dir beweisen, dass sie wirklich existieren!« Ihre Großmutter erhob sich von ihrem Sitzkissen und humpelte zu dem großen Panoramafenster an der gegenüberliegenden Wand.

»Komm her«, forderte sie sie auf und Sakura gehorchte widerwillig. »Was siehst du dort?«, fragte die Alte schroff und deutete hinaus. Seufzend sah Sakura zu der Stelle, auf die ihre Großmutter deutete und meinte gelangweilt: »Einen alten morschen Zaun.« Ein unzufriedenes Schnauben ertönte. »Und was sitzt darauf?« Sakura verdrehte ihre Augen, dann erkannte sie eine Katze, die auf einem der hölzernen Pfähle saß und sich die Pfoten leckte.

»Eine Katze«, erwiderte sie dann, doch ihre Großmutter schien damit noch nicht zufrieden zu sein. »Sieh genauer hin!« Sakura sah, abermals seufzend, gründlicher hin. »Was bitte soll an einem Streuner so interessant sein? Das ist nur eine Katze, die – Moment, was ist das?« Irritiert drückte sie ihr Gesicht näher an das Glas und musterte die Katze genauer. Sie war schwarz und eigentlich unscheinbar, aber ihr Schweif -

»Sie hat ja zwei Schweife!«, rief sie entsetzt und stolperte einen Schritt zurück. »So ist es. Das ist eine Nekomata, ein böser Dämon, entstanden aus einer ehemaligen Hauskatze. Jeder andere Dorfbewohner würde mir sagen, dass das nur ein gewöhnlicher Streuner ist. Du aber kannst das sehen, was für viele Menschen verborgen bleibt«, erklärte die alte Frau nun sanfter und Sakura runzelte die Stirn.

»Du ... kannst sie auch sehen?«, hauchte sie und ihre Großmutter nickte. »Ja, seit ich ein kleines Kind war. Deine Mutter hat diese Fähigkeit nicht, sie könnte damit auch nicht umgehen. Aber du, du bist stark und ich bin froh, dass du mit diese Gabe gesegnet wurdest«, fuhr sie fort. Sakura schüttelte heftig den Kopf. »Das ... das ist doch keine Gabe, das ist ein Fluch! Außerdem, was hättest du gemacht, wenn ich auch gesagt hätte, dass dort nur ein Streuner sitzt? Du konntest nicht wissen, dass ich die Schweife sehen kann!«

Ihre Großmutter stieß einen verärgerten Laut aus. »Ich wusste es, weil du mir bereits als junges Mädchen davon erzählt hast. Du warst erst fünf oder sechs Jahre alt und hast deine Sommerferien mit deiner Mutter hier verbracht. Eines Tages sind wir durch die Straßen spaziert, als du aufgeregt auf ein Katze gedeutet hast. Du hast mir zugerufen, dass dies eine Feenkatze ist, weil sie zwei Schweife hat. Da ich auch mit der Gabe gesegnet bin, Dämonen und Geister in ihrer wahren Gestalt zu erkennen, wusste ich natürlich sofort, dass du sie vererbt bekommen hast.« Sie machte eine kurze Pause und griff nach der Teetasse auf dem kleinen Esstisch. Ihre Großmutter nahm einen großen Schluck und sah sie dabei über den Rand der Tasse eindringlich an.

Dann fuhr sie ernst fort: »Deine Mutter hat damals gedacht, dass du eine blühende Fantasie hast. Ich aber habe deine Gabe erkannt und beschlossen, das Geheimnis für mich zu bewahren, bis du alt genug wärst, um dir davon zu erzählen. Heute ist dieser Tag gekommen. Ich weiß, dass es dir schwer fällt mir zu glauben. Deine Mutter würde wahrscheinlich denken, dass ich nicht mehr ganz dicht bin. Aber du Sakura ... du bist etwas Besonders und ich hoffe sehr, dass du deine Gabe bald als einen Teil von dir akzeptieren wirst.«

Ihre Großmutter sah sie mit eindringlichem Blick an und Sakura raufte sich verzweifelt die Haare. »Das ... das kann ich nicht. Ich meine, Geister und Dämonen sehen zu können ist ... verrückt! Diese Wesen existieren nicht wirklich und sie erkennen zu können ist keine Gabe. Das ist ein Fluch! Wir sehen diese Wesen, weil wir beide nicht mehr ganz richtig im Kopf sind. Wir sind durchgeknallt, *sobo*, nicht mehr und nicht weniger«, meinte sie und ballte die Hände zu Fäusten. Ihre Großmutter seufzte leise.

»Du hörst dich schon genauso an wie deine Mutter. Du denkst viel zu rational, Sakura. Vor ein paar Jahren hättest du mir geglaubt und dich darüber gefreut, aber du bist wohl schneller erwachsen geworden, als mir lieb ist. Früher wollten die Menschen immer etwas Besonderes sein, um sich von den anderen abzugrenzen. Heute will lieber keiner auffallen, das ist wirklich traurig. Aber ich kann dich nicht zwingen, mir zu glauben. Sei nur ehrlich zu dir selbst: Klingt es in deinen Ohren nicht viel besser, Geister und Dämonen sehen zu können, als verrückt zu sein?«

Mit hochgezogenen Augenbrauen musterte Sakura die alte Dame skeptisch. Ihr durchdringender Blick war klar und fest, keinesfalls verklärt wie der einer Spinnerin. Ihre Großmutter meinte jedes Wort ernst, das sie sagte, das konnte sie ihr deutlich ansehen. Sakura kaute auf ihrer Unterlippe, während sie über die Worte ihrer Großmutter nachdachte. War es am Ende vielleicht wirklich eine Gabe?

»Na ja ... wenn man es so betrachtet, klingt die Fähigkeit Geister sehen zu können, schon irgendwie cooler. Aber trotzdem ist es verrückt!«, erwiderte sie ehrlich und ihre Großmutter zuckte die Schultern. »Viele großartige Persönlichkeiten wurden früher von der Öffentlichkeit als unzurechnungsfähig oder sogar geisteskrank bezeichnet, doch heutzutage werden sie von uns bewundert. Es wird immer jemanden geben, der dich für verrückt oder eigenartig hält. Aber solange du jemanden hast, der an dich glaubt, ist das nicht wichtig, oder?« Verlegen kratzte sich Sakura am Kopf.

»Vielleicht nicht, aber –« »Würde sich für dich denn so viel ändern?«, unterbrach die alte Frau sie rüde. Jetzt war es an Sakura die Schultern zu zucken. »Keine Ahnung ... aber jetzt, wo ich es weiß, und eventuell auch akzeptiere, sehe ich nun bestimmt überall Geister und Dämonen. Diese Vorstellung macht mir Angst«, gestand sie. Wenn sie nur daran dachte, nun überall Schneefrauen oder Tanukis oder sonstige Geistwesen zu sehen, lief es ihr kalt den Rücken herunter. Mitfühlend legte ihre Großmutter ihre warme Hand auf die ihre und drückte sie sanft. »Verständlich. Aber daran wirst du dich gewöhnen. Außerdem greifen sie Menschen nicht ohne Grund an ... das würde gegen ihre Gesetze verstoßen. Und sie würden so auch ziemlich schnell Aufsehen erregen, was sie eigentlich um jeden Preis vermeiden möchten. Du brauchst dir deswegen also keine Sorgen machen«, versprach sie selbstsicher und Sakura nickte zögerlich.

»Außerdem kann ich mit niemandem darüber sprechen ohne von allen für plemplem gehalten zu werden«, gab Sakura außerdem zu bedenken und diese Tatsache machte ihr fast noch größere Angst. »Das stimmt leider. Aber in Deutschland gibt es, wie gesagt, kaum Geister und Dämonen. Und solange du hier bist, kannst du gerne mit mir darüber reden. In den letzten Jahren habe ich mir einiges an Wissen angeeignet«, munterte ihre Großmutter sie auf. Sakura schenkte ihr daraufhin ein mattes Lächeln.

»Irgendwie ist es frustrierend, nicht einmal mit der besten Freundin darüber reden zu können, aber die ist genauso rational in solchen Sachen wie *haha*.« Ihre Großmutter verdrehte daraufhin die Augen. »Du wirst dich mit deiner Freundin ja wohl über genug andere Dinge unterhalten können. Mädchen reden doch liebend gerne über den neuesten Klatsch und Tratsch und natürlich über Jungs. Vor allem über Jungs, wenn ich mich da so an deine Mutter erinnere – die hat jahrelang über nichts anderes geredet. Bis sie dann deinen Vater beim *Hanami* in Kinenshi getroffen und sich in ihn verliebt hat.«

Sakura kannte diese Geschichte nur zu gut, hatte sie ihre Mutter als Kind doch regelmäßig danach gefragt, wie sie ihren Vater kennen gelernt hatte. »Das ist eine sehr romantische Geschichte. In Kinenshi soll ja bald ein Sommerfest stattfinden, vielleicht habe ich dann die Chance auf ein Date mit einem Jungen dort. Sich unter dem Feuerwerk zu küssen hat sicher was«, schwärmte sie und spürte schon jetzt eine gewisse Vorfreude auf das Fest.

»Oh ein Date wirst du sicherlich haben, meine Liebe. Hinas alter Yukata stand dir wirklich hervorragend. Damit wirst du sicher dem einen oder anderen Jungen in Kinenshi den Kopf verdrehen. Es kann aber gut sein, dass dir dort ein Yōkai über den Weg läuft. Manche mögen das Feuerwerk sehr gerne, dann suchen sie zu dieser Zeit unsere Gesellschaft. Oh keine Angst,« fügte sie an, als sie Sakuras verschreckten Gesichtsausdruck sah, »sie verhalten sich ganz friedlich. Ihnen geht es nur darum, die Schönheit des Augenblicks zu genießen.« »Klingt als hättest du dich mal mit einem von denen unterhalten«, bemerkte Sakura misstrauisch und ihre Großmutter zwinkerte geheimnisvoll.

»Vielleicht erzähle ich dir bald einmal davon. Doch jetzt lass uns zusammen kochen. Es ist schon spät und ich habe gerade dein Magenknurren gehört«, wechselte die alte Dame schließlich das Thema und Sakura strich sich peinlich berührt über den Bauch. »Das ist eine gute Idee. *Haha* ist sicherlich auch schon wach«, stimmte sie zu. Tatsächlich schlurfte in dem Moment ihre Mutter gähnend und mit vom Schlaf noch verquollenen Augen ins Wohnzimmer. »Nanu? Du bist schon wach?«, wunderte sie sich und rieb sich über das Gesicht. »So überraschend ist das jetzt auch wieder nicht«, verteidigte sich Sakura beleidigt. Ihre Mutter grinste.

»*Hai, hai* schon gut. Habe ich gerade richtig gehört, dass ihr jetzt kochen wollt?«, fragte sie und Sakura nickte bestätigend. »Wir wollten gerade in die Küche gehen«, klärte sie ihre Mutter auf. »Dann los, ich habe ebenfalls großen Hunger«, drängte ihre Mutter und marschierte zielstrebig zur Küche. »Mit Hina solltest du darüber nicht reden, sie würde es nicht verstehen«, raunte ihre Großmutter ihr zu und Sakura nickte. »Ich schweige wie ein Grab«, versprach sie. Trotzdem war ihr bei dem Gedanken daran,

Geister und Dämonen in ihrer wahren Gestalt sehen zu können, immer noch mulmig zumute.

INARI-SHINDEN

Es wurde einstimmig beschlossen, heute Gemüse-Tempura zu kochen, und Sakura konnte es kaum noch erwarten. Das gemeinsame Kochen machte wirklich Spaß und sie hoffte, dass es die restlichen Ferien so weiter gehen würde. Eine knappe halbe Stunde später konnten sie dann ihr leckeres Abendessen genießen. Schon der würzige Duft ließ Sakura das Wasser im Mund zusammenlaufen. Vielleicht waren die Ferien in dem abgeschiedenen Dorf doch nicht so schlecht ... zumindest was das Essen anging.

»Was haltet ihr davon, morgen zum Inari Shinden am Fuße des Shinyama zu gehen? Wir könnten eine kleine Opfergabe darbringen und dafür beten, dass die Fuchsgeister uns kein Unglück bringen«, meinte ihre Großmutter plötzlich. Sakura hob überrascht die Augenbrauen. *Hat sie nicht gerade noch gesagt, dass haha die Sache mit den Geistern nicht versteht? Und jetzt platzt sie damit beim Essen raus,* schoss es ihr durch den Kopf. Sie warf ihrer Mutter einen neugierigen Blick zu, die leise seufzte und aufhörte zu essen.

»*Haha*, fängst du schon wieder mit diesem Unsinn an? Zieh Sakura nicht auch noch mit in deine Fantastereien hinein!«, bat sie nüchtern und ihre Großmutter warf Sakura einen Blick zu, der so viel wie »Siehst du? Kein Verständnis dafür« bedeutete. »Aber das tue ich ja gar nicht, Hina. Doch wenn es dich glücklich macht, rede ich nicht mehr davon. Dafür gehen wir morgen trotzdem zu unserem Schrein. Ein bisschen zu beten kann nie schaden, vor allem wenn man demnächst viel Papierkram und einige Behördengänge zu erledigen hat«, erwiderte sie freundlich. Sakura Mutter seufzte erneut.

»Na gut, wenn du unbedingt willst. Man soll alten Menschen ja ihren Willen lassen«, lenkte sie ein und die alte Frau lächelte dankbar. Schließlich aßen sie weiter und wechselten bald das Gesprächsthema, worüber vor allem Sakuras Mutter ganz froh zu sein schien. Nach dem leckeren Abendessen checkte Sakura in ihrem Zimmer noch einmal die Nachrichten auf ihrem Smartphone. Doch Jacky hatte noch nicht geantwortet. Vermutlich war sie noch beim Baden. Enttäuscht surfte sie noch eine Weile im Internet. Sie las ein paar Beiträge auf Instagram von einer Bekannten aus ihrer Kunstgruppe. Sakura bewunderte ihre detailgetreuen Gemälde und nahm sich vor, in den nächsten Tagen ebenfalls wieder zu malen. Immerhin bot Koyamason eine faszinierende Kulisse für ein neues Landschaftsbild. Gerade der Shinyama mit seinen mystischen Nebelschwaden bot sich als besonderer Blickfang für ein Gemälde auf jeden Fall an.

Nachdem sie sich dazu einen Vermerk in ihrem Kalender gemacht hatte, öffnete sie ihre Webcomic-App. Sie verschlang euphorisch die nächsten Kapitel der Onlinemangas, die sie sich dort gemerkt hatte. Aber natürlich endeten diese wieder an besonders spannenden Stellen und sie stöhnte frustriert auf. Sie hoffte inständig, dass die Autorinnen bald neue Kapitel hochladen würden. Bei einer der Geschichten ging es immerhin darum, ob die Protagonisten nun endlich zusammenkommen würden oder nicht. Also schloss sie die App wieder und checkte erneut ihren Messenger. Von Jacky war jedoch noch immer keine Nachricht gekommen. Genervt legte sie das Handy beiseite und rieb sich die überreizten Augen. *Vielleicht sollte ich jetzt schlafen gehen. Immerhin muss sich mein Körper noch an die Zeitverschiebung gewöhnen.* Sie stand auf und lief nach unten, um ihrer Mutter und ihrer Großmutter eine gute Nacht zu wünschen.

Im Wohnzimmer brannte noch Licht und die beiden saßen auf den bequemen Sitzkissen und sahen sich einen Film an.

»Na willst du dich zu uns gesellen?«, erkundigte sich ihre Großmutter freundlich, doch sie winkte ab. »Nein, nein. Ich wollte euch nur Gute Nacht sagen. Der Jetlag hat mich wohl sehr erwischt, denn ich bin hundemüde«, erklärte sie und gähnte wie zum Beweis. »Ich verstehe. Dann Gute Nacht, Liebes.

Soll ich dich morgen wecken?« »Das wäre lieb, *sobo*«, sagte sie und ging nach oben in das kleine Badezimmer, um sich bettfertig zu machen. Sie schickte Jacky noch eine kurze Nachricht, in der sie ihr von ihrem ersten Tag in Japan berichtete. Zum Schluss erkundigte sie sich noch danach, wie es ihrer Freundin heute gegangen war. Im Anschluss löschte sie das Licht und kuschelte sich in ihr Kissen, bevor sie die Augen schloss. Es dauerte nicht lang, da war sie auch schon eingeschlafen und träumte von Katzen mit zwei Schweifen und einem dicken Tanuki. Der Traum war äußerst merkwürdig. Sie erwachte sogar einmal mitten in der Nacht, weil sie dachte, eine der Nekomata säße auf ihrem Bauch. Doch natürlich war dort nichts und sie drehte sich genervt auf die Seite, um weiter zu schlafen.

Am nächsten Morgen wurde sie, wie vereinbart, sanft von ihrer Großmutter geweckt. »Ohayō gozaimasu, *sobo*«, begrüßte sie sie gähnend und die alte Frau lächelte liebevoll. »Dir auch einen Guten Morgen, mein Kind. Ich hoffe, du hast gut geschlafen«, erwiderte sie. Sakura nickte und setzte sich auf. »Deine Mutter und ich haben bereits das Frühstück vorbereitet. Komm einfach nach unten, wenn du dich umgezogen hast.« Mit diesen Worten verließ ihre Großmutter das Zimmer wieder und Sakura streckte sich ausgiebig.

Sie sah aus dem Fenster und erblickte einen strahlend blauen Himmel. Ein paar Schäfchenwolken trieben sanft dahin und durch das geschlossene Fenster hörte sie gedämpft das Gezirpe unzähliger Zikaden. Alles sprach dafür, dass es ein ziemlich warmer Tag werden würde, und so schlüpfte sie eilig in ein blaues Spaghettitop sowie in bequeme Shorts. Nebenan im Bad kämmte sie sich noch schnell das Haar und flocht es zu einem Zopf, bevor sie nach unten lief. Ihre Mutter verteilte gerade mehrere Schalen auf dem niedrigen Wohnzimmertisch.

»Ah, da bist du ja! Setz dich, das Essen ist bereits fertig«, rief sie ihr über die Schulter zu und das ließ Sakura sich nicht zweimal sagen. »Gleich nach dem Essen gehen wir zu unserem Schrein. Du kannst dich sicher kaum noch daran erinnern«, erklärte ihre Großmutter und schenkte Hina einen vorwurfsvollen Seitenblick. »Du weißt genau, warum ich nicht wollte, dass sie dorthin geht. Ständig hat sie behauptet irgendwelche Tiere zu sehen, die es nicht gibt. Zum Beispiel Katzen mit zwei Schweifen. Also hielt ich es für das Beste, sie von dort fernzuhalten«, erklärte Hina ernst und Sakuras Großmutter schnaubte verärgert. »Ja, ja, das Beste. Als ob du die Entwicklung ihrer Gabe dadurch einfach aufhalten könntest«, murmelte sie und Sakura war froh, dass ihre Mutter diese Worte nicht hörte.

Tatsächlich freute sie sich schon auf den kleinen Ausflug, auch wenn ihr der Berg gestern noch bedrohlich erschienen war. Doch wie ihre Großmutter bereits gesagt hatte, war es sicher nicht verkehrt, dort zu den Göttern zu beten. Vor allem, da sie ja gerne mit einem Jungen aus Kinenshi zum Sommerfest gehen wollte. Also schlang sie ihr Frühstück fast hinunter und wartete ungeduldig darauf, dass die beiden anderen Frauen ebenfalls ihre Mahlzeit beendeten. »Also entweder hattest du wirklich großen Hunger oder du kannst es kaum erwarten zu unserem Schrein zu kommen«, schmunzelte ihre Großmutter und Sakura errötete leicht. »Beides, nehme ich an«, gab sie dann zurück, während sie ihr Geschirr in der Spülmaschine verstaute. »Ich kann deine Aufregung verstehen. Es ist immer etwas Besonderes zu einem Schrein zu gehen«, bestätigte die alte Frau und reichte Sakura ihr eigenes Geschirr.

Kurz darauf zogen sie alle ihre Schuhe an und machten sich auf den Weg. Sie durchquerten den ordentlich gepflegten Garten ihrer Großmutter und bereits hinter der niedrigen Mauer begann ein kleiner Kiesweg, der zum Shinyama führte.

Er schlängelte sich über eine Wiese und vorbei an einem Feld mit in voller Blüte stehenden Sonnenblumen. Schon jetzt war es schwül und das Zirpen der Zikaden schwoll weiter an, während sie ihren Weg fortsetzten.

Keine dreihundert Meter vom Haus entfernt erreichten sie bereits den Rand des Waldes, der den ganzen Shinyama bedeckte. Hier war es glücklicherweise kühler und die Luft war angenehm frisch. »Die Luft hier ist so schön rein. In Augsburg war sie oft verschmutzt«, sagte Sakura überrascht und ihre Mutter nickte bestätigend. »Ja, die Luft hier ist wirklich sehr sauber«, stimmte sie zu und ihre Großmutter nickte.

»Das liegt an dem Berg. Der Shinyama sorgt mit seiner heiligen Aura dafür, dass die Luft in dieser Gegend klar und rein bleibt. Alles Böse wird geläutert, wie auch die Abgase der Autos und unerfreuliche Gedanken. Je näher wir ihm kommen, desto reiner werden wir in unseren Herzen. Doch damit das so bleibt, müssen wir den Göttern und Geistwesen, die dort leben, regelmäßig eine Opfergabe darbieten«, erklärte sie und Sakura hörte aufmerksam zu. »Hast du deswegen die Mochi mitgenommen?«, hakte sie nach und die alte Frau nickte abermals.

»Ja, die Götter hier lieben Reiskuchen. Eigentlich werden Mochi hauptsächlich an Neujahr geopfert, aber hier bekommen die Götter das ganze Jahr über welche. Das hat eine lange Tradition. Wir legen sie an den kleinen Schrein und sprechen ein Gebet.« Darauf war Sakura schon gespannt, denn in Augsburg gab es keine Schreine, an denen sie ein Gebet sprechen konnten. Sie war nicht sonderlich fromm, aber sie mochte die japanischen Bräuche und Traditionen trotzdem. Vielleicht lag es daran, dass sie als Kind immer mit ihren Großeltern gebetet hatte, wenn sie sie besuchte. Die Gebete und Bräuche hatten ihr Sicherheit gegeben. Manchmal vermisste sie diese Möglichkeit in Augsburg. Sie hatten im Wohnzimmer zwar das Bild ihres verstorbenen Großvaters zusammen mit ein paar Räucherkerzen aufgestellt, aber das konnte man mit einem richtigen Schrein natürlich nicht vergleichen.

Bald hatten sie den Fuß des Berges erreicht und das rote Torii des Schreins ragte vor ihnen auf. Eine steinerne Treppe führte dahinter den Berg hinauf, doch als sie einen Fuß auf die unterste Stufe setzen wollte, war es, als würde eine unsichtbare Barriere sie davon abhalten. Irritiert wandte sie sich zu ihrer Großmutter um, die belustigt den Kopf schüttelte. »Es wird dir nicht gelingen, den Berg zu betreten. Nur Götter und die Wächter des Berges selbst können den Weg benutzen. Diese Magie fühlt sich wie eine Mauer an, nicht wahr? Sie soll die Dorfbewohner davon abhalten, den Berg zu verunreinigen«, erklärte sie und Sakura kam sich veralbert vor.

»Mutter, diese Geschichte ist doch Unsinn. Du weißt ganz genau, dass der Weg gesperrt ist, damit sich auf dem Berg keine Wanderer oder Kinder verirren. Es ist sogar ein Warnschild angebracht. Sakura hat wahrscheinlich das Schild gesehen und es sich anders überlegt. Was nur vernünftig ist«, gab ihre Mutter zurück und deutete auf ein halb zerfallenes Holzschild neben dem Schrein. Sakuras Großmutter verdrehte die Augen. »Sie sieht nur, was sie sehen möchte. Glaub mir Sakura, es liegt an der Magie und nicht an irgendwelchen Warnschildern.« Sakura wusste nicht, was sie glauben sollte. Aber wenn sie in sich ging, dann hatte es sich tatsächlich ein wenig eigenartig angefühlt, den Fuß nicht auf die Treppenstufe setzen zu können. Fast so, als wäre tatsächlich Magie im Spiel. Doch das sagte sie ihrer Mutter natürlich nicht.

Ihre Großmutter hatte inzwischen den kleinen Schrein erreicht; er war nicht größer als eine Hundehütte und wurde von zwei steinernen Füchsen bewacht. Um ihre Hälse waren eine Art rote Stofflätzchen gebunden und es sah aus, als würden sie schelmisch grinsen. Neugierig betrachtete Sakura die Statuen und als die beiden anderen den Steinfüchsen sanft über den Kopf strichen, tat sie es ihnen gleich.

»Diese Kitsune-Statuen sind die Diener der Kami Inari, welche hier besonders verehrt wird. Streicht man ihnen über den Kopf, hat man für eine gewisse Zeit Glück«, erklärte ihre Mutter in sachlichem Tonfall und Sakura nickte verstehend.

Das hier sind also nicht nur einfache Füchse, sondern Kitsune. In dem Buch stand ja, dass sie sich in Füchse verwandeln können, erinnerte sie sich und musterte die beiden Kerlchen skeptisch. Ihre Köpfe waren offenbar bereits von unzähligen Gläubigen gestreichelt worden, denn der Stein wirkte dort abgenutzt und glänzte. Schließlich riss sie sich von dem Anblick der beiden los und trat zwei Schritte zurück. Ihre Großmutter legte bereits die mitgebrachten Mochi in den Schrein, schloss ehrfürchtig die Augen und klatschte zweimal in die Hände, bevor sie still ein

Gebet sprach. Sakura schloss ebenfalls die Augen zum Gebet.

»Kami Inari, wenn es dich wirklich gibt, dann bitte sorge dafür, dass mich die ganzen Geister und Dämonen hier diesen Sommer über in Ruhe lassen. Oh und bitte lass meinen Wunsch, mit einem Jungen zum Natsu Matsuri zu gehen, wahr werden. Danke.« Schließlich öffnete sie die Augen wieder und wandte sich von dem Schrein ab, nicht ohne den beiden Kitsune-Statuen vorher einen misstrauischen Blick zuzuwerfen. »Ihr Geister scheint nichts als Ärger zu machen!«, warf sie ihnen leise vor.

Natürlich kam keine Antwort zurück, aber es schien ihr trotzdem so, als würden sie sie mit ihrem Grinsen verspotten. Kopfschüttelnd sah sie weg. *Jetzt rede ich schon mit Steinstatuen! Na hoffentlich begegne ich diesen Sommer nicht noch einmal einem Geist. Gabe hin oder her, aber von Geistern habe ich wirklich die Nase voll,* dachte sie verärgert. Dann folgte sie den beiden Frauen den Weg zurück, den sie gekommen waren. Plötzlich hörte sie ein leises Knacken hinter sich und wirbelte herum. Ihr Blick suchte hektisch die Lichtung ab, doch nichts war zu sehen. Nicht einmal ein Tier. Schluckend wandte sie sich wieder ab und wurde das Gefühl nicht los, beobachtet zu werden.

Sie drehte sich noch einmal um, doch wieder konnte sie nichts erkennen. Aber sie war sich sicher, dass irgendwer, oder irgendetwas, im Unterholz kauerte. Bei der Vorstellung, ein Dämon oder Geist könnte ihr vielleicht auflauern, bekam sie eine Gänsehaut. Sie beschleunigte ihre Schritte, bis sie sich bei ihrer Mutter und ihrer Großmutter einhaken konnte. Erst als sie wieder zu Hause waren, konnte sie erleichtert aufatmen. Doch das unangenehme Gefühl ließ sie eine ganze Weile nicht mehr los.

»Heute Abend werdet ihr wieder auf Oni-Jagd gehen. Ich erwarte von dir, dass du dich genauso anstrengst wie beim letzten Mal, Kiba!«, meinte sein Vater harsch und Kiba nickte respektvoll. »Natürlich, Vater. Ich werde Euch nicht enttäuschen«, antwortete er rasch und senkte das Haupt noch tiefer. »Gut. Wenn du dich weiter so anstrengst, werde ich dir eines Tages vielleicht verzeihen, dass du damals Schande über unsere Familie gebracht hast«, fuhr Gen fort und Kiba nickte abermals. Er durfte seinen Vater nicht enttäuschen. Nicht erneut. Bei der nächsten Jagd würde er sich noch mehr anstrengen und seinen Vater endlich wieder mit Stolz erfüllen.

Gerade wollte er ihm dies beteuern, als er ganz leise ein paar Worte vernahm. »*Ihr Geister scheint nichts als Ärger zu machen!*« Kiba erstarrte und seine Augen weiteten sich vor Entsetzen. Diese Stimme! Er würde sie überall wiedererkennen. Aber das war unmöglich! Sie war tot und das schon seit über hundertsechsundfünfzig Jahren. Und doch hatte er gerade ihre Stimme vernommen, so klar und deutlich, als würde sie direkt hier vor ihm im Raum stehen und zu ihm sprechen. »Hast du mir zugehört, Kiba?«, raunzte sein Vater verärgert. Kiba zuckte zusammen. »Verzeiht mir, Vater. Ich ... war gerade in Gedanken«, entschuldigte er sich und versuchte, sich zu konzentrieren. Was nicht gerade einfach war, denn sein Herz hämmerte wie wild und all seine Gedanken kreisten um die gerade vernommene Stimme.

»Hmpf«, kam es schnaubend von seinem Vater und Kiba schluckte. »Ich hoffe für dich, dass du dich dann wenigstens heute Abend konzentrierst. Ich will nicht, dass du die anderen in Gefahr bringst, weil du mit deinen Gedanken irgendwo anders bist!« »Natürlich nicht, Vater. Ich werde dich mit Stolz erfüllen, das verspreche ich«, gab er ernst zurück. Gen nickte nur. »Das erwarte ich auch von dir, Kiba. Nun, du kannst jetzt gehen. Unten am Schrein wurde der Kami Inari eine Opfergabe dargebracht. Hol sie und bring sie in den Tempel zu den anderen.«

Damit war das Gespräch beendet und Kiba erhob sich, so schnell er konnte. Die Stimme war eindeutig vom Fuße des Berges gekommen, weshalb es ihm nur recht war, für das Einsammeln der Opfergaben zuständig zu sein. All seine Gedanken wirbelten durcheinander. Während er die steinernen Stufen zum heiligen Torii hinab eilte, fragte er sich, wie er *ihre* Stimme hören konnte, wo sie doch schon längst nicht mehr unter den Lebenden weilte. Sein Herz pochte aufgeregt in seiner Brust, so laut wie eine Taiko, und er beschleunigte seine Schritte.

Er war so schnell, dass er beinahe das Gleichgewicht verlor und sich an einem der beiden Stützpfeiler des roten Tores festkrallen musste, um nicht zu stolpern. Sein Blick irrte suchend umher. Er dachte schon, er hätte sich die Stimme nur eingebildet, als er eine junge Frau entdeckte. Sie hatte sich bei zwei älteren Damen eingehakt, die den Weg zurück zum Dorf marschierten. Sein verwirrtes Herz war sich sicher, dass sie diejenige war, die gesprochen hatte. Sehnsüchtig streckte er seine Hand nach ihr aus, wobei er gegen die unsichtbare Barriere stieß, die die Anderswelt von der Menschenwelt trennte.

Frustriert ließ er die Hand wieder sinken. Er blickte den drei Frauen solange hinterher, bis sie schließlich um eine Kurve verschwunden waren. Sein Herz wurde schwer und er sank verzweifelt an der Säule hinab auf die Steinstufen. *Sie* war es gewesen. Dem war er sich so sicher, wie der Tatsache, dass der Himmel blau war. Wer war sie nur? Wie konnte sie in ihm dieselben Gefühle auslösen, wo er sie doch gar nicht kannte? Wie konnte alleine ihre Stimme in ihm all den Schmerz und die Sehnsucht hervorrufen? Er schloss die Augen und lehnte sich schwer atmend an den Stützpfeiler.

Willst du mich etwa ein weiteres Mal bestrafen, Kami Inari, dachte er verdrießlich und Wut kroch in ihm hoch. Damals war er so naiv gewesen und hatte seinen Gefühlen nachgegeben. Doch er wäre nicht ein weiteres Mal so dumm, sich darauf einzulassen. *Diese Frau mag vielleicht mein Herz genauso sehr verwirren, wie sie es zu jener Zeit vermochte, aber ich begehe diesen Fehler nicht noch einmal. Kein Mensch ist es wert, meinen Vater ein weiteres Mal zu erzürnen.*

Entschlossen erhob er sich und warf einen erbosten Blick in die Richtung, in die die Frauen verschwunden waren. »Nicht wir Geister sind es, die immer Ärger machen, sondern ihr Menschen. Aber sei versichert, dass ich nie wieder auf deine verlockende Stimme hereinfallen werde!«, knurrte er und ballte seine Hände zu Fäusten. Den Menschen konnte man nicht trauen, deswegen war es besser, sich gar nicht erst mit ihnen einzulassen. Schnaubend nahm er die Reiskuchen, die sie in dem Schrein zurückgelassen hatten und machte sich auf den Weg zurück zum Anwesen. Trotzdem warf er einen letzten Blick zu der Stelle, an der sie gestanden hatte. Dann schüttelte er den Kopf und wandte sich ab.

Sollte sie den Schrein je wieder aufsuchen und versuchen, ihn mit ihrer Stimme zu verzaubern, dann würde er vorbereitet sein. Er war sich nur nicht sicher, ob sein Herz dann ebenfalls bereit sein würde, denn die Wunde von damals war noch lange nicht verheilt.

DAS RAD DES SCHICKSALS

Allumfassende Dunkelheit und eine fast schon erdrückende Stille. Das war alles, was sie zunächst wahrnahm, bis ihr plötzlich jemand eine warme Hand auf die Schulter legte. Erschrocken fuhr sie herum und blickte wieder einmal in das vertraute Gesicht der Geisterfrau. Sie lächelte und wirkte glücklicher als bei ihrem letzten Zusammentreffen. »Du bist endlich hier. Du weißt gar nicht wie erleichtert ich bin. Nun kannst du Kiba wirklich retten«, sagte sie freudig und Sakura wand sich genervt aus ihrem Griff. »Ja, ich bin hier, aber sicher nicht deinetwegen! Ich bin hier weil meine Großmutter sich das Bein gebrochen hat und sie bald zu uns nach Deutschland ziehen wird«, entgegnete sie schroff und trat zwei Schritte von der jungen Frau zurück.

»Ich weiß, warum du hergekommen bist. Aber dein Schicksal ist es immer noch, Kiba zu retten«, erwiderte die Fremde sanft und Sakura schnaubte. »Glaub doch, was du willst. Wer auch immer dieser Kiba sein soll, falls es ihn wirklich gibt, was ich immer noch bezweifle, dann werde ich ihm hier in diesem Kaff sicherlich nicht begegnen. Da hast du dich wohl verrechnet, Geist«,

antwortete sie spöttisch und die Geisterfrau verzog das Gesicht.

»Hana. Mein Name ist Hana. Das wolltest du doch wissen, als ich dir damals im Spiegel begegnet bin ...« Sie seufzte und fuhr dann etwas ernster fort: »Ich weiß, dass du immer noch nicht wirklich an Geister und Dämonen glaubst und ich kann dich durchaus verstehen. Aber du solltest dich nicht gegen dein Schicksal auflehnen, denn das kann niemand. Du wirst Kiba schon bald treffen und ihn vor der Dunkelheit retten, die sein Herz zu übermannen droht. Das ist deine vom Schicksal vorbestimme Aufgabe, du solltest sie also möglichst bald akzeptieren.«

»Und wenn ich mich dieser Aufgabe nicht stellen will?«, widersprach Sakura gereizt und Hana runzelte verärgert die Stirn. »Das wirst du wohl müssen. Wie gesagt, niemand kann sich seinem Schicksal widersetzen. Und wenn das Rad des Schicksals einmal anfängt, sich zu drehen, kann es nicht einmal mehr von den Göttern aufgehalten werden. Befreie Kiba, Sakura. Du bist die Einzige, die das kann«, sagte sie und hatte wieder diesen flehenden Unterton in der Stimme. »Wir werden sehen«, entgegnete Sakura resigniert, da sie keine Lust mehr auf Diskussionen hatte.

»Du wirst es schaffen, denn du bist stark. Stärker als ...« Sie brach ab und blickte betrübt zu Boden. »Stärker als wer?«, hakte Sakura irritiert nach, doch statt ihr zu antworten, wandte sich Hana von ihr ab und die Dunkelheit löste sich langsam auf. »Glaube an dich,

Sakura. Dann wirst du Berge versetzen können«, hörte sie Hanas Stimme noch, dann war sie verschwunden und die Finsternis hatte sich vollständig zurückgezogen.

Irritiert schlug Sakura ihre Augen auf und rieb sich über die Stirn. »Diese Träume werden auch immer eigenartiger«, brummte sie und tastete mit der Hand nach ihrem Smartphone, das auf dem Nachttischchen lag. Die Digitaluhr zeigte kurz nach acht Uhr morgens an und sie legte das Telefon seufzend wieder zurück. Auch wenn sie Ferien hatte, war sie keine Langschläferin. Das hatte sie sich im Laufe der Jahre von ihrer Mutter »abgeschaut«, denn die war der Ansicht, dass der Tag vergeudet war, wenn man zu lange schlief.

Also streckte sie sich und gähnte einmal herzhaft, bevor sie aufstand. Schließlich öffnete sie die Jalousien ihres gekippten Fensters, um die Sonne hereinzulassen. Lächelnd stand sie am Fenster und erfreute sich am Anblick der Landschaft. Der Himmel war heute sogar noch schöner anzusehen als gestern und die Wolken wirkten wie gemalt. Der Duft von Sonnenblumen und fisch gemähtem Gras stieg ihr in die Nase und sie atmete tief ein. Selbst der Shinyama sah heute weniger bedrohlich aus, als noch vor zwei Tagen bei ihrer Ankunft.

»Vielleicht komme ich ja während dieses Umzugs wirklich mal dazu ein Landschaftsbild zu malen«, überlegte sie laut und sog diese idyllische Szenerie geradezu in sich auf. Dann erinnerte sie ihr knurrender Magen daran, dass sie etwas frühstücken sollte und so wandte sie sich fast schon widerwillig vom Fenster ab. Im Schlafanzug wollte sie nicht nach unten gehen, also durchwühlte sie ihre Sachen nach einem Outfit für den Tag.

Seufzend entschied sie sich für eine mintgrüne Caprihose und ein schulterfreies weißes Top. Ihre Haare drehte sie zu einem einfachen Knoten zusammen und steckte sie mit mehreren Haarnadeln fest. Zufrieden mit sich schenkte sie ihrem Spiegelbild ein Lächeln, bevor sie barfuß die hölzerne Treppe hinab lief und das Wohnzimmer betrat.

Ihre Großmutter saß dort und war gerade selbst am Frühstücken. »Ohayō gozaimasu, sobo«, begrüßte sie sie fröhlich und ließ sich neben ihr auf dem Boden sinken. »Guten Morgen, meine Liebe. Hast du gut geschlafen?«, erwiderte die alte Dame ebenfalls gut gelaunt. Sie reichte Sakura eine Teekanne, die sie dankend annahm. »Eigentlich schon, aber dann hatte ich einen wirklich eigenartigen Traum ... mal wieder«, gab sie zu und schenkte sich unterdessen etwas Grünen Tee ein.

»Mal wieder? Hattest du etwa öfter eigenartige Träume in letzter Zeit?«, hakte ihre Großmutter nach und sah Sakura besorgt an. »So oft nun auch wieder nicht, aber so an die drei- oder viermal in den letzten Monaten bestimmt. Das Merkwürdigste daran ist, dass ich immer wieder vom gleichen Ort und der gleichen Person träume«, erklärte sie frustriert und trank einen Schluck ihres Tees. »Erzähl mir davon, Sakura. Vielleicht kann ich dir ja helfen«, bot ihre Großmutter an und nach einigem Zögern nickte sie.

»Es hat alles kurz vor meinem Geburtstag angefangen ...«, begann sie und erzählte ihr von dem Traum mit dem Fuchsgeist und Hana, der Begegnung mit ihr im Spiegel und den Träumen, in denen sie Hana darum gebeten hatte, nach Japan zu reisen. »Und heute Nacht habe ich eben wieder von ihr geträumt. Sie war froh, dass ich nach Japan gekommen bin und diesen Kiba endlich befreien kann. Ich habe versucht, ihr klar zu machen, dass ich gar nicht ihretwegen gekommen bin. Aber sie ist gar nicht darauf eingegangen und hat irgendetwas von einer mir vorbestimmten Aufgabe des Schicksals und so weiter gefaselt. Als ob ich die Zeit und vor allem die Lust hätte, irgendeinen Kerl zu *befreien*!«, eiferte sie sich. Missmutig löffelte sie ihre Misosuppe, während sie von ihrer Großmutter mit gerunzelter Stirn beobachtet wurde.

»Gegen das Schicksal kann man sich nicht wehren, Sakura. Man muss es akzeptieren, auch wenn es einem oft nicht leichtfällt«, meinte sie leise. Sakura verdrehte verärgert die Augen. »Jetzt fängst du auch noch damit an! Genau das hat diese Hana zu mir auch gesagt«, nörgelte sie und ihre Großmutter blinzelte verwirrt. »Hana? Hieß der Geist denn so?«, hakte sie nach und Sakura nickte. »So hat sie sich mir jedenfalls vorgestellt«, antwortete sie und widmete sich achselzuckend wieder ihrem Frühstück.

»Du solltest auf diese Hana hören, was das Schicksal anbelangt. Mit den Göttern sollte man sich nicht anlegen«, mahnte ihre Großmutter dann ein weiteres Mal. Sakura nickte seufzend. »Mal sehen«, murmelte sie und trank einen weiteren Schluck ihres Tees. »Weshalb kann ich die Geisterwesen eigentlich erst jetzt sehen? Ich meine du hast gesagt, dass ich sie bereits als Kind erkennen konnte, aber daran kann ich mich nicht wirklich erinnern«, überlegte sie dann und ihre Großmutter lächelte matt.

»Du konntest sie als Teenager bestimmt ebenfalls sehen, Sakura. Aber du hast sie nicht wahrgenommen, da du mit ganz anderen Dingen beschäftigt warst. Als Teenager muss man erst einmal herausfinden, wer man eigentlich ist. Da hat das Hirn ganz andere Sachen zu tun, als sich um das Erscheinen von Geistwesen zu kümmern. Und da es in Deutschland sowieso nicht sehr viele Geisterwesen gibt, sind dir während dieser Zeit höchstwahrscheinlich nur eine Handvoll über den Weg gelaufen und du hast nur das gesehen, was du sehen wolltest«, erklärte sie dann sanft.

Sakura dachte darüber nach und es klang sogar logisch. Tatsächlich hatte sie als Teenager ganz andere Dinge im Kopf gehabt, als etwa Geistwesen zu erkennen. Wenn sie damals einen dieser eigenartigen Hasen gesehen hätte, hätte sie ihn vermutlich wirklich nur für einen Hasen gehalten. »Kennst du dich denn mit den Geistwesen in Deutschland aus?«, hakte sie interessiert nach und die alte Dame nickte leicht.

»Tatsächlich weiß ich über einige von ihnen Bescheid, allerdings ist mein Wissen eher oberflächlich. Zumindest gibt es keine wirklich gefährlichen Wesen dort. Ganz anders als hier, wo man jederzeit einem Dämon mit hohem Rang begegnen könnte. Mit denen sollte man sich nicht anlegen, wenn man nicht den Wunsch verspürt zu sterben.« Bei diesen Worten stellten sich Sakura die Nackenhaare auf und sie hoffte inständig, keiner dieser Höllenkreaturen über den Weg zu laufen.

»Dann weißt du sicherlich auch, was das für Wesen waren, die mich immer in der Nähe von unserer Wohnung beobachtet haben. Sie sahen aus wie Hasen, aber sie hatten Flügel und Hörner«, sprudelte es aus ihr heraus und ihre Großmutter schmunzelte. »Ja, das weiß ich sehr wohl. Man nennt sie Wolpertinger und sie kommen nur in Deutschland vor. Sie sind harmlos, aber äußerst neugierig. Angeblich hat man diese Geschöpfe damals in Bayern »erfunden« um die preußischen Touristen zu ärgern. Aber ich glaube eher, dass ein Mensch mit besonderen Fähigkeiten sie gesehen und von ihnen berichtet hat.

Natürlich wird ihm keiner geglaubt haben, aber ein paar findige Männer dachten sich wohl, es wäre eine lustige Idee, die Touristen zu veralbern. Denn jeder weiß, dass es keinen Hasen mit Hörnern und Entenflügeln geben kann. Zumindest jeder, der nicht die Gabe besitzt, Geister und Dämonen zu sehen. Du und ich hingegen wissen, dass Wolpertinger einfach nur niedere Dämonen sind. Von ihnen geht keine wirkliche Gefahr aus, aber sie bringen leider auch Unglück über einen, wenn man sie berührt. Zumindest stand das in einem der Bücher, in dem ich über diese Geschöpfe gelesen habe«, erklärte sie und Sakura sog das Wissen der alten Dame geradezu in sich auf.

»Wie gut, dass ich keinen von denen angefasst habe, denn sonst wäre bestimmt das Flugzeug abgestürzt oder so etwas in der Art«, murmelte sie. Sie fröstelte leicht, bei dem Gedanken an die Wolpertinger, die sie aus rotglühenden Augen gemustert hatten. »Ganz so schlimm wäre es vermutlich nicht geworden. Da sie niedere Dämonen sind, besitzen sie nur eine gewisse Stärke. Ihre Magie ist begrenzt, musst du wissen.

Sie können lediglich kleine Missgeschicke verursachen, aber ein Flugzeug abstürzen zu lassen, geht weit über ihre Macht hinaus. Dazu bräuchte es schon eher einen hochrangigen Oni. Wahrscheinlich hättest du dich während des Fluges übergeben müssen und dein Koffer wäre beim Hinterherziehen aufgegangen. Oder dein Absatz wäre auf dem Weg zum Gate abgebrochen. So etwas liegt eher in ihrer Natur«, klärte die alte Dame sie auf. Sakura verzog das

Gesicht, als sie sich vorstellte, dass der halbe Flughafen eventuell ihre Unterwäsche hätte sehen können, wenn sie einen Wolpertinger berührt hätte.

»Ich werde mich zu Hause wohl lieber von ihnen fernhalten«, murmelte sie und aß ihre Suppe auf. »Das solltest du wohl. Es ist immer ratsam, einem Dämon aus dem Weg zu gehen.« Sakura sah bei diesen Worten irritiert auf, doch ihre Großmutter hatte sich ihrer eigenen Suppe zugewandt und sie merkte, dass die alte Frau das Thema nicht weiter vertiefen wollte. »Wo ist eigentlich *haha*?«, fragte sie stattdessen und ihre Großmutter seufzte. »Die ist bereits vor einer halben Stunde mit dem Bus in die Stadt gefahren, um im Rathaus einige Unterlagen für meinen Umzug zu beantragen. Da der Bus ja nur ein paar Mal am Tag fährt, wird sie vermutlich erst mittags wieder zurück sein. Was hast du denn für heute geplant?«

Darüber hatte sie sich noch keine Gedanken gemacht. Doch dann überlegte sie, dass sie vielleicht mit einem Landschaftsgemälde anfangen könnte, sofern ihre Großmutter keine Hilfe im Haushalt benötigte. »Kann ich dir denn etwas helfen? Staubsaugen oder putzen oder so?«, fragte sie höflich und ihre Großmutter lächelte sanft. »Du könntest tatsächlich etwas staubsaugen und vielleicht könntest du mir noch die Wäsche waschen und aufhängen«, meinte sie dann und Sakura nickte. »Klar, ich helfe dir gerne, *sobo*.«

Zwei Stunden später hatte sie das Haus von oben nach unten durchgesaugt, Wäsche gewaschen und die Spülmaschine ein- und ausgeräumt. Gerade war sie dabei, den Rest der nassen Kleidung im Garten auf einer Wäschespinne aufzuhängen, und strich sich keuchend über die Stirn. Die Sonne stand bereits hoch am Himmel und strahlte unbarmherzig auf sie nieder. Einige Strähnen ihres Haars klebten im Nacken, trotz ihres Pferdeschwanzes, und auch das Top war bereits durchgeschwitzt.

Doch sie beklagte sich nicht, sondern hängte noch die letzten Socken auf, bevor sie den Wäschekorb an sich nahm und ins Haus trug. »Vielen Dank, mein Kind, das hast du sehr gut gemacht. Ich denke, du hast dir eine Pause verdient«, lobte sie ihre Großmutter und Sakura lächelte dankbar.

In ihrem kleinen Badezimmer wusch sie sich mit einem kalten Waschlappen über Nacken und Arme, ehe sie sich ein frisches Top anzog. Schließlich kramte sie ihre Zeichenutensilien aus der Reisetasche hervor und setzte sich zu ihrer Großmutter unter den großen Sonnenschirm auf der hölzernen Veranda.

Sie genoss den Anblick des gepflegten Gartens, an den sie so viele schöne Erinnerungen hatte. Das Gras war feinsäuberlich gestutzt. Ein schmaler Weg, bestehend aus mehreren runden Steinplatten, schlängelte sich hindurch. Dieser wurde von mehreren rosafarbenen Azaleenbüschen gesäumt, deren verschwenderische Blütenpracht einem den Atem raubte. Ein niedriger Fächerahorn mit weinroten Blättern ragte stolz neben einem von ihrem Großvater angelegten Teich empor. An dessen Ufer sprossen Bambushalme und Pampasgräser.

Eine schlichte steinerne Brücke führte zum hinteren Teil des Gartens. Dort wuchs eine noch recht junge Zierkirsche, die von ihren Großeltern zu Ehren ihrer Geburt gepflanzt worden war. Trotzdem hatte sie bereits eine prächtige Krone entwickelt und Sakura wünschte sich für einen Moment, sie einmal in voller Blüte zu sehen. Meist waren sie in den Sommerferien zu Besuch gekommen und die Blüte dauerte nur bis Mitte April. Dennoch gefiel ihr der Baum auch im Sommer, mit seinem dunklen Stamm und den hellgrünen Blättern, die sich sanft im Wind wiegten.

Die idyllische Szenerie war perfekt für das erste Landschaftsgemälde in ihrem Urlaub. Bei ihrem letzten Besuch hatte sie dafür keinen Blick gehabt, immerhin hatte sie um ihren Großvater getrauert. Aber heute schien der perfekte Tag, um dieses Versäumnis endlich nachzuholen. Ihre Großmutter beobachtete sie eine Weile, dann holte sie sich ihre Stricksachen und gemeinsam saßen sie schließlich in stiller Eintracht nebeneinander. Ihre Mutter kehrte tatsächlich erst mittags zurück, gerade als sie dabei waren das Essen vorzubereiten. Sie ließ sich auf einem der Sitzkissen nieder und massierte sich mit gequältem Gesicht die Schläfen.

Das Essen rührte sie nicht an. »Tut mir leid, ich kann gerade nichts essen, haha. Ich habe wirklich starke Kopfschmerzen. Ich fürchte, die Hitze tut mir nicht gut. Vielleicht sollte ich mich gleich hinlegen«, erklärte sie matt. Sakuras Großmutter nickte verständnisvoll. Sakura wünschte ihrer Mutter eine gute Besserung, ehe diese sich in für ein Nickerchen zurückzog. Sakura aß auf und zog sich dann in ihr Zimmer zurück, um dort zu lesen. Nach einer Weile wurde sie jedoch so müde, dass sie über ihrem Buch einschlief und erst am frühen Abend wiedererwachte.

»Blöder Jetlag«, murmelte sie ungehalten und streckte sich langsam, ehe sie sich im Bad etwas Wasser ins Gesicht spritzte. Sie brachte noch ihre ruinierte Frisur wieder in Ordnung und ging dann nach unten, um nach ihrer Familie zu sehen. Die beiden Frauen saßen wieder beisammen im Wohnzimmer und sahen sich eine Daily Soap an. Da Sakura sich dafür jedoch nicht begeistern konnte, beschloss sie, ein wenig mehr über die lokalen Geister und Dämonen herauszufinden. Immerhin konnte es ja laut ihrer Großmutter nicht schaden, zu wissen, welchen Wesen sie hier wohl über den Weg laufen könnte.

Also startete sie den Computer, der bereits beim Einschalten sehr laut den Lüfter anwarf. Das monotone Rauschen war gewöhnungsbedürftig und nervig. Sakura hoffte, dass es sie beim ersten Skypetelefonat mit Jacky in ein paar Tagen nicht stören würde. Das Öffnen der Startseite dauerte wesentlich länger, als sie es von zu Hause gewohnt war. »Na das kann ja was werden«, seufzte sie und gab in die Suchmaschine die Begriffe »Dämonen und Geister in Kinenshi« ein. Der erste Artikel war der Blogeintrag eines Spinners, der behauptete, der Besitzer einer Nekomata zu sein. Sein Beweisfoto war geradezu lächerlich, denn er hatte einer normalen Hauskatze einfach einen selbstgenähten zweiten Schweif angebunden. Die Kommentare waren natürlich dementsprechend spöttisch und sogar beleidigend.

Sakura klickte sich durch einige weitere Artikel, doch keiner war wirklich vielversprechend. Ein paar Einträge beschrieben die Dämonen, die sie bereits aus dem Buch ihrer Großmutter kannte, aber viel Neues erfuhr sie nicht. Auf der vorletzten Seite stieß sie jedoch auf einen kurzen Blogbeitrag, der sie stutzig machte. Stirnrunzelnd las sie ihn sich durch, nicht sicher, ob der Mann die Wahrheit sagte oder auch nur ein Spinner war.

Ich wanderte also durch unseren Stadtwald und genoss die Natur. Es tat gut, sich ein wenig vom Stress in der Arbeit zu entspannen. Als es schließlich dämmerte, merkte ich plötzlich, wie dichter Nebel über den Boden waberte. Zuerst dachte ich mir nichts dabei, doch der Nebel wurde immer undurchdringlicher. Ich hatte wirklich Angst, dass ich aus dem Wald nicht mehr herausfinden würde! Ich irrte sicher stundenlang umher, bis ich irgendwann eine Lichtquelle sah.

So schnell ich konnte, lief ich darauf zu und da tauchte eine gewaltige rote Laterne vor mir auf - mitten im Wald! Und keine zwei Meter neben mir stand eine dunkle Gestalt im Nebel. Ich rief ihr zu, ob sie mir den Weg nach Kinenshi zeigen könnte. Doch sie antwortete nicht. Stattdessen lief sie in die entgegengesetzte Richtung davon. Ich sah in der Gestalt meine letzte Hoffnung, heil aus diesem gruseligen Wald rauszukommen und so folgte ich ihr. Aber immer, wenn ich mich der Person nähern wollte, entfernte sie sich wieder ein Stück von mir. Als ob derjenige nicht wollte, dass ich herausfand, wer er war. In dem Moment war es mir auch egal, vor allem, da wir kurz darauf den Waldrand erreichten. Ich bedankte mich und rannte fix nach Hause.

Wer auch immer mich aus dem Wald geführt hat, dem verdanke ich wohl mein Leben. Mittlerweile denke ich sogar, dass es ein guter Waldgeist gewesen sein muss. Ja, ich weiß, das klingt verrückt. Aber wer würde sich sonst so gut im Wald auskennen? Es muss einfach ein Waldgeist gewesen sein.

Blinzelnd las sie den letzten Absatz noch einmal. *Ein guter Waldgeist? Ob es den wirklich gibt?* Sie las den Artikel ein zweites Mal und dachte über die Behauptung des Mannes nach. Bei ihrem letzten Besuch hatte sie den Wald nur aus der Ferne gesehen, aber er hatte sich über ein gewaltiges Areal erstreckt. Sie wusste, dass es dort einige ausgeschilderte Wanderwege gab, aber bei Nebel konnte man sich dort sicher leicht verirren. Der Artikel war im letzten Oktober verfasst worden. Im Herbst war dichter Nebel im Wald nicht unüblich. Bis dahin klang das Ganze also tatsächlich logisch.

Aber auch wenn sie jetzt über ihre Gabe Bescheid wusste, war sie sich nicht sicher, was sie von der Geistersache halten sollte. Vielleicht war es ja nur ein alter Einsiedler gewesen, der zufällig auf den Wanderer gestoßen war. Oder er hatte wirklich einen Geist gesehen? Das würde auch erklären, warum der Unbekannte sich dem Wanderer nicht hatte zeigen wollen. Wobei der Mann sicherlich nicht die wahre Gestalt des Geistes erkannt hätte. Wieder rangen Vernunft und Fantasie in ihrem Kopf miteinander und schließlich schloss sie den Browser wieder. Waldgeist oder nicht, wer auch immer dem Mann geholfen hatte, war zumindest nicht böse gewesen. Ein Dämon hätte den armen Kerl sicher noch weiter in den Wald geführt. *Also gibt es gute Geister im Stadtwald von Kinenshi und am Shinyama vermutlich ein paar Kitsune. Immerhin wird hier ja die Kami Inari verehrt und die Fuchsgeister sind ihre Diener. Um den Berg sollte ich also lieber einen Bogen machen. Immerhin sind Kitsune ja nicht gerade dafür bekannt, uns Menschen zu mögen.*

Sie erschrak einen kurzen Moment darüber, für wie selbstverständlich sie die ortsansässigen Geistwesen bereits nahm. Bis vor zwei Tagen hatte sie sich schließlich noch geweigert, überhaupt an diese übernatürlichen Wesen zu glauben. »Großmutter hat wohl doch einen stärkeren Einfluss auf mich, als ich dachte«, überlegte sie und schüttelte resigniert den Kopf. Sie sah auf die Uhr des Computers und entschied, dass sie jetzt wohl besser ins Bett gehen sollte. Es war bereits kurz vor Mitternacht und sie hatte gar nicht gemerkt, wie schnell die Zeit vergangen war.

Sakura fuhr den Computer wieder herunter. In dem Moment öffnete sich die Tür leise quietschend hinter ihr und sie schrie erschrocken auf. »Oh, tut mir leid, Sakura. Ich wollte dich nicht erschrecken«, sagte ihre Großmutter entschuldigend. Sakura atmete erleichtert auf und schüttelte den Kopf. »Schon gut, *sobo*, ich war nur in Gedanken«, gab sie zurück. »Achso. Möchtest du morgen für mich in der Stadt ein paar Dinge einkaufen?«, fragte ihre Großmutter dann. Sakura lächelte zustimmend. Sie war bei ihrem letzten Besuch nur ganz kurz in der Stadt gewesen, um sich einen weißen Kimono für die Trauerfeier ihres Großvaters zu besorgen. Von der Stadt selbst hatte sie nichts gesehen. Als Kind war sie zwar ein paarmal dort gewesen, aber die Erinnerungen waren nur vage. »Sehr gerne«, sagte sie strahlend und die alte Dame lachte kurz auf.

»Sehr gut, du kannst dich auch gerne in der Stadt umsehen, es eilt nicht. Und weil der Bus ja nicht so oft fährt, habe ich vorhin mit Takashi-san telefoniert. Er leiht dir für morgen den alten Roller seines Sohnes Daisuke. Dann musst du dich nicht nach dem Fahrplan richten und kannst ganz entspannt Kinenshi erkunden.« Sakura umarmte ihre Großmutter dankbar. »Das ist wirklich super, *sobo*, vielen Dank«, rief sie enthusiastisch und die alte Dame lachte erneut.

»Es freut mich, dass du dich so sehr dafür begeistern kannst. Nachher schreibe ich dir eine Liste mit den Dingen, die ich brauche.« Sakura konnte ihr Glück kaum fassen. Sie konnte sich endlich die Stadt ansehen! Das würde sicherlich ein aufregender Tag werden. Vor lauter Vorfreude konnte sie lange nicht einschlafen, da sie die ganze Zeit daran denken musste, was sie in Kinenshi wohl alles erwartete.

Hoffentlich gibt es eine Buchhandlung! Und vielleicht gibt es sogar ein paar Klamottenläden, dann kann ich mal sehen, was die jungen Leute hier so tragen, dachte sie und drehte sich glücklich lächelnd auf die andere Seite. Bald darauf fielen ihr dann doch die Augen zu und sie schlief kurz darauf ein.

Am nächsten Morgen sprang sie gleich motiviert aus dem Bett und streckte sich ausgiebig. Sie schlüpfte in eine dunkle Caprihose und ein weißes Top mit Kirschblütenmuster. Eilig machte sie sich im Bad zurecht und steckte ihr Smartphone sowie ihren Geldbeutel in eine kleine Umhängetasche. Ihre Großmutter hatte ihr die Einkaufsliste an den Kühlschrank geheftet, darunter fand sie auch eine kleine Notiz von ihrer Mutter.

Ich bin mit deiner Großmutter im Krankenhaus zu einer Nachuntersuchung. Wenn du gefrühstückt hast, putz bitte noch das Badezimmer im Erdgeschoss.
Ich wünsch dir einen schönen Tag und viel Spaß in Kinenshi.

Seufzend nahm sie die Einkaufsliste und steckte sie in ebenfalls in die Tasche, bevor sie sich etwas zum Frühstück machte. Währenddessen überprüfte sie ihr Handy auf Nachrichten von Jacky. Die hatte sich allerdings nicht gemeldet und Sakuras gute Laune erhielt einen weiteren kleinen Dämpfer. Das Geschirr schepperte, als sie es unsanft in die Spülmaschine stellte. Dann machte sich daran das Badezimmer zu putzen, was sie eine gute halbe Stunde kostete.

Doch dann war es geschafft und sie wischte sich zufrieden den Schweiß von der Stirn. Nachdem sie die Putzutensilien verstaut hatte, band sie sich eine dünne Strickjacke um, denn sie hatte vor erst abends nach Hause zu kommen. Danach machte sie sich auf den Weg zu ihren Nachbarn. Die beiden mussten heute jedoch arbeiten. Also hatten sie ihr eine Notiz an die Türe geklebt, die besagte, dass der Roller in der Garage stand. Den Schlüssel würde sie in der Vase neben der Haustüre finden.

Grinsend drehte sie die besagte Vase um und der Schlüssel fiel leise klimpernd heraus. Wieder besser gelaunt lief sie zur Garage und schob den Roller hinaus. Heute war es ein wenig bewölkt, was Sakura als sehr angenehm empfand. Sie genoss für einen

Moment die Stille um sich herum, dann stieg sie auf den zerschlissenen Sitz des Rollers. Glücklicherweise sprang dieser gleich an, als sie den Schlüssel herumdrehte. »Kinenshi, ich komme!«, rief sie voller Vorfreude und fuhr los.

KINENSHI

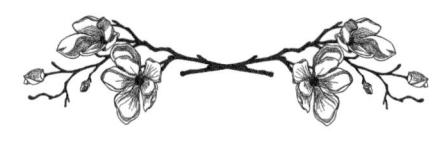

Da der Roller schon etwas in die Jahre gekommen und nicht mehr der Schnellste war, dauerte die Fahrt bis zur Stadt jedoch eine knappe Dreiviertelstunde. Dann hatte sie Kinenshi endlich erreicht. Die Kleinstadt wirkte auf den ersten Blick wie ein verschlafenes Nest. Häuser im gleichen Baustil wie das ihrer Großeltern reihten sich aneinander und es war keine Menschenseele zu sehen. Vermutlich gingen die meisten Bewohner im Stadtzentrum ihrer Arbeit nach. Ein paar Katzen streunten durch die gepflegten Gassen und miauten ab und zu. Es roch nach Abgasen und geräuchertem Fisch, keine wirklich angenehme Kombination, wie sie fand.

Sakura parkte vor einem Minimarkt, der gleich hinter dem Ortsschild aufragte. Sie fand es schade, dass es solche Geschäfte nicht auch in Deutschland gab. Ein sogenannter Konbini verkaufte schließlich alles, was man zum Leben brauchte und war rund um die Uhr geöffnet. So etwas war wirklich praktisch, wenn man mal vergessen hatte einzukaufen. In Deutschland musste man dafür – jedenfalls außerhalb der Großstädte – an eine Tankstelle gehen und die waren ja viel teurer als Supermärkte.

Ihre Großmutter benötigte ein paar Lebensmittel sowie Shampoo und Seife. Nach einem kurzen Blick auf den Einkaufszettel stellte sie fest, dass keines der Lebensmittel verderblich war. Sie beschloss also, gleich dort einzukaufen. Der Laden war in etwa so groß wie ein typischer Discounter und hell beleuchtet. Sakura fühlte sich gleich wohl darin. Dutzende Regale mit japanischen Lebensmitteln reihten sich aneinander, alle waren sorgfältig aufgeräumt. Sie nahm sich eines der kleinen Einkaufskörbchen, die am Eingang standen, und schlenderte durch die Regalreihen, wobei sie manchmal etwas in das Körbchen legte. Natürlich gab es auch zwei große Regale mit Instantnudelgerichten und Sakura nahm sich zwei Schalen Instantramen mit.

Ab und an musste sie zweimal hinsehen, da es in dem Laden auch Dinge gab, die sie in Deutschland noch nie gesehen hatte, wie etwa in Dosen eingelegtes Bärenfleisch. Angewidert und entsetzt verzog sie das Gesicht und lief schnell weiter. Nach den Lebensmitteln folgten Haushaltsartikel und auch kleinere Küchengeräte, wie Reis- und Wasserkocher. Im hinteren Teil des Ladens stand auch einen Kühlschrank mit frisch zubereiteten Onigiri.

Bald hatte sie ihren Einkauf beisammen und stellte sich an der Kasse an. Als sie an der Reihe war und der Kassierer ihr den Preis nannte, fiel sie beinahe aus allen Wolken. Doch dann riss sie sich zusammen und bezahlte. »Wie gut, dass Großmutter mir gestern noch genug Geld für die Einkäufe gegeben hat«, murmelte sie, als sie die Waren in eine Plastiktüte stopfte und den Laden wieder verließ. *Ich habe total vergessen, wie teuer dieses Land sein kann,* schoss es ihr durch den Kopf. Sie verstaute die Plastiktüte in dem kleinen Fach unterhalb des Sitzes ihres Rollers.

»Hm, den Roller kann ich schlecht mitnehmen, wenn ich mir die Stadt ansehe«, überlegte sie. Da entdeckte sie ein Hinweisschild im Fenster des Ladens, auf dem stand, dass der Parkplatz bis Mitternacht für Kunden geöffnet hatte. Danach wurde er wohl bis um sechs Uhr morgens abgesperrt. Zufrieden vergewisserte sie sich, dass sie das »Geheimfach« des Rollers abgeschlossen hatte. Dann erst machte sie sich auf den Weg in das Stadtzentrum.

Im Moment waren auch hier kaum Leute unterwegs. Zudem war Kinenshi mit knapp achttausendfünfhundert Einwohnern eine Kleinstadt, da gab es nicht viele Touristen. Aufgeregt sah sie sich um. Die engen, sauberen Gassen waren teilweise mit Blumengirlanden geschmückt. Der intensive Duft von Azaleen stieg ihr in die Nase und sie lächelte glücklich.

Ihr Weg durch die Stadt war sehr beschaulich. Hier und da sah sie ein kleines Geschäft, wie etwa einen Floristen oder einen Laden, der selbstgeflochtene Korbwaren verkaufte. Es war ungewohnt ruhig. Vögel zwitscherten und die Menschen sprachen leise miteinander. Hier gab es niemanden, der schrie, keine hupenden Autos oder quietschenden Straßenbahnen. Außerdem war die Luft viel frischer, auch wenn sich der Geruch von gebratenem Fisch deutlich in den Vordergrund drängte.

Die Bürger selbst schienen auch wesentlich gelassener zu sein, als sie es von Augsburg kannte. Wenn ihr jemand begegnete, grüßte die Person freundlich lächelnd und lief dann gemütlich weiter. Vermutlich lag es daran, dass sich die Bewohner wegen der geringen Größe der Stadt deutlich näher waren, als die Menschen in der Großstadt. Sakura stellte sich den Alltag hier auf jeden Fall deutlich entspannter vor.

Schließlich hatte sie das Stadtzentrum erreicht und war beinahe enttäuscht. Das Rathaus, ein hässlicher grauer Kasten, ragte in der Mitte empor. Davor war ein großer Markt aufgebaut worden. Mehrere Händler boten an ihren Ständen ihre Ware feil, teilweise auch gebratene Insekten. Sakura fröstelte bei deren Anblick. Links und rechts vom Marktplatz erstreckte sich eine überschaubare Einkaufsstraße. Einige Passanten spazierten gemächlich von einem Laden zum nächsten. Natürlich konnte sie Kinenshi nicht mit Augsburg vergleichen, trotzdem hatte sie sich irgendwie etwas mehr erhofft. Seufzend straffte sie die Schultern und nahm sich vor nicht gleich die Flinte ins Korn zu werfen. Dann marschierte sie erst einmal nach links und begutachtete die einzelnen Läden.

Es gab mehrere Schmuckgeschäfte und ein paar Läden, die Taschen und Schuhe verkauften. Natürlich auch viele kleine Lebensmittelläden und ein paar

Restaurants, darunter sogar einen chinesisch-mongolischen Grill. Es gab auch eine Handvoll Cafés und als sie ein wenig Hunger verspürte, setzte sie sich an einen der Tische und bestellte ein vegetarisches Omelette. Nach der Sache mit dem Bärengulasch war ihr der Appetit auf Fleisch für den Moment vergangen.

Als das Omelette kam, musste sie erst einmal ein Foto davon machen, da es mit niedlichen Kätzchen aus Reis und Ketchup verziert worden war. Das Bild schickte sie an Jacky, bevor sie sich über das Essen hermachte. *Es sieht nicht nur hübsch aus, es ist auch noch total lecker!* Fast schon bedauernd schob sie die letzte Gabel in den Mund und seufzte zufrieden.

Nachdem sie bezahlt hatte, schlenderte sie über den Marktplatz hinweg auf die rechte Seite der Einkaufsstraße.

Dort befanden sich, neben einem Elektroladen und einer Tierklinik, tatsächlich ein paar Klamottenläden. Interessiert begutachtete sie die aufwändig dekorierten Schaufenster. Die meisten Sachen entsprachen jedoch nicht wirklich ihrem Geschmack. Entweder waren sie für Senioren oder sie sahen so abgefahren aus, dass sie sich nicht einmal vorstellen wollte, diese Teile anzuprobieren.

Enttäuscht seufzend bummelte sie schließlich weiter. Ihre Stimmung hob sich allerdings wieder, als sie endlich eine Buchhandlung entdeckte, die sogar zwei Stockwerke besaß. Hastig steuerte sie auf den

Laden zu und begutachtete auch hier die Auslagen im Fenster. Die meisten Bücher hatten eher schlichte Einbände und schnörkellose Titel. Eines erkannte sie sogar wieder, sie hatte es vor zwei Wochen auf dem Nachtkästchen ihrer Mutter gesehen. Doch die Romane interessierten sie eher weniger und sie stieß einen Freudenschrei aus, als sie auch ein paar Mangas am äußeren Ende des Schaufensters sah.

Entschlossen, ihre angefangenen Manga-Reihen um ein paar Bände zu erweitern, betrat sie rasch den Laden. Im Erdgeschoss befanden sich Romane, Ratgeber und Reiseführer, während der erste Stock ausschließlich Mangas, Animes und Merchandise beherbergte. *Ich bin im Paradies*, dachte sie begeistert und stürzte sich sogleich auf das erste Regal, um es zu durchstöbern.

Sakura wusste nicht, wie viel Zeit vergangen war, als sie den Laden wieder verließ. Draußen war es jedoch bereits dunkel. Hatte sie etwa so lange gelesen? Hektisch blickte sie auf ihre Handyuhr. Tatsächlich war es bereits Viertel nach acht. »Verdammt! *Haha* wird sicher sauer sein, dass ich mich noch nicht gemeldet habe« fluchte sie und rannte durch die Gassen zurück zum Supermarkt. Ihr Roller stand noch an Ort und Stelle und ein kurzer Blick in das »Geheimfach« versicherte ihr, dass auch die ganzen Lebensmittel noch dort waren.

Schnell streifte sie sich ihre Strickjacke über, denn es war bereits kühler geworden. Sie versuchte, ihre

Mutter anzurufen. Allerdings ging niemand ans Telefon und sie schrieb stattdessen eine kurze Nachricht in WhatsApp, dass sie sich nun auf den Heimweg machte. Dann saß sie auf und fuhr los. Sie hatte die Stadt schnell hinter sich gelassen und damit auch die leuchtenden Straßenlaternen, was ihr ganz und gar nicht behagte. Der Mond war an diesem Abend fast voll, trotzdem spendete er nur spärliches Dämmerlicht. Der altersschwache Scheinwerfer des Rollers beleuchtete ungefähr zwei Meter des Weges vor ihr. Der Rest war in völlige Dunkelheit getaucht. Sie wollte die Strecke einfach nur so schnell wie möglich hinter sich bringen. Nervös klammerte sie sich an den Lenker. Ein ungutes Gefühl überkam sie und sie gab noch ein klein wenig mehr Gas, was den Roller leise aufächzen ließ. »Ganz ruhig, Sakura. Es ist alles in Ordnung. Dir passiert schon nichts«, murmelte sie zu sich selbst, um sich zu beruhigen. Allerdings funktionierte es nicht wirklich.

Überall um sie herum herrschte gespenstische Stille, bis auf ein paar Grillen, die eines ihrer nächtlichen Konzerte abhielten. Als sie über eine kleine Brücke fuhr, atmete sie erleichtert auf. Die Hälfte der Strecke hatte sie schon hinter sich gebracht. Sie hatte sich gerade etwas entspannt, als ihre Welt urplötzlich vollkommen aus den Fugen geriet.

Wie aus dem Nichts tauchte ein gewaltiges Wildschwein auf. Es sprang panisch gut zwei Meter vor ihr über die Schotterstraße, zusammen mit einem

Fuchs mit silbern schimmerndem Fell. Erschrocken trat sie auf die Bremse und schaute den Tieren nach, die bereits auf der anderen Seite in der Dunkelheit der Nacht verschwunden waren. So sah sie den zweiten Fuchs nicht kommen, der ebenfalls über die Straße sprang. Obwohl sie bereits gebremst hatte, war sie immer noch zu schnell.

Die nächsten Sekunden spielten sich wie in Zeitlupe ab. Sie sah zurück auf die Straße und genau in dem Moment erfasste sie mit ihrem Roller den anderen Fuchs. Dieser gab ein schmerzerfülltes Jaulen von sich. Er flog nach dem Zusammenstoß sicher einen Meter durch die Luft, ehe er vor ihr auf dem Weg landete und bewegungslos liegen blieb. Mit quietschenden Reifen kam sie kurz vor ihm zum Stehen und sah mit schreckgeweiteten Augen auf das regungslose Tier.

Ihr ganzer Körper zitterte und ihr Herz pochte wie wild in ihrer Brust. Es dauerte eine Weile, bis sie sich wieder gefasst hatte. Sie saß stocksteif auf ihrem Roller und versuchte, die Situation zu verarbeiten. Es kam ihr vor wie ein böser Traum. Dann endlich schien ihr Verstand zu begreifen, was passiert war und sie konnte sich wieder bewegen. Sofort stieg sie von ihrem Gefährt und eilte zu dem Fuchs, dabei war ihr egal, dass der Roller hinter ihr umfiel. Besorgt kniete sie sich über das Tier, das schwach den Kopf hob, für einen kurzen Moment die Augen aufriss und dann bewusstlos zusammensackte. Zumindest hoffte sie, dass es nur bewusstlos war.

Entsetzt starrte sie auf den Brustkorb des Fuchses, welcher sich glücklicherweise schwach hob und senkte. »Oh Gott, was hab ich nur getan? Du armes Ding. Es tut mir wirklich leid, ich habe dich einfach nicht gesehen«, entschuldigte sie sich, auch wenn der Fuchs sie natürlich nicht verstehen konnte. »Was mache ich jetzt nur? Ich kann dich doch schlecht hier liegen lassen...«

An den Straßenrand konnte sie das Tier auch nicht legen. Wer wusste schon, ob dann nicht ein anderes Tier kam und ihn tötete? Bewusstlos war er ja ganz schutzlos. *Und vielleicht hat er ja auch innere Verletzungen, dann verblutet er,* schoss es ihr durch den Kopf und Panik machte sich in ihr breit. *Oh Gott, wenn er stirbt, dann ist das meine Schuld. Was soll ich nur tun?*

Verzweifelt ließ sie sich neben dem Tier auf dem Hosenboden nieder und kaute auf ihrer Unterlippe. Dann kam ihr die rettende Idee. Sie hatte in Kinenshi eine Tierklinik gesehen. *Wenn ich ihn dort hinbringe, können sie ihn untersuchen und vielleicht auch verarzten,* dachte sie und war erleichtert, dass ihr das trotz der Aufregung wieder eingefallen war.

Sie eilte zurück zu ihrem Roller, schob ihn neben den Fuchs und zog mit dem Fuß den kleinen Metallständer hervor. Dieses Mal blieb der Roller stehen und sie zog ihre Strickjacke aus, die sie über den

Fuchs legte. Dann hob sie ihn vorsichtig hoch. Er war leichter als gedacht und sie legte ihn vorsichtig auf den Fußraum des Rollers. Allerdings war er ein wenig zu groß, der Schweif und die Pfoten würden beim Schieben über den Boden schleifen. *Nein, so geht das nicht. Ich werde ihn wohl tragen müssen.* Das Tier rührte sich immer noch nicht, aber es hatte sicherlich starke Schmerzen.

Obwohl sie den Roller nur ungern einfach zurückließ, hatte sie keine andere Wahl. Sie legte den Fuchs auf dem Boden ab und schob den Roller von der Straße hinunter in eine Wiese. Danach rief sie ihre Mutter an. »Bist du noch unterwegs, Liebes? Dir ist doch nichts passiert oder?« Ihre Mutter klang besorgt und Sakura verneinte hastig. »Nein, mir geht es gut. Aber ich muss noch einmal in die Stadt. Ich habe etwas Wichtiges vergessen«, erklärte sie.

»Was kann denn so wichtig sein, dass du jetzt um diese Zeit noch einmal zurück in die Stadt musst?«, fragte ihre Mutter misstrauisch. In dem Moment stieß der Fuchs ein gequältes Winseln aus und Sakura sah alarmiert in seine Richtung. Sie musste sich beeilen. »Ich habe gerade keine Zeit für Erklärungen. Ich ruf dich nachher nochmal an. Bis später«, erwiderte sie und legte auf. Rasch hob sie den Fuchs ein weiteres Mal hoch, dann machte sie sich auf den Rückweg nach Kinenshi.

Auch wenn er sich geschworen hatte, der geheimnisvollen Stimme nicht mehr zu verfallen, hatte sein verletztes Herz insgeheim natürlich gehofft, sie wieder zu hören. Doch seit dem Vorfall vor ein paar Tagen war die junge Frau nicht wieder am Schrein erschienen. Kiba war froh darüber, so konnte er sich darauf konzentrieren, seinen Vater mit Stolz zu erfüllen. Sein Herz war dabei natürlich anderer Ansicht, doch das versuchte er zu ignorieren. In dieser Nacht sollte er wieder zusammen mit Hitoshi und Ikuto ein paar Oni jagen, die die Anderswelt unerlaubterweise verlassen hatten.

Die Dämonen brachten den Menschen nichts als Unheil. Sie waren für Naturkatastrophen, Unfälle und allerhand Leid in der Menschenwelt verantwortlich. Deswegen war es die Aufgabe der Kitsune, sie zurück in die Anderswelt zu schicken, um das Gleichgewicht beider Welten zu wahren. Da Kitsune strenggenommen Geister waren, konnten sie zwischen den Welten wandern und dienten manchmal auch als Vermittler zwischen Dämonen und Göttern.

Er blickte gen Himmel. Die Nacht hatte bereits Einzug gehalten und der volle Mond thronte am Himmel zwischen den Sternen wie ein König zwischen seinen Untertanen. Das Zirpen einiger Grillen erfüllte die noch von der Hitze des Tages geschwängerte Luft. Kiba schloss für einen Moment die Augen. Es war ein überaus friedlicher Augenblick und er genoss ihn, solange er konnte, denn Ikuto war nicht gerade dafür bekannt, ein geduldiger Jäger zu sein. Sicher würde er gleich mit stolzen Schritten um die Ecke marschieren und ihn mit einem beißenden Kommentar beleidigen. Ikuto hatte ihm bereits in seiner Kindheit gehässige Sprüche an den Kopf geworfen. Schon lange hatte er es aufgegeben darauf etwas zu erwidern. Es lebte sich eindeutig einfacher, wenn er ihn ignorierte.

Und vor allem trug er wesentlich weniger Blessuren davon. In seiner Jugendzeit hatte er manchmal einen ebenfalls frechen Spruch zurückgegeben. Ikuto hatte das natürlich gar nicht gern gehört und Kiba hatte daraufhin meistens Prügel bezogen. Doch diese Zeiten waren vorbei und mittlerweile konnte er über diese Beleidigungen nur noch die Augen verdrehen. Im Moment jedoch genoss er die Stille um sich herum und ein Lächeln breitete sich auf seinen Lippen aus.

Eine innere Ruhe erfüllte ihn und er genoss die friedliche Atmosphäre der Natur um ihn herum. Wie jedes Mal war er in diesem Augenblick mit sich im Reinen. Dieser Moment dauerte jedoch, wie befürchtet, nicht allzu lange an. Bereits zwei Minuten später kam Ikuto zusammen mit Hitoshi aus dem Anwesen stolziert und Kiba vernahm bereits jetzt seine schnarrende Stimme. Seufzend wandte er sich um und sein Lächeln verschwand. »Na wen haben wir denn da? Ich bin echt erstaunt, dass dir Vater in letzter Zeit so oft Freigang gibt, Kiba. Sollten dumme Köter nicht lieber das Haus hüten oder an Mutters Rockzipfel hängen?« Die Stimme seines älteren Bruders triefte vor Hohn und Spott. Kiba versuchte es mit Fassung zu tragen.

Hitoshi stand mit verlegenem Gesichtsausdruck neben ihnen und schien sich nicht ganz wohl in seiner Haut zu fühlen. Kiba hatte es aufgegeben, ihn um Hilfe zu bitten, denn Hitoshi war einfach nicht dazu in der Lage, Konflikte zu lösen. Er hielt sich aus den Streitereien seiner Brüder generell heraus, damit er es sich mit niemandem verscherzte, was für ihn natürlich die bequemste Lösung war.

»Da magst du vielleicht recht haben, aber falls du vergessen haben solltest, ich bin der Ersatz für Izuya. Unser Bruder ist ja schließlich gerade zusammen mit unserer Schwester auf Brautschau. Du wirst dich also noch länger mit meiner Anwesenheit arrangieren müssen«, konterte er so höflich wie möglich. Ikuto schnaubte nur. »Ich kann trotzdem nicht verstehen, warum ausgerechnet *du* ihn ersetzen solltest. An Izuya oder mich wirst du niemals heranreichen. Du bist einfach ein verweichlichter, menschenliebender-«

»Ikuto!«, mahnte Hitoshi nun doch und legte wütend die Ohren an. Ikuto stand einen Rang unter Hitoshi, was auch daran lag, dass er knapp zwei Jahrhunderte jünger war. Daher musste er ihm gehorchen. Kiba sah Ikuto deutlich an, dass ihm das nicht passte. Er hatte die Arme fest ineinander verschränkt und legte ebenfalls die Ohren an.

»Ja, ja, schon gut!«, versuchte er Hitoshi zu beschwichtigen. Dieser nickte ernst. »Aber wehe du lässt einen der Oni entwischen, dann bist du dran!«, knurrte Ikuto leise in Kibas Richtung. Kiba verdrehte für einen kurzen Moment die Augen. »Das hast du mir schon beim ersten Mal gesagt und seitdem ist mir noch keiner entwischt«, entgegnete er und sein Bruder schnaubte abfällig. »Dann lasst uns jetzt gehen. Ich spüre, dass die Barrieren schon durchlässig werden«, meinte Hitoshi. Kiba wusste, dass er die Spannung zwischen ihm und Ikuto etwas lockern wollte.

»Einverstanden. Wir machen es wie immer. Oder hat irgendjemand Einwände dagegen?« Bei der Frage warf ihm Ikuto einen verächtlichen Blick zu und Kiba seufzte nur. Auch wenn Hitoshi im Rang über ihnen stand, war es meist Ikuto, der ihre Angriffe auf die Oni plante. Er hatte sich in der Vergangenheit als guter Taktiker erwiesen, weswegen ihm Hitoshi gerne den Vortritt ließ. Ikuto wurde nur noch von Izuya übertroffen, der ein Meister im Aufspüren und Jagen der Dämonen war. »Nein«, murmelte er und sein Bruder grinste hämisch.

»Dann lasst uns gehen und ein paar Dämonen zurück nach *Yomi no kuni* schicken!« Er stürmte voran, während Hitoshi und Kiba ihrem Bruder folgten. »Nimm es dir nicht so zu Herzen, Kiba. Ikuto ist einfach ein Kindskopf, dem es Freude bereitet, andere zu ärgern«, rief ihm der Ältere zu und Kiba nickte. »Ich weiß. Ich frage mich, ob er sich bessert, wenn Vater ihm eine Braut aussucht«, gab er zurück. Hitoshi lachte kurz auf. »Bestimmt«, kicherte er und das Lächeln kehrte auf Kibas Lippen zurück.

Ikuto stand bereits lässig an einen der Stützpfeiler des Torii gelehnt, als sie wenige Minuten später dort eintrafen. »Da seid ihr ja, ihr lahmen Enten!« Sein Spott verfehlte jedoch die gewünschte Wirkung, denn keiner der beiden reagierte verärgert. Kiba musste sogar ein Gähnen unterdrücken, so platt und vorhersehbar war der Spruch gewesen. Schnaubend wandte sich Ikuto ab und durchschritt die Barriere.

Jede Nacht wurde die Barriere zwischen der Anderswelt und der Menschenwelt zerbrechlicher, sodass es für Dämonen leichter war, aus der Unterwelt zu entkommen. Natürlich war es gleichermaßen einfacher für die Menschen, die Unterwelt zu betreten. Aber dort würden sie nach nur wenigen Minuten sterben. Die Unmengen an Miasma machten das Überleben für nicht dämonische Lebewesen dort unmöglich. Dämonen konnten in der Menschenwelt jedoch mehrere Tage überstehen und genau das machte sie zu einem ernst zu nehmenden Problem.

Kaum hatten sie die Barriere durchschritten, murmelten sie die vertrauten Worte an ihre Göttin:

»Heilige Kami Inari, gib uns unsere animalische Gestalt, um die Menschenwelt ungesehen betreten zu können!« Alle drei Brüder verwandelten sich binnen weniger Sekunden in einen Fuchs, wobei Hitoshis und Ikutos weißes Fell im Mondlicht silbern glänzte. Kibas rötliches Fell jedoch wirkte in der Dunkelheit blutrot, ja fast schon schwarz. »Ich wittere einige Oni im Südwesten. Dort sollten wir anfangen«, schlug Hitoshi vor und die anderen brummten zustimmend.

In der Fuchsgestalt konnten sie sich nur telepathisch verständigen. Kiba musste sich nach seiner jahrzehntelangen Zwangspause bei der Jagd erst wieder daran gewöhnen, die Stimmen seiner Brüder im Kopf zu hören. Über die Telepathie tauschten sie eine Mischung aus Worten und Bildern aus. Vor allem von Ikuto empfing er bei der Jagd immer wieder demütigende Bilder. Gerade hatte ihm sein Bruder das Bild eines wütenden Dämons geschickt, der ihm über den Schwanz trampelte. Er wusste, dass sein Bruder ihn damit aus der Fassung bringen wollte. Doch Kiba war bemüht, sich nicht provozieren zu lassen. Dafür genoss er die neue Freiheit, die die Jagd mit sich brachte, zu sehr.

Hitoshi übernahm die Führung und sie preschten in V-Formation über die weiten Felder. Bald schlossen mehrere wilde Füchse zu ihnen auf. Sie waren keine Geistwesen, aber sie fühlten sich scheinbar dazu verpflichtet, ihnen bei der Jagd zu helfen. Hitoshi reckte noch einmal die Nase in die Luft und schnupperte. »Es sind drei Oni, ungefähr zehn Chō von hier entfernt. Ich wittere auch Kiefernholz, also sind sie in einem Wald. Wir sollten sie voneinander trennen, dann haben wir leichtes Spiel«, teilte ihnen Hitoshi mit. Kiba und Ikuto stimmten seinem Plan in Gedanken zu.

»Kiba und ich werden einen von ihnen übernehmen, du und die wilden Füchse könnt euch um die anderen beiden kümmern!« Ikuto entschied so, wie Kiba befürchtet hatte. Sein älterer Bruder bildete jedes Mal ein Team mit ihm, offensichtlich um ihn zu kontrollieren und ihn, falls er einen Fehler begehen sollte, zu bestrafen. »In Ordnung.« Kurz darauf trennten sie sich. Kiba folgte seinem Bruder in den Wald hinein. Trotz des fahlen Mondlichts konnte er einen Großteil seiner Umgebung klar erkennen. Die Kiefern ragten dicht an dicht in den Nachthimmel und Kiba nahm den Geruch von Harz und Kiefernnadeln in seiner Fuchsgestalt noch deutlicher wahr. Der mit Moos überwucherte Waldboden machte es ihnen einfach, sich lautlos an ihre Beute heranzupirschen. Es raschelte im Gebüsch und Kibas Ohren zuckten in die Richtung der Lautquelle. In seine feine Nase stieg der frische Duft einer kleinen pelzigen Kreatur – eines Eichhörnchens. Er hörte das winzige Herz des Tieres aufgeregt in der Brust schlagen, als es ihn entdeckte. Die Flanken hoben und senkten sich hektisch. Doch es blieb starr neben der Wurzel des Busches sitzen, unter der es vermutlich eine Nuss verscharrt hatte. Es war immer wieder faszinierend, wie intensiv er andere Lebewesen in seiner Fuchsgestalt wahrnahm.

»Komm endlich!«, fauchte Ikuto in seinem Kopf ungehalten. Sein Bruder war bereits im Unterholz verschwunden. Kiba wandte sich ab und folgte ihm. Immerhin hatten sie eine Mission zu erfüllen. Kaum war auch er im Unterholz verschwunden, hörte er, wie das Eichhörnchen rasch auf einen Baum kletterte. Dann mahnte er sich zur Konzentration. Vermutlich würden sie schon bald auf die Dämonen treffen und da musste er einen klaren Kopf bewahren.

Tatsächlich stieg ihm bereits wenige Minuten später ein fürchterlicher Gestank in die Nase – Schwefel. Die beißenden Ausdünstungen der Oni waren bereits in seiner wahren Gestalt kaum zu ertragen. Doch jetzt als Fuchs hatte er das Gefühl, wenn er sich den Dämonen noch weiter näherte, würde er seinen Geruchssinn verlieren. *Daran werde ich mich wohl nie gewöhnen,* dachte er bitter und verkniff sich ein gequältes Jaulen. Ikuto hatte in einiger Entfernung angehalten und Kiba beeilte sich, zu ihm aufzuschließen.

Drei äußerst hässliche Gestalten hatten es sich auf einer Lichtung vor einem Lagerfeuer gemütlich gemacht. Darüber hing eine tote Wildsau. »Wie sollen wir vorgehen?«, fragte er seinen Bruder, während sie sich im Unterholz versteckten. Sein Bruder zog die Lefzen hoch und knurrte leise. Ikutos Muskeln waren angespannt und sein Fell gesträubt, bereit zum Angriff. »Ich lenke ihre Aufmerksamkeit auf mich und wenn einer von ihnen versucht mich zu schnappen, dann kommst du ins Spiel. Du wirst ihn von den anderen weg treiben, damit Hitoshi sich um die anderen beiden kümmern kann.«

War ja klar, dass Ikuto derjenige sein wollte, der die Gruppe aufmischte. Doch Kiba beschwerte sich nicht, stattdessen wartete er auf das Signal seines Bruders. Sie lauerten noch eine kleine Weile, bis sie sich sicher waren, dass Hitoshi und die wilden Füchse auf der anderen Seite ihre Stellung bezogen hatten. Dann preschte Ikuto urplötzlich aus dem Unterholz hervor und sprang auf die Lichtung. Die Oni waren gerade dabei gewesen ihr erbeutetes Wildschwein zu essen. Da sie nicht die Schlausten waren, konnten sie sich meist nur auf eine Sache gleichzeitig konzentrieren.

Sie brauchten ein paar Augenblicke, ehe sie begriffen, dass sich ein Kitsune unter ihnen befand. Sie sprangen vom Boden auf und bildeten einen Kreis um Ikuto. »Ein Kitsune! Schnapp ihn dir, Akuma!«, brüllte einer von ihnen. Ein Oni mit besonders großen Hauern und grün leuchtender Haut streckte seine Pranken nach dem Fuchs in ihrer Mitte aus.

Das war sein Signal; Kiba machte ebenfalls einen Satz auf die Lichtung und biss dem Oni in die Ferse, sodass er vor Schmerz aufschrie und Ikuto ausweichen konnte. »Argh! Du Mistvieh! Na warte, dich kriege ich!«, jaulte der Dämon und versuchte Kiba zu schnappen. Dieser wich ihm jedoch geschickt aus und rannte seinem Bruder hinterher. Der Dämon war dumm genug, den beiden Füchsen zu folgen, die vor ihm im Unterholz verschwunden waren. Ikuto lief neben Kiba her und spottete telepathisch: »Der hässliche Idiot ist uns tatsächlich gefolgt. Das war fast schon zu einfach!«

Kiba brummte zustimmend. Er verlangsamte sein Tempo ein wenig, damit der hinter ihnen hertrampelnde Dämon nicht den Anschluss verlor. Der keuchte laut wie ein wütender Stier, dachte jedoch nicht daran, aufzugeben. Bald schon hatten sie den Waldrand erreicht und rannten über Wiesen und Felder. In weiter Ferne konnte Kiba die Lichter einer Stadt ausmachen. Sie sahen wie winzige leuchtende Stecknadelköpfe aus.

Ikuto führte die kleine Gruppe an und Kiba wechselte seine Position. Der Dämon war weiterhin auf Ikuto fixiert und bekam nicht mit, dass Kiba nun die Nachhut bildete. Sollte der Dämon auf dem Weg schlapp machen, würde er ihn weiter antreiben. Fürs Erste lief er nur möglichst unauffällig hinter ihrer Beute her. »Ich kriege dich schon!«, brüllte Akuma wütend und Ikuto lachte gehässig. »Ha, der hat keine Ahnung mit wem er es zu tun hat!«, feixte sein Bruder und Kiba seufzte innerlich.

Doch er vermied es, Ikutos Prahlerei zu kommentieren. Stattdessen konzentrierte er sich auf seine

Aufgabe. Es war ihre übliche Methode; sie gaben dem Oni das Gefühl, dass er die Oberhand hatte, was natürlich nicht der Fall war. Durch die Hetzjagd lockten sie ihn in die Richtung eines der heiligen Tore, durch das sie ihre Beute wieder zurück in die Unterwelt schicken konnten. Die meisten Oni waren wirklich dumm und fielen jedes Mal darauf herein. Ehe sie sich versahen, fanden sie sich schließlich an dem Ort wieder, den sie stets unerlaubt verließen.

Das Tor war nicht mehr weit entfernt und Akuma brüllte wütend, während er Ikuto hinterher trampelte. Dabei bemerkte er nicht, dass sein Ausflug in die Welt der Menschen gleich enden würde. Kurz darauf erreichten sie eine alte Schotterstraße und Ikuto lockte Akuma rücksichtslos darüber. Kiba hielt einen Moment inne, aber als nichts passierte, schätzte er die Situation als gefahrlos ein und folgte seinem Bruder. Doch er kam nicht weit. Er hatte gerade einen Satz auf die Straße gemacht, da blendete ihn ein helles Licht. Wenige Herzschläge später spürte er einen heftigen Stoß und Schmerz flammte an seiner rechten Seite auf. Er jaulte auf, während er durch die Luft flog und vor dem unbekannten Objekt auf dem harten Boden landete.

Der Schmerz betäubte seine Sinne und er blieb reglos liegen. Das Licht blendete ihn immer noch, sodass er gequält die Augen zusammenkniff. Japsend holte er Luft. Seine Lunge brannte und seine Brust schmerzte so stark, dass er sich sicher war, sich eine

Rippe gebrochen zu haben. Blut rauschte in seinen Ohren und die Geräusche um ihn herum klangen gedämpft und unwirklich.

Von Ikuto und Akuma fehlte jede Spur, dafür hörte er, wie sich ihm eilige Schritte näherten. Jemand beugte sich über ihn. Benommen sah er auf, sein Blick war verschwommen. Aber der Geruch sagte ihm, dass es ein Mensch war. Er wollte schon ein warnendes Knurren ausstoßen, doch als er die Person erkennen konnte, die sich über ihn beugte, blieb es ihm im Halse stecken. *Das kann nicht sein! Sie ... sie ist tot! Oder ist das etwa ... dieses Mädchen von letztens,* schoss es ihm durch den Kopf.

Es fiel ihm immer schwerer, die Augen offen zu halten. Ihm war kalt und mit einem Mal war er so unerklärlich müde. Er sollte weglaufen, immerhin waren die Menschen gefährlich. Aber seine Pfoten waren so schwer und sein Verstand driftete bereits in eine gewaltige Leere ab. Das Letzte, das er wahrnahm, war der äußerst besorgte Gesichtsausdruck des Mädchens, bevor alles um ihn herum schwarz wurde.

GEHEIMNISVOLLER FUCHS

»Was soll das heißen, Sie wollen ihn nicht behandeln? Er könnte schwer verletzt sein!«, rief Sakura aufgebracht der jungen Tierarzthelferin zu, die bedauernd den Kopf schüttelte. »Tut mir leid, aber wir können Wildtiere nicht behandeln. Wir wissen ja nicht, ob er Tollwut hat«, erklärte sie ruhig und Sakura ballte vor Wut die Hände zu Fäusten. Was gar nicht so einfach war, mit einem bewusstlosen Fuchs auf den Armen.

Sie hatte sicherlich eine halbe Stunde gebraucht, bis sie die Tierklinik endlich erreicht hatte und schon befürchtet, dass das arme Tier nicht überleben würde. Und jetzt wurde sie hier auch noch höflich hinauskomplimentiert, weil es sich bei ihm um ein Wildtier handelte. »Aber ich kann ihn doch nicht sterben lassen! Können Sie nicht wenigstens nachsehen, ob er innere Verletzungen hat? Dann könnten wir ihn von seinem Leid erlösen«, versuchte sie es erneut und die junge Frau seufzte.

»Ich werde mal den Chef fragen, ob sich da etwas machen lässt. Du gibst ja sonst keine Ruhe. Geh bitte in unser Wartezimmer, ja?« Sakura setzte ein triumphierendes Grinsen auf. »Klar.« Sie trug das verletzte

Tier in den ausgeschilderten Warteraum, der relativ nüchtern eingerichtet war. Ein paar Stühle aus Metall standen säuberlich an der Wand aufgereiht und ein Couchtisch nahm eine der Ecken ein. Auf ihm lagen verschiedene Fachzeitschriften über Tiere und mehrere Flyer.

Langsam ließ sie sich auf einem der Stühle nieder, die nicht nur unbequem aussahen, sondern es auch waren. Den Fuchs legte sie behutsam auf den Boden und betrachtete ihn nachdenklich. Sein rotes Fell schimmerte leicht im Licht der Deckenlampen und schien sehr seidig zu sein. Sie wüsste nur zu gern, wie es sich anfühlte. Zum Transport hatte sie ihn ja in ihre Jacke gewickelt. Sie wusste, dass man Wildtiere lieber nicht mit bloßen Händen berührte. Aber sein Fell sah sehr gepflegt aus und hier könnte sie sich auch die Hände waschen.

Ob ich ihn mal streicheln kann? überlegte sie und streckte vorsichtig die Hand nach ihm aus. In diesem Moment kam die Tierarzthelferin in das Wartezimmer und sie zuckte zurück. »Der Tierarzt hat gemeint, er würde einen Ultraschall bei ihm machen, um zu sehen, ob er innere Verletzungen hat. Das ist aber auch wirklich das Einzige, das wir machen können«, erklärte die Frau freundlich und Sakura nickte dankbar.

Gespannt folgte sie ihr in eines der Behandlungszimmer und legte den Patienten behutsam auf dem Metalltisch ab. »Guten Abend«, begrüßte sie den

Tierarzt und verneigte sich höflich. »Guten Abend, junge Dame. Ich habe schon gehört, dass du dich sehr für diesen Fuchs eingesetzt hast, damit ich ihn untersuche. Dann wollen wir uns den armen Kerl mal ansehen.« Er streifte ein Paar Einmalhandschuhe über und hob kurz das Augenlid des Fuchses an. Er nickte zufrieden und die Tierarzthelferin drehte das Tier auf den Rücken, sodass er ihn am Bauch rasieren konnte.

Dann strich der Arzt das durchsichtige Gel auf den nackten Bauch des Fuchses und fuhr mit dem Ultraschallkopf darüber. Sakura drückte hoffnungsvoll die Daumen, dass dem Fuchs nichts fehlte. Das würde sie nicht verkraften. Immerhin war es ja ihre Schuld, dass sie ihn angefahren hatte. Der ältere Mann starrte eine Weile lang auf den Monitor, dann drehte er sich zu ihr um und lächelte freundlich.

»Du hattest Glück, dem Fuchs scheint nichts passiert zu sein. Er hat zumindest keine inneren Blutungen«, erklärte er und sie spürte wie ein Stein so groß wie ein Berg von ihrem Herzen fiel. Erleichtert verneigte sie sich abermals und bedankte sich artig. Die junge Tierarzthelferin hatte inzwischen das Gel weggewischt und Sakura hob ihr Unfallopfer wieder sanft hoch. »Vielen, vielen Dank. Jetzt bin ich wirklich sehr erleichtert.« Der Mann lächelte nur und winkte ab. »Schon gut. Ich war selbst gespannt darauf ihn zu untersuchen. Wann bringt schon mal jemand einen Fuchs in die Klinik?« Er grinste und Sakura lächelte glücklich.

»Am besten setzt du ihn dort ab, wo du ihn aufgelesen hast. Dann findet er sich sicher gut zurecht. Wo hast du ihn eigentlich gefunden?«, erkundigte sich der Mann und Sakura sah betreten zu Boden. »Ich habe ihn kurz nach der Brücke auf dem Weg nach Koyamason mit meinem Roller angefahren«, erklärte sie beschämt. Der Tierarzt hob überrascht die Brauen. »Und wie hast du ihn dann hierhergebracht? Mit deinem Roller?« »Nein, er war zu groß. Ich habe ihn getragen.« »Du meine Güte! Das war ja ein ganz schönes Stück! Und ich dachte, du kommst aus Kinenshi und hättest den Fuchs vielleicht am Waldrand gefunden! Jetzt um diese Zeit kann ich dich doch nicht alleine nach Koyamason laufen lassen!«

Sakura wusste, dass der Mann recht hatte. Aber was sollte sie stattdessen tun? Der Bus fuhr nicht mehr und sie war sich nicht sicher, ob es in Kinenshi Taxis gab. »Wie soll ich dann nach Hause kommen?« Der Tierarzt überlegte für einen Moment und schnippte dann mit den Fingern. »Nana-san kann dich mit ihrem Auto nach Hause fahren. Den Roller kannst du dann morgen abholen. Den klaut dir sicher keiner«, schlug er vor und die Tierarzthelferin nickte. »Klar, das mache ich. Ich hole noch eine Transportbox für den Fuchs und dann können wir los.«

Sakura war überrascht, wie hilfsbereit die junge Frau war. »Vielen Dank, das ist wirklich sehr nett von Ihnen. Dabei kennen Sie mich doch gar nicht«, bedankte sie sich und Nana winkte ab. »Kein Thema. Der Chef hat ja recht, ich würde mich auch nicht wohl fühlen, dich jetzt einfach alleine durch die Gegend wandern zu lassen.« Das entlockte Sakura ein Lächeln und sie wartete, bis Nana die Transportbox geholt hatte. Sakura verabschiedete sich noch von dem Tierarzt, der freundlich lächelte.

Die Tierarzthelferin legte den Fuchs vorsichtig in die Box, dann trugen sie ihn gemeinsam zu ihrem Auto. Es war ein sportlicher Kleinwagen und sie stellten die Transportbox auf die Rückbank, da es im Kofferraum nicht genug Platz gab. Sakura schnallte sich an und Nana fuhr los. »Wo genau in Koyamason wohnst du?«, fragte sie und Sakura nannte ihr die Adresse ihrer Großmutter. »Ah, das Haus kenne ich sogar. Ich bin die Cousine von Daisuke Takashi. Deine Großmutter ist sehr nett.« »Oh, wirklich? Kannst du Daisuke dann sagen, dass ich seinen Roller auf einem Feld abgestellt habe?« »Ach das war seiner? Kein Problem, ich schreibe ihm nachher. Dann kann er ihn morgen selbst abholen«, erwiderte Nana gut gelaunt und Sakura lächelte dankbar.

Die restliche Fahrt über schwiegen sie, aber Nana hatte das Radio angeschaltet. Fröhlicher J-Pop klang aus den Lautsprechern und Sakura wippte im Takt zur Musik mit ihren Füßen. »Soll ich dich beim Roller kurz absetzen, damit wir den Fuchs rauslassen können?«, fragte Nana dann und Sakura schüttelte den Kopf. »Nein, ich würde ihn gerne noch mit nach Hause nehmen. Er ist ja noch bewusstlos. Wenn er morgen wieder fit ist, dann setze ich ihn hinter unserem Haus aus.« Die junge Tierarzthelferin nickte verstehend.

Ihre Fahrt war schneller vorbei als gedacht und Sakura war froh, endlich zu Hause zu sein. Ihre Mutter machte sich sicherlich schon Sorgen. Nana hielt vor dem Haus und half ihr, die Transportbox auszuladen. »Die Box kannst du morgen zu meinem Onkel bringen. Ich hole sie dann wieder ab«, meinte sie noch, dann winkte sie kurz zum Abschied und fuhr zurück nach Kinenshi. Sakura hievte die Box die Stufen zur Haustür nach oben. Sie wollte gerade die Klingel betätigen, da wurde die Haustüre schwungvoll aufgeschoben. Ihre Mutter stand in der Tür, eine Mischung aus Sorge und Enttäuschung stand ihr ins Gesicht geschrieben. Betreten knetete Sakura bei diesem Anblick ihre Finger.

»Sakura! Wo bist du gewesen? Deine Großmutter und ich haben uns große Sorgen gemacht!«, rief sie hektisch und Sakura sah zerknirscht zu Boden. »Tut mir wirklich leid. Ich wollte euch keine Sorgen bereiten. Als ich dich angerufen habe, war ich eigentlich schon auf dem Rückweg. Aber dann hatte ich einen Unfall und-« »Einen Unfall? Oh Gott, bist du verletzt?«, unterbrach sie ihre Mutter und zog sie bestürzt in die Arme.

»Nein, nein, es geht mir gut, wirklich. Ich habe nur ... einen Fuchs angefahren. Und weil ich Angst hatte, dass er vielleicht innere Verletzungen hat, habe ich ihn in Kinenshi in die Tierklinik gebracht«, erklärte sie und ihre Mutter ließ sie abrupt wieder los. »Du hast einen Fuchs angefahren? Und ihn in die Tierklinik gebracht?«, wiederholte sie ungläubig. Sakura nickte bestätigend. »Wo ist das Tier jetzt?« »Ich habe ihn dabei. Ich wollte ihn heute Nacht hierbehalten und dann morgen hinter dem Haus aussetzen«, gab sie zu und biss sich nervös auf die Unterlippe.

Ihre Mutter würde sicher nicht begeistert sein, ein Wildtier über Nacht aufzunehmen. Sie hatte Sakura in der Vergangenheit ja nicht einmal erlaubt, ein Haustier zu halten. »Er wird sicherlich nicht hierbleiben! Was ist, wenn er Tollwut hat ... oder Flöhe?«, fuhr ihre Mutter sie gereizt an. Sakura stöhnte genervt. *Ist ja wieder mal typisch, dass sie sich gleich so aufregt. Sie sorgt sich um mich, wie um ein kleines Kind. Als könnte ich nicht selbst auf mich aufpassen!* »Er hat sicherlich keine Flöhe, das hätte ich gemerkt und der Tierarzt ebenso! Ich habe den Fuchs mitgebracht, weil er noch bewusstlos ist. Ich setze doch kein wehloses Tier einfach so wieder aus«, fauchte sie zurück. In diesem Augenblick humpelte ihre Großmutter um die Ecke.

»Was ist denn hier los?«, fragte sie und sah verwundert zwischen den beiden Streitenden hin und her. »Deine Enkelin hat einen wilden Fuchs hier angeschleppt, weil sie ihn angefahren hat«, erklärte ihre Mutter wütend. Sakuras Großmutter sah besorgt zu ihrer Enkelin hinüber. »Einen Fuchs? Ach herrje, der Arme. Geht es ihm gut?« »*Haha!* Er könnte Tollwut haben oder eine andere Krankheit. Wir können ihn nicht hierbehalten!«, protestierte ihre Mutter. Sakura seufzte frustriert und sah flehend zu ihrer Großmutter. »Natürlich können wir das. Das hier ist mein Haus und ich kann bestimmen wer hierbleiben kann und wer nicht. Ich finde, wir sollten ihn wenigstens eine Nacht behalten, bis er wieder aufgewacht ist. Ein wehrloses Tier setzt man doch nicht einfach wieder aus«, widersprach ihre Großmutter und Sakura grinste triumphierend.

»Danke, *sobo*. Ich kümmere mich um ihn, versprochen«, bedankte sie sich, was ihre Großmutter mit einem sanften Lächeln quittierte. Ihre Mutter hingegen stöhnte auf und fasste sich an die Stirn. »Das darf doch nicht wahr sein. Bitte, dann bleibt er eben hier. Aber gebt mir nicht die Schuld, wenn er Tollwut hat und eine von euch beißen sollte!«, murrte sie verärgert. Sakura Großmutter schüttelte den Kopf.

»Denk dir nichts dabei, mein Kind. Sie ist einfach nur sehr besorgt. Das macht das Alter«, flüsterte sie und Sakura nickte. »Ich kann euch hören«, gab ihre Mutter ernst zurück und Sakura grinste abermals. »Wie bist du überhaupt nach Hause gekommen? Du wirst das Vieh ja wohl kaum auf Daisukes Roller hergebracht haben.« Sakuras Lächeln verblasste.

»Das stimmt. Ich hab ihn auf einem Feld abgestellt, als ich den Unfall hatte und dann bin ich zur Tierklinik gelaufen. Die Tierarzthelferin hat mich hergefahren. Sie heißt Nana und ist Daisukes Cousine. Sie hat versprochen ihn anzurufen, damit er seinen Roller morgen abholen kann.«

Ihre Mutter wirkte nur mäßig begeistert und verschränkte die Arme vor der Brust. »Und die Einkäufe, die du mitbringen solltest?« Die Einkäufe hatte Sakura natürlich in der ganzen Aufregung vergessen. Peinlich berührt kratzte sie sich am Hinterkopf und vermied es, ihre Mutter anzusehen. »Oh. Die sind wohl noch im Roller. Aber das Fach ist ja abgesperrt.«

Jetzt war es ihre Mutter, die die Augen verdrehte. »Welch ein Glück, dass wir die Lebensmittel nicht fürs Abendessen gebraucht haben. Ich hoffe, Daisuke bringt sie uns morgen früh vorbei, wenn er den Roller geholt hat.«

Sie sah ihrer Mutter an, dass diese den Rest ihres Ärgers nur mühsam herunter schluckte. Dann marschierte sie ohne ein weiteres Wort ins Haus. Sakura war es wirklich unangenehm, dass ihre Mutter so enttäuscht von ihr war. Ihre Großmutter strich ihr sanft über die Schulter. »Mach dir nichts draus, mein Kind. Sie war so in Sorge um dich und sie freut sich, dass es dir gut geht. Im Moment kann sie es nur nicht zeigen. Wir sollten uns jetzt erst einmal überlegen, was wir mit unserem Patienten machen«, munterte die alte Frau sie auf und Sakura lächelte matt.

»Du hast recht. Wo soll ich ihn hinbringen? Wir haben ja keinen Dachboden oder Keller, wo er bleiben könnte«, fragte sie unsicher. Mittlerweile nagte auch ein gewaltiger Hunger an ihr, sie hatte seit dem Mittagessen nichts mehr gegessen. »Wir haben doch einen kleinen Schuppen neben dem Haus. Dort kannst du ihm aus Decken ein Nest bauen. Aber lass vielleicht die Tür zu, damit du morgen noch einmal nach ihm sehen kannst. Auch wenn der Tierarzt meinte, er hat keine inneren Verletzungen, kann Vorsicht nicht schaden. Vielleicht hat er sich ja an den Pfoten verletzt. Es wäre jammerschade, wenn er verendet, nur weil er verwundet ist und nicht mehr jagen kann«, sagte ihre Großmutter. Sakura musste ihr recht geben, das wäre wirklich tragisch.

Vorsichtig trug sie das Tier schließlich in den kleinen Schuppen. Dort standen ein paar Gartengeräte, die sie vorsichtshalber nach draußen brachte. Sollte der Fuchs in der Nacht aufwachen und panisch werden, könnte er sich daran wehtun. In ihrem Schrank fand sie ein paar alte Wolldecken und daraus fertigte sie ein kleines Nest im hinteren Teil des Schuppens. Aus einer der Decken und zwei ausrangierten Klappstühlen baute sie noch eine provisorische Deckenhöhle. Zufrieden mit ihrem Werk legte sie den Fuchs hinein und stellte noch eine Schüssel mit Wasser daneben.

Hoffentlich wacht er bald wieder auf, dachte sie und wünschte, sie wüsste etwas mehr über Füchse.

Sie hatte keine Ahnung, ob es normal für einen Fuchs war, so lange bewusstlos zu sein. *Vielleicht sollte ich hierbleiben, bis er aufwacht. So ganz allein an einem fremden Ort hat er sicher Angst.* Ihre Gedanken wurden immer zäher und ein Blick auf die Uhr verriet ihr, dass es bereits Viertel nach zehn war. Sie wollte nur noch etwas essen und dann schlafen. Aber den Fuchs wollte sie auch nicht alleine lassen, also entschloss sie sich, ebenfalls im Schuppen zu übernachten.

Zurück im Haus tappte sie ins Bad, um sich gründlich die Hände zu waschen. Danach ging sie in die Küche und wollte nach Resten des Abendessens suchen. In dem Moment betrat auch ihre Großmutter die Küche. »Hast du ihn in den Schuppen gebracht?«, fragte sie und reichte Sakura eine Schüssel Reis mit Gemüse aus dem Kühlschrank. »Habe ich, aber ich glaube, ich werde auch im Schuppen schlafen. Wenn er wach wird, dann hat er sicher Angst. So ist er wenigstens nicht allein«, antwortete sie und wärmte das Essen in der Mikrowelle auf.

»Hm, ich weiß nicht, ob das so eine gute Idee ist. Er könnte dich beißen.« Ihre Großmutter runzelte besorgt die Stirn und Sakura konnte sie verstehen. Doch sie wollte ihren Schützling nicht alleine lassen. »Keine Sorge, ich passe auf mich auf. Ich schlafe direkt neben der Türe, dann kann ich sie schnell aufmachen, wenn er mir zur nahe kommt und er kann zurück in die Freiheit.«

Ihre Großmutter überlegte kurz, dann nickte sie zustimmend. »Also gut. Oh und nimm vielleicht dein Smartphone mit, dann kannst du deine Mutter anrufen, wenn etwas sein sollte«, stimmte sie zu. »Mache ich, *sobo*. Danke.« Sakura gab ihrer Großmutter einen Kuss auf die Wange, dann machte sie sich über ihr Abendessen her. Vor lauter Aufregung um den Fuchs war ihr Hunger in den Hintergrund getreten, aber jetzt kam sie sich vor, als hätte sie seit Tagen nichts gegessen.

Erst als die Schüssel leer war, seufzte sie zufrieden. Sie ging ins Wohnzimmer und wünschte ihrer Familie eine gute Nacht. Ihre Großmutter folgte ihr in den Flur, unter dem Vorwand auf die Toilette zu müssen. Stattdessen drückte sie Sakura heimlich einen Schlafsack in die Hand. Mit dem Schlafsack und ihrem Kissen in den Armen marschierte sie zurück zum Schuppen. Sakura öffnete die Tür einen Spalt breit und spähte hinein. Der Fuchs schlief immer noch. Nachdem sie es sich neben der Tür gemütlich gemacht hatte, sah sie noch einmal zu ihm.

Ich hoffe, dir geht es gut und ich kann dich morgen wieder in die Freiheit entlassen. Sakura schickte ein kurzes Gebet an die Kami Inari und wünschte sich, dass sie in der Nacht ein Auge über den Fuchs haben möge. »Gute Nacht, Fuchs«, murmelte sie noch, dann kuschelte sie sich in ihre Kissen und war bald darauf eingeschlafen.

Sakura träumte gerade davon, wie sie zusammen mit Jacky und ihren Brüdern im Freibad plantschte, ganz so, wie sie es eigentlich geplant hatten, als ein leises Stöhnen an ihre Ohren drang. Verwirrt schlug sie die Augen auf. Sie starrte an eine helle Holzdecke und brauchte einen Moment, um sich zu erinnern, wo sie war. Langsam drehte sie den Kopf zur Seite. Durch das winzige Plexiglasfenster des Schuppens drang gedämpftes Sonnenlicht. Der Morgen war also schon angebrochen. Gerade dachte sie, sie hätte sich das Geräusch nur eingebildet, als wieder das Stöhnen ertönte. Es klang äußerst gequält und kam eindeutig aus dem hinteren Teil des Schuppens.

Entsetzt fuhr sie hoch und strich sich die zerzausten Haare aus dem Gesicht. *Der Fuchs! Ob es ihm gut geht?* Hastig krabbelte sie aus dem Schlafsack. Sie kroch vorsichtig über den Boden, um das Tier nicht zu erschrecken. Der hintere Teil des Schuppens lag noch im Dunkeln, sie konnte also nicht erkennen, was der Fuchs gerade tat. Plötzlich berührte sie etwas Warmes und zuckte zurück. Es hatte sich eindeutig nicht wie Fell angefühlt. Ihre Augen gewöhnten sich nur langsam an das Dämmerlicht, doch dann erkannte sie, was sie da soeben gesteift hatte.

Okay, ich glaube, ich träume doch noch. Da liegt ein nackter Mann im Schuppen! Blinzelnd starrte sie auf den jungen Mann neben sich, der vor Schmerzen abermals stöhnte. Es war ein bizarrer Anblick und Sakura hob langsam die Hände an ihre Wangen.

Kräftig schlug sie ein paar Mal dagegen, denn sie war sich sicher, dass sie träumte. Entgegen ihrer Erwartung wachte sie jedoch nicht auf.

KIBA

Wo ist der Fuchs? Und warum liegt da jetzt ein nackter Mann? Die ganze Situation war geradezu grotesk und ihr Verstand versuchte eine logische Erklärung dafür zu finden. Ob der Kerl betrunken war und in der Nacht den Weg nach Hause nicht mehr gefunden hatte? Oder vielleicht war er psychisch labil und von einer Anstalt oder seinem Zuhause weggelaufen?

Habe ich etwa so tief geschlafen, dass ich nicht mitbekommen habe, wie jemand die Tür zum Schuppen aufgemacht hat? In den letzten Nächten war sie ab und an kurz aufgewacht, was sie dem Jetlag zuschrieb. Vermutlich war sie vor lauter Sorge um den Fuchs so müde gewesen, dass sie durchgeschlafen hatte.

Was auch der Grund dafür war, dass dieser wildfremde Mann plötzlich im Schuppen ihrer Großmutter lag, noch dazu nackt, es behagte ihr überhaupt nicht. Die Wolldecken verdeckten gerade so das Nötigste und sie sah schnell woanders hin. Am Ende war der Kerl noch überfallen worden und hatte sich hier versteckt. *Ich sollte mich vergewissern, dass es ihm gut geht und vielleicht einen Arzt rufen. Oder die Polizei,* überlegte sie und sah sich nach einer Waffe um. Immerhin konnte er ja auch gefährlich sein. In diesem Moment bereute sie es, die Gartengeräte aus dem Schuppen geräumt zu haben. Lediglich ein leerer Farbeimer stand in Griffweite. Sollte er versuchen, sie anzufallen, könnte sie ihm damit vielleicht eins überziehen.

Mit klopfendem Herzen schlich sie langsam näher. Vorsichtig kniete sie sich neben ihn und zog die Decke von den Stühlen. So konnte sie auch seinen Oberkörper sehen.

Schulterlanges rotes Haar bedeckte sein Gesicht. Auf den ersten Blick war jedoch keine Wunde am Kopf erkennbar. Sakura stupste ihn kurz mit dem Finger an der Schulter an. Ihre linke Hand umklammerte den Henkel des Farbeimers fester. Sie war definitiv bereit, ihn zu benutzen, sollte es soweit kommen. Der Mann zeigte jedoch keine Reaktion. Beim zweiten Mal verpasste sie ihm sogar einen kräftigen Klaps, doch wieder bewegte sich der Mann nicht. *Anscheinend ist er bewusstlos!* Sie kaute auf der Unterlippe und überlegte, was sie tun sollte.

»Ich sollte Großmutter holen. Sie weiß vielleicht was wir tun können. *Haha* würde sicher gleich panisch werden und die Polizei rufen!«, entschloss sie sich dann. Eilig verließ sie den Schuppen und schloss die Tür vorsorglich ab. Nackt und vielleicht auch verletzt konnte sie den Fremden ja schlecht einfach herumlaufen lassen. Ihre Gedanken kreisten rastlos umher, während sie das Haus betrat und nach ihrer

Großmutter rief. Diese war offenbar ebenfalls gerade erst aufgestanden, denn sie kam mit einer Tasse Tee in der Hand aus der Küche geschlurft. »Oh, Guten Morgen, Sakura. So früh schon auf?«, rief sie überrascht und Sakura nickte hastig.

»Was ist los? Du wirkst ein wenig ... verstört?«, fragte die alte Dame, als sie sie genauer musterte und Sakura erwiderte nervös: »Na ja ... ich bin gerade aufgewacht, weil ich ein leises Stöhnen gehört habe. Ich dachte, der Fuchs hätte vielleicht Schmerzen, aber als ich nach ihm sehen wollte, da war er ... verschwunden.« Ihre Großmutter blinzelte überrascht und legte fragend den Kopf schief. »Verschwunden? Wie meinst du das?« »Na er ist einfach weg! Stattdessen liegt da jetzt ein nackter Mann in deinem Schuppen!«, fuhr sie hektisch fort und hoffte, ihre Großmutter würde ihr glauben. Sie selbst hoffte zu einem kleinen Teil immer noch, dass sie träumte, auch wenn dieser Traum äußerst seltsam wäre.

»Wie bitte, da liegt ein nackter Mann? Das kann ich gar nicht glauben. Lass mich mal sehen«, entgegnete die alte Dame und stellte die Tasse ab. Dann machte sie sich auf den Weg in den Garten. Wegen ihres verletzten Beins kam sie jedoch nur langsam voran. Sakura folgte ihr ungeduldig und mit jedem Schritt klopfte ihr Herz ein wenig lauter. Was wenn er gefährlich war? Sie hoffte inständig, dass er nur verletzt oder betrunken war und einen einigermaßen warmen Platz für die Nacht gesucht hatte.

Nach einer halben Ewigkeit erreichte ihre Großmutter schließlich den Schuppen und drehte sich noch einmal zu Sakura um. »Nimm die Schaufel da. Wir wissen ja nicht, ob er gefährlich ist«, flüsterte sie und Sakura schluckte.

Mit zittrigen Fingern umklammerte sie den Schaufelstil und ihre Großmutter öffnete die Türe. Vorsichtig spähte sie hinein und zog kurz darauf den Kopf wieder heraus. »Dort liegt tatsächlich ein nackter Mann!«, rief sie aufgebracht und Sakura zuckte zusammen. »*Sobo*, nicht so laut! Was, wenn er aufwacht?«, zischte sie und die alte Dame schloss hastig die Tür. »Hast du dein Handy dabei? Dann können wir notfalls die Polizei oder den Notarzt rufen.« Sakura tastete in ihrer Hose nach dem Smartphone und nickte dann. »Gut, lass uns reingehen.«

Gemeinsam betraten sie den Schuppen. Sakuras Herz schlug wild in ihrer Brust und ihr war ganz und gar nicht wohl bei der Sache. Aber sollte der Mann doch verletzt sein, konnten sie ihn nicht einfach dort liegen lassen. »Ich frag mich wirklich, wo der Fuchs hin ist. Hoffentlich geht es ihm gut«, überlegte sie leise und ihre Großmutter nickte. Sie hatten den Mann mittlerweile erreicht und ihre Großmutter sah ihn sich etwas genauer an. Dann stieß sie einen überraschten Laut aus. »Was ist los? Ist er doch verletzt?«

»Nein, aber ich weiß jetzt wo dein Fuchs ist« antwortete sie kryptisch und Sakura runzelte die Stirn. »Was? Wo denn?«

»Na, er liegt doch noch immer auf deinem Deckennest«, entgegnete sie schmunzelnd und Sakura zweifelte für einen kurzen Moment am Verstand ihrer Großmutter. »*Sobo*, da ist kein Fuchs. Da liegt ein nackter, vielleicht verletzter oder gar geistig verwirrter Mann«, erklärte sie ernst. *Sind sobo die Geistergeschichten jetzt etwa doch zu Kopf gestiegen?*

Ihre Großmutter verdrehte indes die Augen. »Sieh ihn dir doch einmal genauer an ... fällt dir denn nichts an ihm auf? Seine Ohren zum Beispiel?«

Sakura blinzelte verwirrt, dann beugte sie sich ebenfalls über den Kopf des Mannes. Als sie ihn genauer betrachtete, fielen ihr tatsächlich seine Ohren auf, die eindeutig nichtmenschlich aussahen. »Oh mein Gott. Er hat Fuchsohren?«, stieß sie aus und ihre Großmutter nickte. *Warum sind die mir vorhin nicht aufgefallen? War ich etwa so neben der Spur, dass ich sie übersehen habe?*

Sakura blickte noch einen Moment auf den Mann, dann wandte sie sich mit einem unguten Gefühl im Bauch ab. Sie konnte es sich nicht erklären, aber mit einem Mal spürte sie eine unterschwellige Gefahr, die von ihm auszugehen schien.

Dabei war er momentan immer noch bewusstlos. »Du hast gestern wohl versehentlich einen Fuchsgeist angefahren und während du geschlafen hast, hat er sich zurück in seine wahre Gestalt verwandelt«, sagte ihre Großmutter ernst. Sakura legte entgeistert eine Hand auf ihren Mund. »Einen Fuchsgeist? Glaubst du er wird wütend darüber sein?«, stammelte sie und ihre Großmutter legte ihr beruhigend eine Hand auf die Schulter.

»Ich hatte gestern schon den Eindruck, dass der Fuchs vielleicht etwas Besonderes ist. Er hatte eine eigenartige Aura. Jetzt weiß ich auch, warum. Mach dir keine Sorgen, wenn du dem Kitsune erklärst, dass du ihn unabsichtlich angefahren hast, dann wird er dir sicherlich vergeben. Wir sollten ihn erst einmal in Ruche lassen, bis er erwacht. Dann kannst du ja erklären, was passiert ist. Ich werde ihm in der Zwischenzeit etwas zu Anziehen heraussuchen, vielleicht passt ihm etwas Altes von deinem Großvater.«

Mit diesen Worten drehte sie sich um und humpelte aus dem Schuppen. Sakura blieb neben dem Mann stehen, unfähig, sich zu bewegen. *Ich habe einen Fuchsgeist angefahren. Das ist ... wirklich verrückt. Geister zu sehen ist eine Sache, aber sie dann auch noch anzufahren ... So hatte ich mir meine Sommerferien eigentlich nicht vorgestellt.* Stöhnend fasste sie sich an die Stirn, als sie einen Anflug von Kopfschmerzen verspürte.

Sie war schon auf dem Weg zur Schuppentür, als sie es sich noch einmal anders überlegte. Sie kehrte zurück an die Seite ihres Überraschungsgastes und drehte ihn behutsam auf den Rücken. Danach zog sie eine der Decken über ihn. Der Kitsune sollte sich schließlich nicht erkälten, immerhin war es im Schuppen recht frisch. Zum Schluss stich sie sein wirres Haar aus dem Gesicht zurück. Es fühlte sich weich und seidig an, fast so wie das Fell des Fuchses. Hastig zog sie ihre zittrigen Finger wieder zurück und musterte sein Gesicht genauer. Er hatte hohe Wangenknochen und für einen Mann relativ feine Gesichtszüge, während seine gerade Nase fast schon perfekt in der Mitte saß. Seine fein geschwungenen, vollen Lippen waren wegen des Unfalls leicht blutig und doch wunderschön.

Sein Gesicht erinnerte sie an einen Schauspieler ihrer Lieblingsserie. Er hatte wirklich verblüffende Ähnlichkeit mit ihm, auch wenn ein Fuchsgeist vermutlich nicht in einer Fernsehserie mitspielen würde. Nach der Beschreibung aus dem Buch ihrer Großmutter wäre das sicher unter ihrer Würde. Trotzdem musste sie zugeben, dass der Fuchsgeist auf seine Weise durchaus attraktiv aussah. Doch er wirkte auch zu perfekt und ein wenig zu feminin auf sie. Alles in allem machte er aber einen sportlichen und gepflegten Eindruck.

Neugierig strich sie an seiner Schulter über die milchig weiße Haut. Sie fühlte sich erstaunlich weich an. An seinen Armen hatte er jedoch ein paar Schrammen und große blaue Flecken. Ebenso an seiner Brust, wie sie vorhin beim Zudecken bemerkt hatte. Sakura schämte sich nun noch mehr dafür, ihn angefahren zu haben. »Wenigstens scheint er ja sonst unversehrt zu sein, also war es Glück im Unglück«, murmelte sie vor sich hin.

In Ermangelung eines Waschlappens tauchte sie den Zipfel einer der Decken in die Wasserschüssel von gestern. Behutsam legte sie ihn auf seine Stirn. Mehr konnte sie nicht für ihn tun, bis er erwachte. In diesem Moment flatterten seine Lider und ein gequältes Stöhnen entwich seinen Lippen.

Er fasste sich mit seiner Hand an die Stirn und Sakura wich erschrocken zurück. Sie hatte nicht damit gerechnet, dass er genau jetzt aufwachen würde. Und sie hatte keine Ahnung, wie er darauf reagieren würde, wenn sie ihm von dem Unfall erzählte. Nervös ballte sie die Hände zu Fäusten, während der Fuchsgeist langsam blinzelnd seine Augen öffnete.

Ein stechender Schmerz in seinem Kopf war das Erste, das Kiba spürte, als er wieder zu sich kam. Als sich sein Blick klärte, sah er erst einmal nur eine braune Fläche. Es dauerte einen Moment, bis er erkannte, dass es sich um eine Holzdecke handelte. *Wo bin ich? Und warum war ich bewusstlos?* Er richtete sich ruckartig auf. Im gleichen Augenblick übermannte ihn ein starkes Schwindelgefühl. Ächzend sank er zurück in die weichen Decken, schloss die Augen und nahm ein paar tiefe Atemzüge. Bald ebbte der Schwindel wieder ab und Kiba wagte es, seine Augen ein weiteres Mal zu öffnen.

Langsam drehte er den Kopf nach rechts und erkannte einen klapprigen Stuhl, der vor einer Holzwand stand. Auf der linken Seite zeigte sich ihm das gleiche Bild. Vorsichtig wandte er den Kopf so weit, dass er nach hinten spähen konnte. Auch hier ragte eine hölzerne Wand auf. Er musste sich in einem hölzernen Verschlag befinden. Kiba versuchte sich daran zu erinnern, ob er diesen Raum kannte. Doch dadurch wurden seine Kopfschmerzen nur schlimmer und so ließ er es bleiben. Beim zweiten Mal richtete er sich langsamer auf. Der Schwindel kam zwar wieder, aber weniger stark. Erschöpft lehnte er sich an die Wand hinter ihm. Sein Blick war noch verschwommen und doch konnte er eine Person erkennen, die neben ihm kniete.

Überrascht musste er feststellen, dass es sich dabei nicht wie erwartet um einen Fuchsgeist, sondern eine Menschenfrau handelte. Sie war noch recht jung, ihre Augen wirkten so unschuldig und ihr Gesicht war noch nicht von Falten gezeichnet. Er vermutete, dass sie noch nicht einmal zwanzig Jahre alt war. Sie schenkte ihm ein freundliches, wenn auch unsicheres Lächeln. Obwohl sie ein Mensch war, musste er zugeben, dass sie relativ hübsch aussah. Ihr langes schwarzes Haar hatte sie zu einem Zopf geflochten und ihre warmen, haselnussbraunen Augen leuchteten geradezu. Doch er würde sich nicht von einer hübschen Fassade täuschen lassen und so verengte er misstrauisch die Augen.

»Wo bin ich und wer bist du?«, knurrte er. Gereizt stellte er fest, dass seine Stimme äußerst rau und weniger angsteinflößend klang als beabsichtigt. Sie blinzelte zwar überrascht, doch dann erklärte sie freundlich: »Du bist hier im Schuppen meiner Großmutter. Mein Name ist Sakura und ich habe dich hergebracht, weil ich dich gestern Abend versehentlich angefahren habe.« »Was soll das heißen, du hast mich angefahren?«, hakte er verärgert nach.

Verlegen kratzte sie sich am Hinterkopf. Dann erklärte sie ihm ausführlich, was passiert war, und er hörte ihr aufmerksam zu. Allerdings hatte er keine Ahnung, was ein Roller war. Doch das würde er vor einem Menschen natürlich nie zugeben. Eigentlich hätte er wütend auf sie sein müssen, immerhin hatte sie ihn, einen Kitsune, verletzt. Doch sie hatte sich, laut ihrer Erzählung, auch darum gekümmert, dass er untersucht wurde und ihn mit nach Hause genommen, was ihren Frevel eigentlich wieder gut machte.

Es gab nur ein Problem: Er konnte sich an nichts davon erinnern und das beunruhigte ihn maßlos. »Nun, ich denke ich sollte mich dafür bedanken, dass du dich um mich gekümmert hast, auch wenn du mich vorher angefahren hast. Also ... Dankeschön«, murmelte er mit zusammengebissenen Zähnen. Allein der Gedanke, sich bei einem einfachen Menschen bedanken zu müssen, verursachte ihm Übelkeit.

»Gern geschehen. Ich konnte dich schließlich nicht einfach dort draußen liegen lassen. Da fällt mir ein, ich habe mich dir vorgestellt, aber du hast mir deinen Namen noch nicht verraten. Also mit wem haben meine Familie und ich die Ehre?«, fragte sie höflich und er schnaubte verächtlich.

»Mein Name ist ... mein Name ist Kiba, denke ich. Ja, doch, ich heiße Kiba«, antwortete er dann. Es ärgerte ihn, dass er sich noch so benommen fühlte. Kiba sah wie die Frau beunruhigt die Augen aufriss, dann den Kopf schüttelte und etwas murmelte wie »Das muss ein Zufall sein!«. Er hatte keine Ahnung, warum sie sich wegen seines Namens so aufregte, doch das kümmerte ihn nicht. Er hatte nicht vor, länger als nötig in ihrer Nähe zu sein.

Schließlich schien sie sich wieder beruhigt zu haben und räusperte sich. Ihr Lächeln wirkte nun allerdings aufgesetzt und er runzelte misstrauisch die Stirn. »Sehr erfreut Kiba. Woher kommst du? Und warum hast du gestern Nacht ein Wildschwein gejagt? Gibt es noch mehr Fuchsgeister dort wo du herkommst?« Sie überhäufte ihn ungeniert mit ihren Fragen und er knurrte leise, als er merkte, wie er davon wieder stärkere Kopfschmerzen bekam. »Ich ... ich komme aus ... ich weiß es nicht«, stammelte er und Verzweiflung machte sich in ihm breit.

Es konnte doch nicht sein, dass er vergessen hatte, woher er kam! Wieder versuchte er, seinen Wohnort zu nennen, doch in seinem Kopf herrschte nichts weiter als eine gähnende Leere. Er war sich sicher, dass er bis vor kurzem noch gewusst hatte, woher er kam. Doch die Erinnerung entglitt ihm jedes Mal, wenn er darüber nachzudenken versuchte, wie ein glitschiger Fisch. Entsetzt fasste er sich an den Kopf. Er spürte keinerlei Verletzungen. Warum konnte er sich dann nicht erinnern?

»Du weißt nicht, woher du kommst?«, hakte das Mädchen nach und Kiba schüttelte langsam den Kopf. »Ich ... kann mich an gar nichts erinnern. Nur mein Name ist mir noch geblieben«, flüsterte er fassungslos und sie stutzte. »Du kannst dich also weder an deinen Wohnort noch an deine Familie erinnern oder daran, warum du gestern Nacht ein Wildschwein gejagt hast?«, fragte sie misstrauisch. Kiba schüttelte abermals den Kopf. »Es ist alles weg. Ich ... ich bin wie ein unbeschriebenes Blatt Papier«, stieß er frustriert aus. Das Mädchen erhob sich hektisch. »Oh Gott, das darf jetzt bitte nicht wahr sein!« Sie raufte sich stöhnend die Haare und drehte sich einmal um ihre eigene Achse. »Ich ... komme gleich wieder. Bitte bleib hier, ja?«, bat sie ihn gehetzt.

Er nickte nur. Wo sollte er auch hingehen? Er hatte ja keine Ahnung, woher er überhaupt kam! Zudem hatte er immer noch starke Kopfschmerzen. Wahrscheinlich war er gar nicht in der Lage irgendwo hinzugehen, ohne sich nach ein paar Metern wieder hinsetzten zu müssen. Und unbekleidet war er auch, so konnte er wohl kaum herumspazieren. Inzwischen hatte sie den Schuppen bereits verlassen. Kiba hörte dumpf durch die geschlossene Türe, wie sie mehrmals nach ihrer Großmutter rief.

Äußerst verwirrt über seinen momentanen Zustand schloss er wieder die Augen und wünschte sich, dass das Ganze einfach nur ein schlimmer Traum war. Vermutlich würde er gleich wieder erwachen. Doch die Kami Inari schien nicht in Stimmung zu sein, seinen Wunsch zu erfüllen. Denn als er die Augen wieder öffnete, befand er sich immer noch in dem vermaledeiten Schuppen.

Es musste etwas mit dem Unfall zu tun haben, anders konnte er sich seinen Gedächtnisverlust nicht erklären. Und da das Mädchen den Unfall verursacht hatte, absichtlich oder nicht, war es ihre Schuld. *So muss es sein! Ich wusste gestern bestimmt noch, woher ich kam und wer meine Familie ist. Dieses Mädchen ist schuld daran, dass ich mein Gedächtnis verloren habe! Deswegen wird sie diese Schuld auch begleichen müssen!* Wütend ballte er seine Hände zu Fäusten.

Auch wenn es ihm widerstrebte, mit einem Menschen zusammenzuarbeiten, so war er wohl oder übel auf sie angewiesen. Immerhin war er von ihrer Familie als Gast aufgenommen worden und er wusste nicht, wohin er sonst gehen sollte. Jetzt musste er sich nur noch überlegen, was er sagen sollte, falls sie ablehnen würde.

Gen bedachte seine beiden Söhne mit einem strengen Blick und genoss es, wie sie respektvoll die Köpfe vor ihm neigten. »Ihr wollt mir also sagen, dass ihr es in den vergangenen Stunden nicht geschafft habt, euren Bruder zu finden, geschweige denn eine Fährte von ihm aufzunehmen?«, fragte er sie und die beiden zuckten vor ihm zusammen. Seine Söhne waren es nicht gewohnt, dass er so streng mit ihnen sprach. Immerhin hatte er sie immer fürsorglich behandelt. Im Gegensatz zu seinem Viertgeborenen. »Nein, Vater. Wir haben überall nach ihm gesucht, konnten ihn aber nirgends ausfindig machen«, bestätigte Hitoshi und Gen schnaubte wütend. Seine acht Schweife peitschten unruhig durch die Luft und er musste sich beherrschen, seine Söhne nicht einfach anzubrüllen. Er atmete einmal tief ein und massierte sich die Nasenwurzel, um sich zu beruhigen.

»Euer Bruder wird sich wohl kaum in Luft aufgelöst haben! Ich will, dass ihr ihn findet und zu mir bringt. Er kann noch nicht sehr weit gekommen sein!«, knurrte er dann. Hitoshi und Ikuto nickten unterwürfig. »Gut. Geht jetzt und wagt es nicht ohne irgendeinen Hinweis über den Verbleib eures Bruders wieder zurückzukommen!«. Eilig verließen die beiden sein Besprechungszimmer. Er selbst trat an die Fensterfront und blickte grimmig hinaus.

Etwas stimmte ganz und gar nicht, das spürte er. Kiba würde es nicht wagen, davonzulaufen, wusste er doch, dass er alleine nicht überleben konnte. Nein, irgendetwas war passiert und er würde schon noch herausfinden, was es war. Sein Gefühl sagte ihm, dass die Menschen in die Sache verwickelt waren. Allein bei dem Gedanken peitschen seine Schweife erneut hin und her und er knirschte ungehalten mit den Zähnen. Die Menschen waren wirklich eine Plage geworden! Immer weniger von ihnen glaubten noch an sie oder die Götter, dafür zerstörten sie die Natur und nahmen ihnen den Lebensraum.

Zudem konnte man ihnen nicht trauen, denn ihr Verstand war leicht zu manipulieren. In einem Moment reichten sie einem noch freundlich die Hand, im nächsten versuchten sie schon, einen zu töten. Selbst Schlangen waren weniger hinterlistig! Mit geballten Fäusten sah er aus dem Fenster und verwünschte die Menschen für ihre Engstirnigkeit und ihre schier grenzenlose Dummheit. Sollte Kiba ihnen in die Hände gefallen sein, würden sie sicherlich wer weiß was mit ihm anstellen. Oder noch schlimmer ... er würde den Fehler, den er vor hundertsechsundfünfzig Jahren begangen hatte, wiederholen. Das würde er nicht zulassen. Und wenn er sich selbst auf die Suche nach seinem Sohn machen musste!

Hastig lief Sakura zum Haus zurück und hoffte, ihre Großmutter hatte sie gehört. *Kiba. Warum muss er auch Kiba heißen? Das ist sicherlich kein Zufall!* Ihre Gedanken kreisten um das Gespräch mit Hana. Angeblich war es ja ihr Schicksal, einen gewissen Kiba vor der Dunkelheit zu bewahren. *Wie wahrscheinlich ist es bitte, genau hier in diesem Kaff auf einen Kiba zu treffen? Bestimmt weniger als Null! Aber natürlich fahre ich einen Fuchsgeist an, der tatsächlich Kiba heißt. Das kann gar kein Zufall mehr sein. Das ist fast schon wie eine göttliche Fügung.*

Bevor sie noch länger darüber nachdenken konnte, wurde sie sanft an der Schulter berührt. Erschrocken zuckte sie zusammen. »*Sobo*! Du hast mich schon wieder erschreckt!«, keuchte sie und rang sich ein Lächeln ab. »Tut mir leid, Liebes. Ich wusste nicht, dass du in Gedanken bist. Aber du hast mich doch gerufen.« Ihre Großmutter lächelte sanft und Sakura nickte abwesend. Mit brüchiger Stimme erklärte sie: »Es geht um den Fuchsgeist. Er ist aufgewacht.« Ihre Großmutter hob verdutzt die Brauen. »Tatsächlich? Wie geht es ihm?«

»Also Schmerzen scheint er keine zu haben, aber wir haben trotzdem ein Problem. Er hat seine Erinnerungen verloren.«

Ob ich daran schuld bin? Immerhin sind wir ja zusammengeprallt. Verzweifelt schlug sie die Hände vors Gesicht. »Ach herrje, das klingt ja gar nicht gut. Er kann sich an gar nichts erinnern?« »An nichts, außer seinen Namen. Kiba«, rückte Sakura zögernd heraus. »Kiba? Hieß so nicht der Mann, mit dessen Schicksal deines angeblich verbunden ist?«

Ihre Großmutter klang ganz aufgeregt und Sakura nahm die Hände vom Gesicht. Die alte Frau schien nicht wirklich beunruhigt zu sein, im Gegenteil, sie sah eher begeistert aus. Ihre Augen leuchteten geradezu und Sakura verzog das Gesicht. »Ja, leider. Aber das ist sicher nur Zufall«, gab sie zurück, um ihre Großmutter zu beschwichtigen. *Wer's glaubt.* »Es gibt keine Zufälle, Sakura. Eure Begegnung war vom Schicksal vorherbestimmt. Ach, ist das aufregend!« Sakura konnte die Begeisterung ihrer Großmutter überhaupt nicht teilen, doch sie verkniff sich einen Kommentar.

In dem Moment reichte ihr die alte Frau ein Kleiderbündel. »Hier ist ein alter Yukata deines Großvaters, den wir dem Fuchsgeist leihen können. Ich hoffe er passt ihm.« »Danke, *sobo*, ich werde ihn ihm gleich geben«, sagte sie und ihre Großmutter nickte. »Ich bereite in der Zwischenzeit einmal das Frühstück vor. Kommt einfach nachher ins Wohnzimmer, dann könnt ihr zusammen essen. Danach überlegen wir uns, wie wir ihm mit seinen Erinnerungen helfen können.«

Für ihren Geschmack war ihre Großmutter viel zu begeistert darüber, dass Kiba ihr Schicksalspartner sein sollte. Sie selbst war nicht davon überzeugt, doch das musste erst einmal warten. Er würde sicher misstrauisch werden, wenn sie zu lange wegblieb und von ihrer angeblichen Verbindung musste er auch nichts erfahren. *Okay, ich muss eine Möglichkeit finden ihn zu besänftigen. Und ich muss ihm klar machen, dass es nicht meine Schuld war, dass ich ihn angefahren habe.* Entschlossen straffte sie ihre Schultern, das würde sicher ein Klacks werden, sie musste nur die Ruhe bewahren.

»Na gut, dann mal wieder auf in die Höhle des Löwen«, murmelte sie und öffnete die Tür des Schuppens. Der Fuchsgeist lehnte mit nachdenklicher Miene an der Wand. Seine Ohren zuckten in ihre Richtung, als sie eintrat. »Ich habe hier etwas Kleidung für dich, ich denke angezogen fühlst du dich sicher wohler«, sagte sie höflich und reichte ihm das Kleiderbündel.

»Hm ... danke«, murrte er und nahm die Kleidung an sich. Er machte Anstalten sich zu erheben und Sakura drehte sich rasch um. Für einen flüchtigen Augenblick dachte sie zurück an seine muskulöse Brust und war erschrocken über sich selbst. *Wie kannst du jetzt in diesem Moment an seine nackte Brust denken? Hast du denn nicht dringendere Probleme?*, schalt sie sich selbst. Trotzdem konnte sie nicht verhindern, dass ihre Wangen heiß wurden. *Verdammt!*

Sie hörte Stoff rascheln und ein lautes Ratschen, das sie entsetzt herumfahren ließ. Er hatte bereits den Yukata übergestreift, der einen ähnlichen Ton wie seine Augen hatte. Hinter seinem Rücken peitschte ein Fuchsschweif durch die Luft. Sakura starrte für ein paar Sekunden wie gebannt darauf.

»Ein schöner Stoff, sehr weich und kleidsam«, murmelte er und riss sie aus ihrer Starre. Er fuhr sanft mit den Fingern über das Kleidungsstück. »Danke, der gehörte meinem Großvater«, erwiderte sie. *Und jetzt ist er kaputt, wegen deines dummen Fuchsschweifs,* fügte sie in Gedanken hinzu. *Großmutter wird sicher traurig darüber sein.* »Er ist tot?«, fragte er ohne Umschweife und Sakura nickte verkniffen. »Ja, seit vier Jahren.« »Das tut mir leid. Ich weiß, dass ihr Menschen ein relativ kurzes Leben im Vergleich zu uns Geistwesen führt.« Seine Stimme hatte tatsächlich einen bedauernden Unterton angenommen, jedoch nur für einen kurzen Moment.

»Es ist gut, dass du hier bist, ich wollte mit dir reden«, meinte er dann kalt. Sakura nickte. Sie hatte schon damit gerechnet, dass er mit ihr über den Unfall reden wollte. »Ich weiß es zu schätzen, dass du mich bei deiner Familie aufgenommen hast, nachdem du mich angefahren hast. Trotzdem ist es deine Schuld, dass ich meine Erinnerungen verloren habe«, fuhr er unumwunden fort und Sakura kniff die Augen zusammen. »Ich fürchte, da muss ich dir widersprechen. Es ist nicht meine Schuld gewesen.

Ich konnte ja nicht ahnen, dass ein Fuchsgeist vor meinen Roller springt«, entgegnete sie kühl und der Kitsune verengte nun ebenfalls seine Augen. »Es mag sein, dass du damit nicht gerechnet hast. Aber da ich durch den Unfall, den *du* verursacht hast, mein Gedächtnis verloren habe, wirst *du* mir helfen meine verschwundenen Erinnerungen wiederzuerlangen.«

Sein kalter Blick ruhte abschätzig auf ihr und eine Gänsehaut kroch über ihren Köper. Dann erst wurde ihr bewusst, was er soeben gesagt hatte, und sie stieß einen empörten Laut aus. »Wie soll ich das denn bitte anstellen? Ich bin keine Ärztin oder so etwas!«, protestierte sie verärgert. Kiba fletschte daraufhin knurrend die Zähne. »Wage es nicht in diesem Ton mit mir zu reden, Menschenweib! Und es ist auch gar nicht von Nöten, dass du medizinische Kenntnisse besitzt!«, fauchte er und Sakura wich erschrocken zurück. Er seufzte und massierte sich mit Daumen und Zeigefinger seine Nasenwurzel. Sakura war immer noch entsetzt über seine Reaktion. Die Gefahr, die sie vorhin in seiner Nähe gespürt hatte, war nun deutlich hervorgetreten.

Sie durfte nicht vergessen, dass er ein Fuchsgeist war. Ein mystisches Wesen, über das sie kaum etwas wusste und das sehr viel bedrohlicher war, als befürchtet. Im Moment wünschte sie sich die Schaufel herbei, dann hätte sie wenigstens etwas gehabt, womit sie sich verteidigen konnte.

»Die Erinnerungen von euch Menschen unterscheiden sich von denen der Geisterwesen«, fuhr er ruhiger fort, klang dabei aber immer noch gereizt. Misstrauisch, und mit gehörigem Sicherheitsabstand, lauschte Sakura seinen Worten. Jetzt hatte er sie tatsächlich ein wenig neugierig gemacht. Doch sie würde sich hüten, ihm zu nahe zu kommen.

»Eure Erinnerungen unterscheiden sich von unseren?«, wiederholte sie irritiert. Kiba nickte knapp. »Als was würdest du die Euren bezeichnen?«, entgegnete er und Sakura überlegte einen Moment, da sie mit dieser Frage nicht gerechnet hatte. »Keine Ahnung ... als elektrische Impulse in unserem Gehirn oder so etwas in der Art. Ich habe mich damit ehrlich gesagt nie wirklich beschäftigt«, antwortete sie dann wahrheitsgemäß und er nickte abermals.

»Genau dies ist der Unterschied. Eure Erinnerungen sind nicht greifbar, sie sind nur Impulse in eurem Kopf, man kann sie weder sehen noch anfassen. Wenn ihr sterbt, dann verschwinden all eure Erinnerungen mit euch. Bei Geistwesen ist das anders. Unsere Erinnerungen materialisieren sich, sobald sie unseren Körper verlassen und –« »Moment! Sagtest du gerade, dass man eure Erinnerungen sehen kann?«, unterbrach sie ihn und erntete daraufhin ein verärgertes Knurren. »Ja, genau das sagte ich. Hör auf mich zu unterbrechen, Weib und hör mir zu!«, entgegnete er säuerlich. Sakura wich wieder einen Schritt vor ihm zurück. Kiba räusperte sich und fuhr schließlich fort: »Nun ... also unsere Erinnerungen werden sichtbar und fassbar, sobald sie unseren Körper verlassen. Das ist auch notwendig, immerhin leben wir weitaus länger als ihr Menschen, doch auch unser geistiges »Fassungsvermögen« ist begrenzt. Deswegen lagern wir unsere Erinnerungen in speziellen Aufbewahrungskästchen in unseren Heimen. Unsere Erinnerungen sind uns heilig und wenn wir nicht mehr sind, dann können unsere Nachfahren an unseren bisherigen Lebenserfahrungen teilhaben und von ihnen lernen. Es kommt also einer mittleren bis größeren Katastrophe gleich, wenn wir sie verlieren. Verstehst du nun, weshalb du mir helfen musst?«

Es dauerte eine Weile, bis Sakura alles verarbeitet hatte, was er ihr gerade mitgeteilt hatte. Kiba trommelte indes ungeduldig mit den Fingern auf seinen verschränkten Armen herum. »Ich ... glaube schon. Deine Erinnerungen sind sehr kostbar und es tut mir leid, dass du sie verloren hast. Aber wenn ich dir helfen soll, möchte ich, dass du mir noch zwei Fragen beantwortest«, verlangte sie dann forsch.

Kiba verdrehte genervt die Augen. Mit einer Handbewegung forderte er sie auf weiter zu sprechen.

»Woher weißt du alles über die Erinnerungen der Geistwesen, wenn du sie doch alle verloren hast? Und wie sehen die Erinnerungen eines Geistes aus, wenn man sie anfassen und in speziellen Kästchen aufbewahren kann?« Mit verschränkten Armen beobachtete sie ihn skeptisch und der Fuchsgeist seufzte schwer. »Wenn das alles ist, was du wissen möchtest, dann werde ich dir deine Fragen gerne beantworten«, meinte er herablassend und Sakura verdrehte nun ihrerseits die Augen. *Wie großzügig,* dachte sie, doch sie verkniff sich einen beißenden Kommentar.

»Zu deiner ersten Frage kann ich nur sagen, dass das Wissen über unsere Erinnerungen vermutlich so tief in uns verankert ist, wie eine Art Instinkt, dass wir dies gar nicht vergessen können. Ich denke, es ist wie ein Schutzmechanismus unseres Geistes, damit wir - falls wir unsere Erinnerungen verlieren sollten - wissen, wie wir danach suchen müssen, um sie wiederzuerlangen. Unsere Erinnerungen kannst du dir vorstellen wie etwas größere Perlen und doch auch wieder nicht. Eine Perle ist schließlich ein festes Objekt, eine Erinnerung jedoch nicht. Es ist schwer zu beschreiben, aber du wirst es sehen, sobald wir meine erste Erinnerung wiedererlangt haben. Womit wir nun wieder am Anfang unserer Diskussion stehen. Du wirst mir helfen, sie zurückzubekommen, denn es war deine Schuld.«

Wieder fixierte er sie mit seinem kalten Blick und Sakura schauerte. *Er ist ein arroganter Mistkerl,* schoss es ihr durch den Kopf und sie reckte stolz das Kinn. »Und wenn ich mich weigere?« Er grinste hämisch und ihre Nackenhaare stellten sich auf. »Das würde dir und deiner Familie nicht gut bekommen«, knurrte er und Sakura wich einen weiteren Schritt vor ihm zurück.

»Warum nicht?« Sein Grinsen wurde breiter und Sakura bekam ein wirklich ungutes Gefühl in der Magengegend. Seine Antwort würde ihr definitiv nicht gefallen. »Ich würde dich und deine Familie bis an euer Lebensende verfluchen. Ihr würdet nie wieder glücklich sein und stattdessen vom Pech verfolgt werden, bis es euch in den Wahnsinn treibt. Du solltest dir also gut überlegen, ob du mich reizen willst, denn ein Kitsune kann sehr ungemütlich werden. Hast du mich verstanden, Menschenkind?«, erklärte er ungehalten und Sakura schluckte schwer.

Wie hat es noch gleich in dem Buch von sobo geheißen?

Die Kitsune sind Menschen nicht immer freundlich gesinnt. *Na, das passt ja. Der Kerl hält sich für den Größten und behandelt mich wie ein lästiges Insekt,* überlegte sie. Dann nickte sie ergeben. Ihr blieb ja auch keine andere Wahl. »Ich werde dir helfen, Fuchsgeist. Allerdings wäre es nett, wenn du mich ein wenig freundlicher behandeln würdest. Ich bin kein »Menschenweib« oder dergleichen. Ich heiße Sakura, das solltest du dir merken«, erklärte sie entschlossen. Kiba stöhnte genervt auf.

»Abgemacht?«, hakte sie etwas strenger nach und streckte ihm ihre linke Hand entgegen. Mit einem eiskalten Lächeln auf den Lippen, das selbst einen Dämon erstarren lassen würde, schlug er mit seiner rechten Hand ein und knurrte leise: »Abgemacht ... Sakura.«

DIE SUCHE BEGINNT

Kaum hatten sie ihren »Vertrag« mit einem Handschlag besiegelt, zog Kiba seine Hand so schnell zurück, als hätte sie ihm einen elektrischen Schlag verpasst. Der angewiderte Blick seinerseits verriet ihr allerdings den wahren Grund: Es war ihm zuwider, sie anzufassen. Als wäre sie ein ekliges Insekt oder dergleichen. Genervt wandte sie sich ab, ein wenig beleidigt, ob seiner angewiderten Haltung. »Ich lasse dich dann mal wieder alleine, meine Großmutter wartet mit dem Frühstück auf mich. Du willst dich sicher noch ausruhen.«

Kiba zog eine Braue nach oben und musterte sie skeptisch. Sakura hoffte sehr, dass er dem Angebot zustimmen würde. *Dann kann ich bei sobo ein bisschen über ihn abläster.* »Nein, mir geht es bereits besser. Außerdem habe ich Hunger. Wenn wir zusammen frühstücken, lernen wir uns dadurch auch besser kennen. Immerhin habt ihr mich bei euch aufgenommen«, erwiderte er ernst und zerstörte damit jäh ihre Hoffnungen.

»Na toll, jetzt wird dieser arrogante Kerl auch noch mit uns am Frühstückstisch sitzen. Wenn er nicht mit diesem dämlichen Fluch gedroht hätte, dann wären wir ihn sicher heute noch losgeworden!«, murrte sie verärgert. Kiba ließ hinter ihr ein verächtliches Schnauben hören. »Du solltest aufpassen, was du sagst, ich kann nämlich sehr gut hören«, knurrte er plötzlich in ihr linkes Ohr. Sein warmer Atem streifte dabei ihren Nacken und Sakura zuckte erschrocken zusammen. Ihr Herz klopfte wie verrückt und sie bekam eine leichte Gänsehaut. *Vor dem Typen muss man sich echt in acht nehmen,* schoss es ihr durch den Kopf. Sie kam sich wirklich dämlich vor. Natürlich konnte er mit seinen Fuchsohren viel besser hören! In Zukunft sollte sie das beachten.

»Verstanden«, sagte sie und ärgerte sich über ihre eigene Dummheit. Sie sollte ihn keinesfalls provozieren, wo er doch jederzeit ihre Familie verfluchen könnte. »Gut so«, meinte er noch, dann entfernte er sich eilig wieder. Ihre Nähe konnte er wohl wirklich nicht ertragen. Eigentlich hätte sie sich deshalb gekränkt fühlen sollen. Stattdessen entspannte sie sich merklich. Es hatte etwas äußerst Beklemmendes an sich gehabt, ihn so nah bei sich zu spüren.

Sie räusperte sich und meinte dann leise: »Dann lass uns zum Haus gehen. *Sobo* wartet schon.« Sie öffnete die Türe und floh beinahe aus dem Schuppen. *Das kann ja noch was werden! Die Zusammenarbeit mit ihm wird sicher anstrengend. Hoffentlich finden wir seine Erinnerungen schnell wieder. Ich hab keine Lust, die ganzen Sommerferien mit ihm zu verbrin-*

gen. Seufzend erreichte sie das Haus und warf einen Blick über die Schulter. Kiba stand gut drei Schritte hinter ihr und wartete wohl darauf, dass sie ihn ins Haus bat. Für einen Augenblick wünschte sie sich, sie könnte einfach die Tür zuschieben und ihn draußen stehen lassen. Doch dann würde er ihre Familie ins Unglück stürzen.

Also trat sie beiseite und setzte ein gequältes Lächeln auf. »Bitte, tritt ein«, sagte sie bemüht höflich und bedeutete ihm, einzutreten. Kiba zögerte einen Moment, dann trat er über die Schwelle und sah sich kurz um. »Komm.« Sie winkte ihn mit sich und betrat schließlich das Wohnzimmer. Dort war ihre Großmutter bereits dabei zu frühstücken und Sakura setzte sich neben sie. Kiba stand unschlüssig neben der Tür und Sakura räusperte sich. »*Sobo*, das ist Kiba. Kiba, das ist meine Großmutter Fuyumi«, stellte sie die beiden einander vor. Das Lächeln ihrer Großmutter war weitaus ehrlicher als ihr Eigenes, während sie Kiba begrüßte. Dennoch entging ihr nicht der bedauernde Blick der alten Frau, als sie den Schweif bemerkte, der aus dem Yukata herausragte. Das Bedauern währte jedoch nur einen Herzschlag lang, dann hatte ihre Großmutter wieder ein Lächeln aufgesetzt. »Setzt Euch zu mir«, sagte die alte Frau und klopfte auf eines der Sitzkissen.

Langsam ließ Kiba sich darauf nieder und bedankte sich höflich. »Keine Ursache, Kiba-sama. Es freut mich, dass Ihr mit uns frühstücken wollt. Ich habe eine Portion Misosuppe für Euch bereitgestellt.« Sie reichte ihm eine Schüssel, die Kiba dankend entgegennahm. Zunächst aßen sie schweigend, bis schließlich ihre Großmutter das Schweigen brach. »Meine Enkelin erzählte mir, dass Ihr Euer Gedächtnis verloren habt. Das tut mir leid. Ich hoffe, es gibt die Möglichkeit, dass Ihr Euch wieder an alles erinnern könnt.« Kiba nickte und erzählte ihrer Großmutter von ihrer Übereinkunft. Dabei blieb er erstaunlich höflich und sogar fast freundlich, was Sakuras Laune nicht gerade besserte.

»Es freut mich sehr, dass du Kiba-sama angeboten hast, ihm zu helfen, seine Erinnerungen wiederzuerlangen, Sakura«, bemerkte die alte Dame freudig und Sakura grummelte vor sich hin. »Ich hatte ja keine andere Wahl«, gab sie trocken zurück und erntete daraufhin einen warnenden Blick von Kiba.

»Ich meine, ich habe ihn ja auch angefahren, deswegen ist es doch nur selbstverständlich«, fuhr sie hastig fort und trank schnell einen Schluck Tee, um das Gespräch nicht vertiefen zu müssen. »Da hast du wohl recht. Deine Mutter hat dich wirklich anständig erzogen, mein Kind«, meinte ihre Großmutter entzückt und Sakura nickte nur. *Ich sollte Großmutter nicht beunruhigen. Sie darf nicht erfahren, dass Kiba uns beinahe verflucht hätte.*

Der Kitsune bedankte sich nun auch freundlich für das Essen. Ihre Großmutter bot ihm an, im Gästezimmer zu übernachten, bis er sich wieder an seinen

Wohnort erinnern konnte. Sie schien ganz aus dem Häuschen zu sein, einen Fuchsgeist zu beherbergen, denn sie fragte ihn, ob er sich vielleicht wenigstens an sein Lieblingsessen erinnern konnte. »Leider nein. Aber ich glaube, ich bin nicht sehr wählerisch«, antwortete er und die Augen von Sakuras Großmutter leuchteten förmlich vor Entzücken.

Warum ist der Kerl so höflich zu meiner Oma, aber zu mir ist er ein totales Ekel? Genervt stocherte sie mit ihren Essstäbchen in dem geräucherten Fisch herum. »Und habt ihr schon eine Idee, wo ihr mit eurer Suche nach den Erinnerungen anfangt?«, fragte ihre Großmutter unvermittelt. Sakura nickte, da sie sich darüber schon Gedanken gemacht hatte. »Natürlich an der Stelle, an der ich Kiba angefahren habe«, erklärte sie und Kiba nickte nach einigem Zögern. »Du hast recht. Hoffentlich finden wir dort auch wirklich einen Anhaltspunkt«, stimmte er dann nüchtern zu, so als hätte er ernsthafte Zweifel daran. Sakura schnaubte leise. Ihr Plan war gut; er traute ihr einfach nichts zu.

»Bestimmt werdet ihr das. Wie wäre es, wenn ihr gleich nach dem Frühstück aufbrecht? Oder fühlt Ihr Euch noch nicht fit genug, Kiba-sama?« Ihre Großmutter warf dem Fuchsgeist einen besorgten Blick zu, doch der lächelte leicht. »Nein, ich fühle mich gut. Etwas Bewegung wird mir wahrscheinlich eher guttun. Und je eher wir meine Erinnerungen finden, desto besser«, versicherte er ihr und die alte Frau lächelte versonnen. Ihre Großmutter ging sicher davon aus, dass er seine Erinnerungen möglichst schnell finden wollte, um zu seiner Familie zurückzukehren. Sakura aber wusste, dass er vor allem versuchte, in absehbarer Zeit von *ihnen* wegzukommen. Er hatte vorhin ja gezeigt, was er von Menschen hielt. *Wenigstens sind wir uns in einem Punkt einig. Wir wollen einander so schnell wie möglich wieder loswerden.*

»Gut, dann ist es beschlossen. Ich richte euch noch etwas zu trinken her. Heute soll es besonders heiß werden.« Ihre Großmutter erhob sich langsam und verschwand in die Küche. »Hmpf, mit meiner Großmutter scheinst du dich ja gut zu verstehen. Offenbar bist du doch nicht so ein unhöflicher Kerl wie ich dachte«, murrte sie und Kiba lächelte hämisch. »Ich kann nett sein, wenn ich will. Allerdings nicht zu jedem«, entgegnete er spitz. Sie verdrehte missmutig die Augen. *Wie kann man nur so überheblich sein? Eingebildeter Mistkerl!*

»Was mich allerdings wundert, ist die Tatsache, dass sowohl du als auch deine Großmutter mich in meiner wahren Gestalt sehen könnt. Das ist selten«, murmelte er. »Warum ist das eigentlich so selten geworden? Meine Großmutter hat mir schon gesagt, dass unsere Fähigkeit nicht mehr so weit verbreitet ist«, hakte sie nach und er stieß einen spöttischen Laut aus. Dann sagte er in herablassendem Ton: »Weil ihr Menschen äußerst dumm seid! Ihr habt vergessen zu glauben und deshalb auch verlernt zu sehen, was im Verborgenen liegt. Deshalb ist die Gabe so selten geworden. Gleich zwei Menschen auf so engem Raum zu begegnen, die mich beide in meiner wahren Gestalt wahrnehmen können, ist wirklich ungewöhnlich.« Verärgert kniff sie die Augen zusammen und musste sich beherrschen, ihn nicht gleich anzufahren. Sie kam sich vor wie ein dummes Kind, dem man etwas äußerst Einfaches schon zum zehnten Mal erklären musste.

Dabei war es ja nicht ihre Schuld, dass sie erst seit kurzem über ihre Gabe Bescheid wusste. Oder dass mittlerweile nur noch wenige Menschen mit dieser Begabung existierten. »Tja, meine Familie ist eben etwas Besonderes. Daran solltest du dich gleich gewöhnen«, erklärte sie dann so würdevoll wie möglich. Sie meinte ihn daraufhin etwas wie »besonders nervtötend vielleicht ...« murmeln zu hören, doch sie war sich nicht sicher. Bevor sie jedoch etwas erwidern konnte, betrat ihre Großmutter wieder das Wohnzimmer. »Hier habt ihr ein wenig Proviant.« Sie reichte ihr eine gepackte Umhängetasche und Sakura hängte sie gleich über die Schulter. »Danke, *sobo*. Bis später«. An Kiba gewandt fügte sie noch hinzu: »Dann lass uns mal aufbrechen. Jetzt ist es noch angenehm kühl, um draußen unterwegs zu sein.«

Ohne ein Wort zu verlieren, erhob sich der Kitsune und Sakura konnte nicht umhin zu bemerken, dass er selbst bei einer solch banalen Bewegung ziemlich elegant aussah.

»Warum siehst du mich so an? Stimmt etwas nicht?«, fragte er irritiert und mit einem leicht genervten Unterton in der Stimme.

Verlegen wandte Sakura sich ab und schüttelte den Kopf. Er folgte ihr in den Flur, wo sie sich Schuhe anzog. Kiba lieh sich ein paar alte Geta ihres Großvaters, die ihre Großmutter netterweise bereitgestellt hatte. *Jetzt sieht er aus wie aus einem Manga entsprungen,* stellte sie fest und musste ein Grinsen unterdrücken. »Ich wünsche euch viel Erfolg bei der Suche«, rief ihre Großmutter ihnen hinterher, als sie das Haus verließen. Sakura winkte ihr fröhlich zum Abschied.

»Deine Großmutter ist eine nette Frau«, bemerkte Kiba leise und Sakura nickte. »Das ist sie. Und sie mag dich offenbar, deswegen sollten wir es vermeiden vor ihr zu streiten oder so«, erklärte sie und der Kitsune nickte zustimmend.

»Dann lass uns gehen, je schneller wir dort sind, desto eher finden wir eine oder mehrere deiner Erinnerungen.«

Mit diesen Worten stapfte sie los und Kiba folgte ihr auf dem Fuße.

Während sie aus dem Dorf hinausmarschierten, schwiegen sie und Sakura hing ihren Gedanken nach. Diese Stille war jedoch weniger unangenehm, als Sakura erwartet hatte. Eigentlich war sie niemand, der ein Gespräch gerne ins Stocken geraten ließ. Doch momentan war sie eher froh, wenn sie nicht mit ihm reden musste. Immerhin würde er sie sonst wieder nur herablassend behandeln. Darauf konnte sie getrost verzichten.

Plötzlich blieb Kiba stehen und stieß einen erschrockenen Laut aus, sodass sie unwirsch zusammenzuckte. »Alles in Ordnung?« Neugierig blickte sie in die Richtung, in die der Kitsune mit schreckgeweiteten Augen sah. Auf einem kleinen Hügel stand ein stattlicher Kirschbaum, dessen grüne Blätter sich sanft im Wind bewegten. Im Frühjahr, wenn die Kirschblüte durch das Land zog, musste er einen atemberaubenden Anblick bieten. »Ich ... ich kenne diesen Baum«, stammelte er und Sakura runzelte die Stirn. »Du kennst den Baum? Moment, heißt das, du kannst dich an etwas erinnern?«, fragte sie aufgeregt. Vielleicht waren sie einer ersten Spur bereits näher als erhofft. Doch Kiba schüttelte den Kopf.

»Nicht direkt. Aber ich weiß, dass ich diesen Baum schon einmal gesehen habe. Ich war also schon einmal hier«, antwortete er. Sein Blick war starr in die Ferne gerichtet und seine Ohren zuckten unsicher hin und her. Es musste ihn quälen, sich nicht daran erinnern zu können, wo die Erinnerung doch zum Greifen nahe schien. Für einen Moment tat er ihr sogar leid und sie schenkte ihm noch ein paar Minuten, in denen er den Baum eindringlicher betrachtete. Nach einer Weile wandte er sich seufzend ab. »Je länger ich diesen Baum anstarre, desto weniger greifbar wird die damit verbundene Erinnerung für mich. Das ist äußerst frustrierend.« Er verzog für einen Moment das Gesicht.

Sakura konnte verstehen, dass er verzweifelt war und versuchte, ihn aufzumuntern: »Nun, sieh es doch positiv: Du warst schon einmal hier. Das bedeutet doch, dass du hier in der Nähe gelebt hast oder sogar immer noch lebst. Vielleicht begegnen wir im Laufe unserer Suche einem anderen Fuchsgeist, der dich kennt.« Bei diesen Worten zuckten Kibas Mundwinkel leicht. Doch nur für einen so kurzen Augenblick, dass Sakura sich nicht sicher war, es sich nicht eingebildet zu haben.

»Lass uns weitergehen. Wir sind noch nicht am Ort des Unfalls angekommen und es wird langsam wärmer«, sagte er tonlos. Sakura wusste, dass er das Thema nicht weiter vertiefen wollte. Also liefen sie weiter und Sakura versuchte, sich vorzustellen, wie es wäre, selbst keine Erinnerungen zu haben. Sich weder an die eigene Familie noch an seine Freunde oder glückliche Tage der Kindheit erinnern zu können, war ein beklemmendes Gefühl. Also schob sie die Gedanken schnell beiseite. Ihr Blick glitt zurück auf den Weg und sie erkannte ein verwittertes Holzschild, auf dem ein Pfeil mit den Schriftzeichen für *Kinenshi* abgebildet war. Darunter stand *fünf Ri*.

»Wir müssen dem Weg noch knapp sieben Kilometer folgen. Dann sollten wir die Unfallstelle erreichen. Ich habe dich ungefähr kurz nach der Hälfte der Strecke ... angefahren«, erklärte sie und Kiba schnaufte verärgert, sagte jedoch nichts dazu. Ihr Weg führte sie an einigen Sonnenblumenfeldern vorbei und die großen Blütenköpfe leuchteten mit der Sonne um die Wette. Sakura genoss den lieblichen Duft und schloss für einen Moment die Augen. Bienen summten geschäftig auf der Suche nach Nektar an ihnen vorbei und Zikaden hielten ein lautstarkes Konzert inmitten der Felder. *Wäre meine Begleitung nicht so miesepetrig, könnte ich die Idylle hier wirklich genießen.* Seufzend öffnete sie die Augen wieder und verabschiedete sich von dem Gedanken, sich in nächster Zeit überhaupt entspannen zu können. Kiba würde sicher nicht eher ruhen, bis sie alle seine Erinnerungen gefunden hatten. Wer wusste schon, wie lange diese Suche dauern würde?

Ihre Laune sank in den Keller und sie stapfte lustlos weiter. Nach eineinhalb Stunden hatten sie schließlich ihr Ziel erreicht und sie war dankbar für die kurze Pause. Die Sonne brannte unbarmherzig vom Himmel und sie hatten einen Großteil des Wassers bereits getrunken. »Hier ist es. Sieht tagsüber nicht wirklich spektakulär aus«, schnaufte sie erschöpft. Kiba schnaubte spöttisch und musterte sie wieder mit seinem abschätzigen Blick. Er sah sich um und Sakura wandte den Blick gen Boden. Diese perlenartigen Erinnerungen würden ja hoffentlich so auffällig aussehen, dass sie einfach zu entdecken waren.

»Die Gegend kommt mir zwar bekannt vor, aber ich kann mich trotzdem an nichts erinnern. Alles ist verschwommen und jedes Mal, wenn ich versuche, nach den Erinnerungen zu greifen, entgleiten sie mir wieder. Wir müssen sie finden, sonst werde ich noch verrückt.« Sakura war sich nun ganz sicher, einen gewissen Vorwurf aus seiner Stimme heraus zu hören. Sie schluckte einen bissigen Kommentar herunter, um ihn nicht doch noch zu verärgern. Stattdessen ließ sie sich nicht beirren und ging in die Hocke, um den Boden näher in Augenschein zu nehmen. Kiba tat es ihr schließlich gleich und so suchten sie gemeinsam schweigend die kiesige Fahrbahn und dann die Büsche am Straßenrand ab.

Bereits nach wenigen Minuten klebte ihr Top am Rücken und Schweiß stand ihr auf der Stirn. Ein paar Strähnen hatten sich aus ihrem Zopf gelöst und hingen ihr wirr ins Gesicht. Aus dem Augenwinkel sah sie, dass auch in Kibas Gesicht einige Haare hingen. In diesem Augenblick wirkte er überhaupt nicht mehr so erhaben und herablassend wie zuvor. Sie fühlte sich ihm auf einmal sogar wesentlich näher. Fast so, als gäbe es tatsächlich eine schicksalhafte Verbindung zwischen ihnen.

Unbewusst streckte sie die Hand nach ihm aus, als er sich jäh die Strähnen aus dem Gesicht strich. Er bemerkte ihren Blick, stutze kurz und kniff dann misstrauisch die Augen zusammen. »Was?«, fauchte er und sie sah hektisch zurück auf den Busch vor sich. »Nichts«, murmelte sie und zerfledderte das Blattwerk des Strauchs, in dem Versuch sich wieder auf ihre Aufgabe zu konzentrieren. Sie konnte es sich nicht erklären, aber der Anblick, hatte sie für einen Moment tatsächlich aus dem Konzept gebracht. Ihr Herz klopfte ungewöhnlich schnell und es dauerte eine Weile, bis sie sich wieder gefangen hatte. Dann schüttelte sie den Kopf und rief sich in Erinnerung, wie abschätzig er sie noch vor zwei Stunden behandelt hatte. Das half ihr, einen klaren Kopf zu bekommen.

Nach einer gefühlten Ewigkeit, in der sie keine einzige Perle gefunden hatte, richtete sich Sakura auf und griff nach ihrer Tasche. Sie schenkte sowohl sich als auch dem Kitsune den Rest des Wassers ein und stürzte das kühle Nass mit wenigen Zügen hinunter. Kiba hingegen trank langsam und bedacht. Dabei wirkte er so aristokratisch, als hätte er einen edlen Wein im Becher, statt eines billigen Mineralwassers.

»Ich fürchte wir müssen unsere Suche abbrechen. Wir haben nichts gefunden und ich glaube, wir werden hier nichts finden«, stellte Kiba säuerlich fest und reichte ihr den Becher zurück. »Aber das verstehe ich nicht. Deine Erinnerungsperlen können sich doch nicht in Luft auslösen. Und normale Menschen können sie vermutlich auch nicht sehen«, sagte sie und wunderte sich selbst darüber, dass sie so engagiert an die Sache heranging. Auch Kiba wirkte einen Moment verdutzt, doch dann hatte er sich wieder im Griff und erwiderte kühl: »Nein, das vermutlich nicht. Aber ich hatte mir ehrlich gesagt schon gedacht, dass die Erinnerungen nicht mehr hier sind.«

Die Aussage überraschte Sakura. Sie hielt einen Moment inne und zischte dann: »Du wusstest, dass sie nicht hier sind? Warum sind wir dann überhaupt hier hergekommen?« Kiba verzog verächtlich den Mund und warf ihr wieder einen jener Blicke zu, mit denen ein Mensch eine Made betrachten würde, was Sakura nur noch wütender machte. »Nun reg dich nicht so auf, Menschenkind! Ich habe es mir zwar gedacht, aber sicher war ich mir nicht!«, fauchte er zurück. Sakura stöhnte verbittert. »Das ist doch egal. Fakt ist, dass wir hier völlig umsonst nach deinen Erinnerungen gesucht haben! Wenn du dir eh schon gedacht hast, dass sie nicht hier sein würden, wo könnten sie dann sein?«

Kiba seufzte, ganz so, als redete er mit jemandem, der schwer von Begriff war. »Wahrscheinlich haben sie irgendwelche Dämonen in die Finger bekommen. Verlorene Erinnerungen sind sehr viel wert auf dem Schwarzmarkt *in* der Unterwelt. Man kann den Besitzer damit wunderbar erpressen«, erklärte er dann nüchtern und Sakura hob verwundert die Augenbrauen. »Es gibt eine Unterwelt? Und einen Schwarzmarkt in der Unterwelt?« Das klang ja interessant. Wie aus einem Fantasyfilm oder einem Manga.

Andererseits wollte sie sich gar nicht vorstellen, wie es dort wohl aussah. Lauter Dämonen auf einem

Haufen, die zwielichtige Geschäfte miteinander trieben. Der bloße Gedanke reichte aus, um sie frösteln zu lassen. *Hoffentlich müssen wir dort nicht hin. Es reicht ja schon, wenn wir vermutlich eins dieser Monster aufspüren müssen. Ich brauche keine ganze Horde von denen!*

»Ja, was dachtest du denn? Würden die Dämonen in der hiesigen Welt wohnen, würden sie nur überall Chaos und Verderben anrichten. Das fehlte gerade noch! Deswegen wurden sie schon vor langer Zeit von den Göttern in die Unterwelt verbannt. Und ja, es gibt dort auch einen Schwarzmarkt, tse, irgendwie typisch für diese widerwärtigen Kreaturen.«

Offenbar konnte er Dämonen noch weniger leiden als Menschen. Aber das nahm sie im Moment nur am Rande wahr. Immerhin hatte Kiba tatsächlich behauptet, dass auch die Götter existierten. Sie schluckte heftig. »Es gibt die Götter also wirklich?«, hauchte sie fassungslos. Ihre Hände wurden ganz feucht und sie stellte sich vor, wie die Götter sie jetzt in diesem Moment beobachteten. Unbewusst sah sie zum Himmel hinauf und fragte sich, was die Götter wohl von ihr hielten.

Ob die Kami Inari sauer auf sie war, weil sie einen ihrer Diener versehentlich angefahren hatte? Gab es für die Götter so etwas wie ein Versehen überhaupt? Oder gab es nur Schuld und Unschuld?

Sie begann zu zittern und konnte nun schon eher nachvollziehen, warum die Menschen die Götter vor

Jahrhunderten noch gefürchtet hatten. Eine falsche Handlung und man wurde von ihnen bestraft. Schlagartig wurde ihr kalt und sie wollte gar nicht wissen, inwieweit die Götter bereits in ihr Schicksal eingegriffen hatten. *Wer von ihnen wohl für meine und Kibas Verbindung verantwortlich ist? Ich will mir gar nicht vorstellen, was sie noch alles mit uns geplant haben.*

Es behagte ihr überhaupt nicht, der Spielball göttlicher Kräfte zu sein. Bisher war zwar noch nichts Schlimmes in ihrem Leben passiert, aber wer wusste schon, inwiefern die Götter sie im Blick hatten? »Natürlich gibt es die Götter. Meine Güte, glaubt ihr Menschen denn jetzt an gar nichts mehr?« Kibas ungehaltene Worte rissen sie aus ihren Gedanken. *Beruhige dich. Du kannst Geister und Dämonen sehen. Es gibt die Kami wirklich, aber bisher hast du wohl ein recht zufriedenstellendes Leben geführt und das wirst du auch weiterhin. Die Kami werden dich nicht bestrafen, wenn du Kiba bei der Suche nach den Erinnerungen hilfst. Also konzentrier dich. Dann wirst du den nervigen Kitsune auch bald wieder los.*

Ihr Herzschlag wurde deutlich langsamer und die aufkeimende Angst ebbte ab. Es nutzte niemandem etwas, wenn sie in Panik verfiel. Allerdings waren ihr das in den letzten Tagen zu viele neue Erkenntnisse auf einmal gewesen. Das musste sie erst einmal verdauen. Doch nicht jetzt. Sie würde später mit ihrer Großmutter in Ruhe darüber reden. Jetzt musste sie sich wieder auf das Wesentliche fokussieren. Sakura atmete einmal tief ein und schenkte Kiba ein aufgesetztes Lächeln. »Wir glauben vor allem an uns selbst. Aber so etwas verstehst du natürlich nicht«, konterte sie und Kiba blinzelte verdutzt.

Vermutlich hatte er nicht mit solch einer Reaktion gerechnet. Sakura versuchte indes, den Gesprächsfaden wieder aufzunehmen. Immerhin gab es da etwas, das ihr nicht ganz einleuchtete. »Eines verstehe ich nicht: Wenn die Dämonen in die Unterwelt verbannt wurden, wie konnten sie dann deine Erinnerungen stehlen? Ich dachte, eine Verbannung bedeutet, es ist unmöglich in diese Welt zu gelangen«, warf sie ein und Kiba seufzte erneut.

»So etwas können natürlich nur unwissende Menschen denken. Eine Verbannung in die Unterwelt bedeutet zwar, dass die Dämonen dort für längere Zeit verweilen müssen, aber nicht für immer. Außerdem ... glaubst du wirklich, diese widerwärtigen Kreaturen würden sich einen Deut darum scheren, was ein Gott ihnen vorschreibt? Sie suchen immer nach Möglichkeiten, in die hiesige Welt hinüber zu gelangen und manchmal gelingt ihnen das auch. Leider, würde ich meinen. Aber eine Plage kann man nun mal lediglich eindämmen, man wird sie niemals vollständig loswerden«, erklärte er spitz.

Das hatte sie schon befürchtet. Nicht nur, dass all die Biester aus dem Buch ihrer Großmutter tatsächlich existierten, nein, sie konnten auch ungehindert durch die Menschenwelt spazieren. Das war furchtbar. Wie sollte sie, solange sie hier war, je wieder richtig schlafen können?

Sie sah sich schon mit gigantischen Augenringen zurück nach Deutschland fliegen und fragte sich ernsthaft, wie ihre Großmutter ruhig schlafen konnte. *Ich muss sie unbedingt danach fragen! Ich hab keine Lust, hier doch noch verrückt zu werden!*

»Was meinst du genau mit *eindämmen*?«, fragte sie dann unsicher und Kiba zögerte einen Moment. »Ich ... weiß es nicht. Aber es gibt eine Möglichkeit die Dämonen wieder dorthin zu schicken, wo sie herkommen. Da bin ich mir so sicher, wie bei der Tatsache, dass der Himmel blau ist. Nur ist es mir momentan leider nicht möglich, dir nähere Auskunft darüber zu geben.«

Er spricht total geschwollen daher, ganz so, als hätte er die letzten hundert Jahre total abgeschieden von allem und jedem gelebt. Wahrscheinlich stimmt das sogar, schoss es ihr durch den Kopf und sie grinste leicht. Die Angst war für den Moment verflogen und sie war dankbar für Kibas merkwürdige Art zu sprechen. »Was gibt es da zu grinsen, Menschenweib?«, fuhr er sie an und ihr Grinsen verschwand. »Gar nichts. Außerdem heiße ich Sakura«, erinnerte sie ihn pikiert, doch Kiba machte nur eine wegwerfende Handbewegung.

»Wir sollten hier nicht länger unnötig verweilen, sondern uns überlegen, wie wir meine Erinnerungen schnellstmöglich finden können«, gab er zurück. Sakura stimmte ihm ausnahmsweise zu. Da hatte sie mit einem Mal eine Idee. »Wie wäre es, wenn wir in Kinenshi nach jemandem suchen, der vielleicht etwas gesehen hat? Dort treiben sich bestimmt ein paar Geistwesen herum, oder?«, schlug sie vor. Skeptisch hob Kiba eine seiner Brauen an. »Was ist Kinenshi?« »Eine Kleinstadt, hier in der Nähe«, erklärte sie rasch und er kratzte sich nachdenklich am Kinn.

Dabei peitschte sein Schweif unruhig hin und her, bis er nach einiger Zeit schließlich antwortete: »Da könntest du tatsächlich Recht haben. Nun gut, wo liegt dieses Kinenshi genau? Wir sollten sofort aufbrechen und-« »Nein, ich denke es wäre besser, erst wieder zurück nach Hause zu gehen. Es ist nicht sehr angenehm, in der Mittagshitze durch die Gegend zu laufen. Wir warten besser, bis es später Nachmittag ist«, widersprach sie ihm. Kiba wirkte für einen Moment überrascht, doch dann nickte er und Sakura lächelte zaghaft.

»Na schön, dann lass uns nach Hause gehen. Dann kann ich *sobo* noch ein wenig helfen. Sie hatte vor ein paar Wochen einen Unfall und darf sich nicht überanstrengen.« Mit diesen Worten marschierte sie zurück in Richtung Koyamason. Kiba lief dabei mit einem sehr nachdenklichen Gesichtsausdruck neben ihr her. Einen Moment lang wünschte sie sich, sie wüsste, worüber er wohl nachdachte. Dann schüttelte sie den Kopf. Er würde es ihr sicher nicht sagen und außerdem ging es sie nichts an. Also richtete sie ihren Blick wieder geradeaus. Sie war froh, wenn sie dieser schier unerträglichen Hitze bald entkommen konnte.

Es war richtig gewesen, zurück zum Haus von Sakuras Großmutter zu gehen. Die Hitze war mittlerweile kaum noch zu ertragen. Sein Kopf schmerzte schon seit ihrer Suche nach den Perlen und ein dünner Schweißfilm benetzte seine Stirn. Sein Körper war noch nicht wieder ganz fit, auch wenn er keine Verletzungen davongetragen hatte. Doch einen Unfall sollte man auch als Fuchsgeist nicht auf die leichte Schulter nehmen.

Er würde sich nachher eine Weile ausruhen müssen, ehe sie sich auf den Weg nach Kinenshi machten. Sakura schien seine Erschöpfung nicht zu bemerken und darüber war er äußerst froh. Es war schon schlimm genug, dass er bei einer menschlichen Familie untergekommen war, da musste er vor ihr nicht auch noch seine Schwäche zeigen.

Der Rückweg dauerte nun deutlich länger als der Hinweg, denn sie gingen sichtlich gemächlicher. Er vermutete, dass auch sie aufgrund des Wetters nicht mehr so schnell laufen konnte. Erleichtert betraten sie nach zwei Stunden endlich die schattige Kühle des Hauses. Seine Kopfschmerzen waren mittlerweile so unerträglich geworden, dass er sich sicher war, ein kleiner Dämon säße auf seinem Hirn und hämmerte darauf herum. »Wir sind wieder da«, rief Sakura in die Stille hinein und Kiba zuckte zusammen.

Verärgert sah er zu, wie sie ihre Schuhe auszog und in das Wohnzimmer lief, während er gemächlich seine geliehenen Geta abstreifte. Dieses Mädchen war eindeutig zu ... menschlich. *Sie ist viel zu laut und widerborstig,* schoss es ihm durch den Kopf. Er wusste nicht warum, aber er hatte das dumpfe Gefühl, in dem Punkt einiges verpasst zu haben. Auch wenn er sich nicht erinnern konnte, so war er sich sicher, dass Frauen früher zurückhaltender gewesen waren. Sakura jedoch hatte ihm bereits zwei Mal Kontra gegeben und ihre eigene Meinung vertreten. *Es kommt mir vor, als hätte ich die Menschenwelt jahrzehntelang nicht betreten.*

Das war wirklich ein beunruhigender Gedanke. Was auch der Grund dafür gewesen sein mochte, er würde es erst erfahren, wenn er all seine Erinnerungen wiedergefunden hatte. Doch dafür müssten sie erst einmal einen Anhaltspunkt über deren Aufenthaltsort finden.

Nachdenklich betrat er das Wohnzimmer, in dem sich Sakura fröhlich mit ihrer Großmutter unterhielt. Der Raum war zwar klein, aber gemütlich eingerichtet. Bunte Sitzkissen lagen auf einem Stapel in der Ecke und ein paar sehr ansprechende Landschaftsgemälde hingen an den Wänden. Der Boden war mit Tatamimatten ausgelegt und große Fenster gegenüber der Shoji ließen viel Tageslicht herein. Obwohl er die Familie nicht kannte, fühlte er sich in diesem Zimmer ungewöhnlich wohl. Doch das würde er natürlich nie vor ihnen zugeben. »Es ist eine gute Idee heute Abend nach Kinenshi zu gehen und nach ein paar Geistern zu suchen, die euch helfen können. Ich habe dort vor ein paar Tagen erst einige Nekomata gesehen. Vielleicht kann euch eine von ihnen ja einen Hinweis geben«, meinte die alte Frau gerade und Kiba blinzelte überrascht.

Also hatte Sakura mit ihrer Vermutung recht gehabt. Allerdings widerstrebte es ihm, sich dies einzugestehen. »Oh, danke *sobo*, das ist ein guter Tipp«, erwiderte Sakura und warf ihm einen Blick zu, der wohl heißen sollte »Habe ich es nicht gesagt?« Kiba seufzte leise. Mit ernstem Gesichtsausdruck ließ er sich neben seiner Gastgeberin auf dem Boden nieder und sie wandte sich ihm freundlich zu. »Ah Kibasama, da seid Ihr ja. Möchtet Ihr etwas zu trinken oder eine Kleinigkeit zu essen?« Er lächelte leicht.

»Ein Tee wäre sehr nett, danke. Aber ich denke, Sakura kann ihn mir ebenfalls zubereiten. Wie ich hörte, sind Sie noch ein wenig geschwächt«, antwortete er und die alte Dame lächelte verzückt. »Wie einfühlsam von Euch. Nun denn, Sakura, wärst du so gut, unserem Gast einen Tee zuzubereiten?« Die Angesprochene verzog für einen Moment wenig begeistert das Gesicht. Doch schließlich bejahte sie und stand auf, um in die Küche zu gehen. »Ich hoffe, Ihr fühlt Euch hier wohl, Kiba-sama«, plauderte die alte Dame weiter und Kiba nickte. »Aber ja, Sie sind sehr freundlich zu mir und Ihre Enkelin ist auch engagiert bei der Suche nach den Erinnerungen. Ich bin mir sicher, dass wir sie bald finden werden«, entgegnete er. Sakuras Großmutter lächelte sanft.

»Meine Enkelin ist ein gutes Kind. Ich bin mir sicher, dass sie Euch noch nützlich sein wird«, sagte sie dann und Kiba hob überrascht die Augenbraue. Was sie damit meinte, war ihm nicht ganz klar, doch er kam nicht dazu sie danach zu fragen, denn in diesem Augenblick kehrte Sakura mit einem dampfenden Becher Tee zurück. Vorsichtig stellte sie ihn vor ihm ab und Kiba bedankte sich leise dafür. Während er trank, versuchte er die Worte der alten Dame zu ergründen und kam zu dem Schluss, dass sie wohl mehr in die Welt der Geisterwesen involviert war, als sie zugeben wollte.

Gegen halb fünf Uhr nachmittags beschloss Sakura, dass es an der Zeit war, nach Kinenshi aufzubrechen. Als sie Kiba ihren Vorschlag unterbreitete, war dieser sofort dafür. Gemeinsam verließen sie nun zum zweiten Mal an diesem Tag das Haus.

Sakura blickte gen Himmel, die Sonne war zwar noch zu sehen, aber ebenso ein paar Wolken. Gerade schob sich eine besonders flauschig aussehende Schäfchenwolke vor sie. Zudem ging eine laue Brise, sodass es nicht mehr so unerträglich heiß war wie um die Mittagszeit. Sakura steuerte auf die Garage des Nachbarhauses zu. Sie hatte Herrn Takashi vor ein paar Minuten angerufen und gefragt, ob sie sich den Roller noch einmal ausleihen dürfe. Bei ihrem ersten Aufbruch hatte sie zwar auch angerufen, aber der Nachbar war wohl zu der Zeit noch arbeiten gewesen, denn keiner war ans Telefon gegangen.

Bei ihrem zweiten Anruf hatte sie ihn dann glücklicherweise erreicht. Er wusste von Nana von ihrem Zusammenstoß mit dem Fuchs und hatte sich nach ihrem Befinden erkundigt. Sie versicherte ihm, dass es ihr gut ging und sie den Fuchs in die Freiheit entlassen hatte. Bei dieser Lüge hatte sie ein schlechtes Gewissen gehabt, doch sie konnte ihm kaum die Wahrheit sagen. Da der Roller keinen Schaden durch den Unfall erlitten hatte, war Herr Takashi auch nicht abgeneigt, ihn ihr ein zweites Mal zu borgen.

Also öffnete sie wie selbstverständlich das Garagentor, um das Gefährt ins Freie zu schieben. »Was … ist das?«, fragte Kiba verwundert und musterte das Gefährt misstrauisch. »Das ist ein Roller«, erklärte Sakura ungeduldig und der Kitsune legte fragend den Kopf schief. »Hast du etwa noch nie einen Roller gesehen?«, fragte sie verdutzt und Kiba schüttelte widerwillig den Kopf. »Na ja, man fährt damit, so ähnlich wie mit einer Kutsche«, erklärte sie dann knapp und Kiba schien langsam zu begreifen. »Es fährt? Aber wo sind die Pferde oder Ochsen?«, fragte er verwirrt und Sakura musste ein Lachen unterdrücken. »Es gibt keine Pferde oder Ochsen. Das Ding fährt von selbst«, sagte sie amüsiert.

Kiba wich ein paar Schritte vor ihr zurück. »Es ... fährt von selbst? Ohne Vieh, das es zieht? Ist das Magie? Oder die Kraft eines bösen Geistes?« Seine Augen waren geweitet und sein Schweif peitschte unruhig hin und her. Er wirkte vollkommen aufgebracht und Sakura brauchte einen Moment, ehe sie begriff, dass er es wirklich ernst meinte. »Du brauchst davor keine Angst haben. Das Ding tut dir doch gar nichts«, versuchte sie ihn zu beruhigen, doch Kiba schüttelte vehement den Kopf. »Ich werde damit nicht fahren! Auf gar keinen Fall! Ich habe nichts zu tun mit bösem Zauber!«, widersprach er und verschränkte stur die Arme vor der Brust.

Stöhnend lies Sakura den Roller los und fragte dann säuerlich: »Und wie sollen wir dann nach Kinenshi kommen? Die Stadt ist knapp zwanzig Kilometer von hier entfernt und auch wenn ich nicht gerade unsportlich bin, dauert das viel zu lange. Ich will nicht vier Stunden laufen, bis wir dort sind!« »Du magst dafür vielleicht zu lange brauchen, aber ich nicht. Da ich mich vorhin ausgeruht habe, fühle ich mich wieder so kraftvoll wie ein Kitsune es sein sollte. Wenn wir schon in die Stadt gehen, um meine Erinnerungen dort zu suchen, dann machen wir es auf meine Weise! Ich laufe und ich werde dich tragen.«

Verblüfft starrte Sakura den Fuchsgeist an, der diese Aussage bitterernst zu meinen schien. »Mich tragen? Niemals!«, widersprach sie und Kibas Blick verfinsterte sich. »Darf ich dich an unsere kleine Abmachung von heute Morgen erinnern?«, knurrte er bedrohlich und jetzt war es Sakura, die zurückwich. *Stimmt ja, das mit dem Fluch habe ich schon verdrängt. Das war wirklich dumm. Er kann Menschen nicht leiden, also sollte ich ihn nicht noch einmal verärgern,* erinnerte sie sich und schluckte hart. »N-na gut, dann machen wir es so«, stammelte sie ergeben und schob den Roller zurück in die Garage.

Schließlich hob Kiba sie hoch als wäre sie eine Braut, und zog sie bestimmt an seine Brust. Sakura merkte, wie ihr Herz für wenige Augenblicke aus dem Takt geriet. Er war zwar unausstehlich, aber sie war noch nie von einem Mann getragen worden. Abgesehen von ihrem Großvater, aber bei ihm war das etwas anderes gewesen. Und obwohl Kiba sie mit seinem arroganten Gehabe heute die meiste Zeit genervt hatte, so fühlte es sich doch gar nicht schlecht an.

Zumindest im ersten Augenblick, denn plötzlich spurtete er los und Sakura musste die Augen zusammenkneifen, so schnell waren sie. Die Landschaft verschwamm vor ihren Augen, die anfingen zu tränen. Außerdem kribbelten nach kurzer Zeit ihre Füße und drohten einzuschlafen. Auch ihr Nacken schmerzte bald und sie hätte liebend gern ihre Position in seinen Armen verändert. Doch sie konnte sich nicht bewegen, denn er hielt sie fest wie in einem Schraubstock.

Sie hoffte inständig, die Reise würde nicht allzu lange dauern. Tatsächlich hatten die Götter Erbarmen mit ihr, denn kurze Zeit später wurde Kiba bereits langsamer und hielt schließlich an. Sein fester Griff lockerte sich und er stellte sie unsanft neben sich ab. Sakura sparte sich einen Kommentar über sein ruppiges Verhalten, denn sie war insgeheim froh, wieder festen Boden unter den Füßen zu spüren. Sie atmete ein paar Mal tief durch und schüttelte ihre Füße aus. Kiba hingegen schien nicht einmal ins Schwitzen geraten zu sein und musterte sie spöttisch.

Sakura schielte unterdessen auf die Digitaluhr ihres Handys und musste einen verdutzten Schrei unterdrücken. Sie hatten gerade einmal eine knappe halbe Stunde für die Strecke gebraucht. Das war einfach unglaublich. Und es führte ihr einmal mehr vor Augen, dass sie ihn keinesfalls unterschätzen durfte.

»Das hier ist also Kinenshi? Die Stadt der Erinnerungen, wenn ich richtig übersetzt habe. Nun, das passt ja schon fast zu gut«, riss er sie aus ihren Gedanken und sah sich neugierig um. *Ja wie die Faust aufs Auge,* stimmte ihm Sakura im Stillen zu und trat an seine Seite. »Hoffen wir, dass unsere Suche nach den Nekomata oder einem anderen Geistwesen erfolgreich verlaufen wird«, sagte er ernst. Dann straffte er die Schultern und stolzierte in die erstbeste Gasse hinein. Sakura sah ihm kopfschüttelnd hinterher. Mit ihm im Schlepptau würde sie sicher auffallen. Bei ihrem gestrigen Besuch in Kinenshi waren ihr nur wenige Leute begegnet, die traditionelle Kleidung getragen hatten. Doch noch ehe sie weiter darüber nachdenken konnte, rief er ihr über die Schulter zu, dass sie sich gefälligst beeilen sollte.

Augenrollend lief sie ihm hinterher.

Das kann ja heiter werden.

AKITO

Stöhnend ließ sich Sakura auf einer der Bänke vor dem Brunnen am Marktplatz nieder. Sie waren jetzt sicher fast zwei Stunden kreuz und quer durch die Stadt gelaufen und hatten überall Ausschau nach den Nekomata gehalten, die ihre Großmutter erwähnt hatte. Doch ihre Suche blieb ohne Erfolg. Auch kein anderes Geistwesen hatten sie in der Zeit aufgespürt und so hatte Sakura schließlich auf eine Pause bestanden. Kiba hatte dem nur widerwillig zugestimmt. Doch auch er musste mittlerweile erschöpft sein, denn er saß neben ihr auf der Bank und hatte die Augen geschlossen. Die Sonne ging bereits unter und tauchte den Himmel in ein feuriges Abendrot.

Seufzend zog Sakura die Wasserflasche und ihren Becher aus der Umhängetasche, die sie wieder mitgenommen hatte. Sie schenkte sich etwas ein und trank gierig. Danach füllte sie den Becher erneut und wollte ihn Kiba reichen, doch er reagierte gar nicht. »Kiba, ich habe etwas zu trinken für dich«, meinte sie dann und er schlug die Augen auf. »Danke«, sagte er nur, nahm den Becher und leerte ihn mit wenigen Zügen. »Ist alles in Ordnung? Bist du erschöpft? Wir können ja auch morgen weitersuchen«, schlug sie vor, doch er schüttelte den Kopf. »Nein, wenn wir jetzt aufgeben, ist es vielleicht zu spät«, widersprach er und erhob sich. Seufzend steckte sie den Becher samt Flasche wieder ein und stand ebenfalls auf.

»Dann möchte ich mir aber noch schnell eine Kleinigkeit zu essen kaufen, ja? Ich habe nämlich langsam Hunger«, sagte sie. Der Fuchsgeist verdrehte die Augen. »Meinetwegen. Da ich ebenfalls etwas zu essen vertragen könnte, kannst du uns gleich beiden etwas besorgen«, gab er zurück und Sakura verzog verärgert das Gesicht. Doch sie hütete sich davor, ihm zu widersprechen. Stattdessen lief sie zu einem kleinen Imbisswagen am Ende des Platzes und stellte sich hinter ein paar wartenden Kunden an. Der Besitzer verkaufte gebratene Nudeln und es roch so herrlich, dass Sakura das Wasser im Munde zusammenlief. Sie wollte gerade ihre Bestellung aufgeben, als sie eine Bewegung an ihrem Arm spürte. Sie sah an sich hinab und mehrere Dinge geschahen daraufhin gleichzeitig.

Ein kleines Kind riss ihr die Umhängetasche mit einem gewaltigen Ruck herunter. Sakura schrie entsetzt auf und sah aus dem Augenwinkel Kiba auf sich zustürmen. Das Kind rannte unterdessen mit der Umhängetasche im Schlepptau quer über den Marktplatz davon und verschwand schließlich um eine Ecke. Ohne zu zögern, rannte Sakura dem Dieb hinterher. Kiba hatte sie bereits ein Stück überholt.

Keine Minute später erreichten sie die Ecke, hinter der das Kind verschwunden war. Sie sahen gerade noch, wie die Tasche um eine weitere Häuserecke am Ende der Gasse verschwand.

»He! Bleib gefälligst stehen, du Dieb!«, schrie Sakura aufgebracht, doch der dachte offenbar gar nicht daran auf sie zu hören. Stattdessen schien er noch schneller zu laufen. Wenig später begannen ihre Lungen zu brennen und sie blieb keuchend stehen. Japsend schnappte sie nach Luft, wie ein Fisch auf dem Trockenen. »Ich fange ihn mir!«, rief Kiba über die Schulter und raste um die nächste Ecke.

Offenbar gelang es ihm, den Dieb zu schnappen, denn einen Moment später ertönte ein entsetztes Quieken sowie ein lautes Knurren. Als sie um die Ecke bog, hatte Kiba den kleinen Dieb grob an der Gurgel gepackt und hielt ihn knurrend in die Höhe. Schnell eilte sie an seine Seite und musterte das Kind, das sich verzweifelt an ihre Umhängetasche klammerte und vor sich hin wimmerte. Erstaunt blinzelte sie ein paar Mal, dann jedoch war sie sich sicher, dass es sich bei dem Dieb nicht um ein Menschenkind, sondern um einen kleinen Tanuki handelte. Er sah aus wie ein fünfjähriger Junge, mit braunen, widerspenstig in alle Richtungen abstehenden Haaren. Daraus ragten zwei große bärenartige Ohren hervor. Sein buschiger Schweif peitsche unruhig hin und her, während er Sakura aus dunkelgrünen Augen flehend ansah.

»Bitte ... sag ihm, er soll mich loslassen!«, jammerte er gequält. Sakura hatte Mitleid mit dem Kleinen, auch wenn er sie gerade eben noch bestohlen hatte. »Bitte las ihn los, Kiba«, bat sie, doch der hörte nicht auf sie. »Wenn ich ihn loslasse, dann rennt er weg!«, knurrte er und Sakura widersprach genervt: »Unsinn! Er ist doch noch ein Kind. Lass ihn los!« Kiba folgte widerwillig ihrer Bitte, indem er einfach die Hand öffnete und der Knirps unsanft auf dem Boden landete. Fluchend rieb sich der Kleine das Hinterteil.

Sakura ging freundlich lächelnd vor ihm in die Knie. »Tut mir leid, dass Kiba so grob zu dir war. Aber du hast mir schließlich meine Tasche geklaut. Warum hast du das gemacht?«, fragte sie sanft. Verlegen kratzte sich der Tanukijunge am Kopf. »Es hat so gut gerochen, da konnte ich nicht widerstehen«, gestand er und Sakura legte fragend den Kopf schief.

»Nach Weintrauben«, fuhr der Junge fort und Sakura blinzelte überrascht, ehe sie anfing zu lachen. Verärgert verschränkte der Junge die Arme vor der Brust und reckte beleidigt das Kinn in die Luft. »Da gibt es nichts zu lachen! Ich mag Weintrauben nun mal sehr gerne«, verteidigte er sich. Sakura entschied, dass sie noch nie so einen süßen Yōkai gesehen hatte. »Du hättest fragen können«, hielt Kiba dem Kleinen vor und dieser zuckte die Schultern. »Schon, aber das wäre ja keine Herausforderung gewesen. Und wo bliebe da auch der Spaß?« Tadelnd schüttelte Sakura den Kopf. »Wäre es nicht besser, du würdest Spaß mit anderen Tanukikindern haben? Anderen Leuten die Sachen zu klauen ist nicht gerade etwas, das ich unter Spaß verstehen würde«, hielt sie dem Kleinen vor und der grinste.

»Schon, aber das ist ja gerade der – Moment! Sagtest du gerade Tanukikinder? Heißt das, du kannst mich sehen? Also … wie ich wirklich bin?« Als Sakura nickte, da lachte er freudig und führte eine Art kleinen Tanz auf. »Wahnsinn! Ich habe noch nie einen Menschen getroffen, der mich wirklich sehen kann!«, stieß er aus und wirkte so aufgeregt wie ein Kind an seinem Geburtstag. Sakura lächelte und meinte nur: »In dieses Kaff verirren sich wohl eher wenige Leute mit besonderen Fähigkeiten. Ich heiße übrigens Sakura und du?« »Akito. Freut mich, dich kennen zu lernen Sakura. Jetzt wo wir uns einander vorgestellt haben, kann ich da ein paar von deinen Weintrauben haben?«

Er sah sie mit großen Augen an und Sakura konnte ihm so einfach keinen Wunsch abschlagen. »Also schön, du bekommst welche. Aber nur, wenn du uns hilfst, in Ordnung?«, bot sie ihm an und Akitos Ohren zuckten aufgeregt. »Bei was soll ich euch denn helfen?«, fragte er. Unsicher blickte Sakura in Kibas Richtung. *Er traut Akito nicht und es ist ihm sicher unangenehm, über den Unfall zu reden. Aber vielleicht kann uns der Kleine helfen. Hoffentlich sieht er das genauso.*

Kiba stieß ein tiefes Seufzen aus und bedeutete ihr fortzufahren.

»Es geht um verlorene Erinnerungen. Wir müssen sie wiederfinden, aber wir haben keine Ahnung, wo wir suchen sollen. Deswegen haben wir schon den ganzen Abend die Stadt nach einem Geistwesen abgeklappert. Jetzt bin ich sogar ganz froh, dass du mir die Tasche geklaut hast, so haben wir endlich eines gefunden«, erklärte sie. Akito lauschte interessiert.

»Hm, wie hast du deine Erinnerungen denn verloren?«, hakte er nach und sah dabei ganz bewusst Kiba an. »Oh ... das war meine Schuld. Ich ... habe ihn angefahren und durch den Aufprall hat er wohl seine Erinnerungen verloren«, gab Sakura zu und errötete leicht. Es war ihr unangenehm, darüber mit einem Fremden zu reden, auch wenn er ihnen vielleicht helfen konnte. Da brach Aktio mit einem Mal in schallendes Gelächter aus und brauchte eine ganze Weile, um sich wieder zu beruhigen.

»Du ... du hast ihn angefahren? Oh Mann! Das glaubt mir ja keiner! Ein Mensch fährt einen Fuchsgeist an!«, japste er und lachte weiter. Mittlerweile liefen ihm bereits Tränen über das Gesicht und Kiba sah aus, als würde er ihm am liebsten eine verpassen wollen. Jetzt war es ihr wirklich peinlich, Akito davon erzählt zu haben. Auch wenn Kiba sie von oben herab behandelte, hatte er es nicht verdient, wegen seiner misslichen Lage ausgelacht zu werden. Sie warf Kiba einen entschuldigenden Blick zu, doch dieser war ganz und gar auf den Tanuki fixiert. Er schien sich beherrschen zu müssen, nicht auf Akito loszugehen.

Ich sollte einschreiten, sonst tut Kiba dem Kleinen noch weh. Dabei könnte ich es ihm nicht einmal verübeln. Es ist wirklich erniedrigend, so ausgelacht zu werden, überlegte sie und wandte sich wieder an Akito. »Ja, das stimmt schon ... aber das ist nicht witzig, es ist eher demütigend. Also hör bitte auf zu lachen ja?« Doch der Kleine giggelte immer noch. »Und wie witzig das ist! Fuchsgeister sind ja so was von überheblich und herablassend. Sie halten sich für etwas Besseres als andere Geistwesen. Aber ein unscheinbarer Mensch schafft es einen von diesen arroganten Kerlen anzufahren. Das ist der Witz des Jahrhunderts!« Wieder lachte er und kugelte sich dieses Mal auf dem Boden.

»Wenn er noch ein Wort sagt, dann schlitze ich ihn auf!«, drohte Kiba ungehalten und Sakura verdrehte die Augen. »Hör zu, Akito, für dich mag es vielleicht lustig klingen, aber das ist es ganz und gar nicht. Kiba hat meinetwegen all seine Erinnerungen verloren, er weiß weder woher er kommt noch wo seine Familie ist. Deswegen müssen wir sie schnell finden, verstehst du? Also kannst du uns helfen?«

Sie flehte schon fast und der kleine Tanuki beruhigte sich langsam. Dann antwortete er mit ernster Miene: »Nein. Ich kann euch nicht helfen, tut mir leid.« Da wollte sich Kiba schon auf ihn stürzen, als er die Hand hob und hinzufügte: »Aber Meister Satoshi kann es bestimmt.« Kiba erstarrte mitten in der Bewegung und Sakura legte fragend den Kopf schief. »Meister Satoshi? Wer ist das? Ein Geistwesen?« Doch Akito schüttelte nur den Kopf. »Das müsst ihr schon selbst herausfinden«, antwortete er kryptisch. Sakura stöhnte frustriert auf. »Und wo finden wir diesen Meister Satoshi?«, zischte Kiba genervt und Akito grinste wölfisch.

»Ihr findet ihn, wenn der Mond am höchsten steht und ihr dem Pfad der Laternen folgt. Aber gebt Acht, dass ihr dabei nicht vom Weg abkommt. Denn wer sich einmal verirrt, kehrt nie wieder zurück«, flüsterte er in unheilschwangerem Ton. Nun wirkte er gar nicht mehr so niedlich wie noch wenige Sekunden zuvor. Sakura musste sich eingestehen, dass sie den Tanuki vollkommen unterschätzt hatte. Er war ein Kind, aber dennoch ein Dämon und damit gefährlich. Auch wenn sie sich weigerte, zu glauben, dass Akito den Menschen absichtlich Schaden zufügte. Er war zwar frech, aber nicht bösartig.

Schließlich realisierte sie, was der Kleine gesagt hatte und ihre Nackenhaare stellten sich auf. *Wer sich einmal verirrt, kehrt nie wieder zurück? Das ist hoffentlich ein böser Scherz, um ungebetene Gäste fernzuhalten. Ich will auf keinen Fall für immer in einem magischen Nebel umherirren, in dem dann vielleicht auch noch Yōkai ihr Unwesen treiben!* Sie betete zu den Kami, dass sie mit ihrer Vermutung recht behalten mochte. Mittlerweile war sie ganz gut darin, negative Gedanken zu verdrängen. Vielleicht war dies das Geheimnis ihrer Großmutter, um nicht verrückt zu werden. *Wenn man sich zu viele Gedanken macht, dann passiert sicher ein Unglück. Also muss ich einfach positiv denken,* redete sie sich ein.

Kaum hatte sie sich wieder einigermaßen im Griff, fischte Akito die Box mit den Weintrauben aus der Umhängetasche und lief davon. »Hey! Bleib gefälligst hier, du kleiner Dieb!«, schrie ihm Kiba hinterher, doch Sakura hielt ihn am Saum seines Ärmels fest, ehe er den Kleinen verfolgen konnte. »Lass ihn! Er hat uns geholfen und im Gegenzug hat er seine Weintrauben zur Belohnung bekommen«, rief sie ihn zur Ordnung, während sie die Umhängetasche erneut schulterte.

»Er hat uns überhaupt nicht geholfen! Dieser Meister Satoshi existiert vermutlich überhaupt nicht!«, knurrte er und Sakura schüttelte den Kopf über so viel Sturheit. »Vielleicht, aber eine andere Spur haben wir nicht, oder? Also lass uns warten bis der Mond am höchsten steht und dann dem Pfad der Laternen folgen. Dann bekommst du vielleicht Informationen darüber, wo deine Erinnerungen sein könnten und wir können wieder nach Hause gehen«, widersprach sie und machte auf dem Absatz kehrt, um zurück zum Marktplatz zu laufen.

Er folgte ihr um die Ecke und hielt sie dann plötzlich am Arm zurück. »Warum bist du so engagiert, wenn es darum geht, meine Erinnerungen zu finden?« Der skeptische Unterton in seiner Stimme ließ sie innehalten. Ernst blickte sie ihm in die Augen. »Wir müssen deine Erinnerungen wiederfinden. Das ist wichtiger als alles andere. Also lass uns der Spur zu diesem Meister Satoshi folgen und beten, dass sie uns wirklich weiterbringt«, entgegnete sie und Kiba runzelte die Stirn. Er öffnete den Mund, offenbar um etwas zu erwidern. Dann schien er es sich jedoch anders zu überlegen, denn er nickte nur. *Je schneller wir seine Erinnerungen finden, desto schneller werde ich diesen arroganten Kerl wieder los,* fügte sie in Gedanken hinzu und lief weiter die Gasse entlang.

Auf dem Marktplatz angekommen, zog sie erst einmal ihr Smartphone aus der Tasche und rief ihre Großmutter an. Sie teilte ihr mit, dass es heute später werden würde und sie sich keine Sorgen machen musste. »Nein, Kiba ist doch bei mir. Ein Fuchsgeist wird mich ja wohl beschützen können. Ja, genau. Also, bis später dann.« Sie legte auf und fing Kibas überraschten Blick auf. »Was? Sie hat eben Angst, dass ein böser Geist mich anfallen könnte«, verteidigte sie sich und Kiba grinste wölfisch. »Nun, ich glaube die Gesellschaft eines bösen Geistes ist noch das geringste Problem, wenn man bedenkt, dass wir uns auf dem Weg zu diesem Satoshi für immer verirren könnten«, gab er zurück und sie schluckte hart.

Da hat er recht. Oh Gott, was wenn wir uns wirklich verirren? Nein! Sakura, denk positiv! Wir werden diesen Meister Satoshi finden und uns nicht verirren. Ich werde haha und sobo auf jeden Fall wieder sehen. Ich muss einfach nur fest daran glauben, erinnerte sie sich. Dadurch fühlte sie sich zwar schon besser, aber Zweifel blieben dennoch zurück. Doch das musste sie Kiba ja nicht auf die Nase binden. »Dann ... lass uns beten, dass wir uns auf dem Pfad der Laternen eben nicht verlaufen!«, entgegnete sie stattdessen. *Es wird schon gut gehen. Sofu wacht über mich, da bin ich mir sicher. Er wird nicht zulassen, dass ich mich für immer verirre.*

Der Gedanke an ihren Großvater munterte sie tatsächlich ein Stück auf und sie fühlte sich nun gewappneter für die vor ihr liegende Aufgabe. Sie kramte in ihrer Tasche nach ihrem Portemonnaie. »Also, hast du noch Appetit auf gebratene Nudeln?«, wechselte sie schlussendlich das Thema. Kiba nickte und so marschierte sie erneut zu dem Imbisswagen, an dem glücklicherweise kein weiterer Kunde mehr stand. Sie bestellte zwei Portionen und der freundlich lächelnde Verkäufer machte sich sofort ans Werk. Kurz darauf reichte er ihr zwei Pappschachteln, randvoll gefüllt mit den warmen Nudeln und nahm dankend das Geld entgegen.

Sie schnappte sich noch zwei Einmal-Essstäbchen und reichte eine Schachtel mitsamt Stäbchen an Kiba weiter. Dieser musterte die Schachtel interessiert und schnupperte neugierig an den Nudeln. »Es riecht köstlich«, stellte er schlussendlich fest und Sakura lächelte matt. »Stimmt. Und sie schmecken auch sicher so gut wie sie riechen. Also dann, guten Appetit«, sagte sie. Sie hatte bereits ein paar Bissen gegessen, während Kiba sich noch abmühte, die Essstäbchen auseinanderzureißen.

Zunächst zog er an einem der Stäbchen, das sich übermäßig bog und jeden Augenblick abzubrechen drohte. Als er offenbar erkannte, dass es so nicht funktionierte, versuchte er beide Stäbchen in entgegengesetzte Richtungen zu ziehen. Ehe er seine Stäbchen auf diese Weise zerstören würde, erbarmte sie sich. Sie zeigte ihm, wie er die Stäbchen am einfachsten trennen konnte, und er brummte ein kurzes »Danke«, ehe er die erste Portion Nudeln in den Mund schob.

»Sie schmecken tatsächlich vorzüglich«, gab er zu und Sakura grinste. »Dann solltest du sie schnell essen, bevor sie kalt werden«, riet sie ihm und Kiba ließ sich das nicht zweimal sagen.

VON ZUFÄLLEN UND DÄMONENKATZEN

Schweigend saßen sie nebeneinander und aßen ihre Nudeln. Dieses Mal war es sogar ein sehr angenehmes Schweigen, wie Sakura fand. Sie musterte ihn heimlich von der Seite. Sein Profil wirkte im fahlen Laternenlicht schärfer und seine Aura düsterer. Er war ein Yōkai und hatte gefährliche Kräfte, von denen sie kaum eine Ahnung hatte. Und doch hatte er ihr geholfen, den Taschendieb zu stellen, auch wenn er das nicht gemusst hätte. *Vielleicht kann er mich doch ein ganz klein wenig leiden. Sonst hätte er Akito ja nicht verfolgt. Tief in seinem Inneren ist möglicherweise ein guter Kern verborgen.*

Der Gedanke brachte sie zum Lächeln. Damit Kiba es nicht mitbekam, steckte sie sich schnell eine weitere Portion Nudeln in den Mund. Kaum waren sie fertig, entsorgte Sakura die Pappschachteln in einem nahen Mülleimer. Danach zog sie ihr Handy erneut aus der Tasche und öffnete eine Suchmaschine. »Was machst du da?«, fragte Kiba und beäugte skeptisch das Gerät in ihrer Hand. »Ich überprüfe, wann der Mond am höchsten steht. Dann wissen wir, wann wir uns ungefähr auf den Weg machen müssen«, erklärte sie und tippte ihre Frage in die Suchleiste ein. »Das steht in diesem kleinen Ding?« Kiba lehnte sich verwirrt von ihr weg. Mit moderner Technik schien er nichts am Hut zu haben, im Gegenteil: Sie schien ihn eher zu beunruhigen.

Wer weiß schon, wo er die letzten Jahre gelebt hat? Vielleicht hatte er kaum Kontakt zu Menschen und hat deshalb die rasch fortschreitende Modernisierung nicht miterlebt. Kein Wunder, dass er deshalb beunruhigt ist. Er tat ihr ein wenig leid, doch bei der Suche nach seinen Erinnerungen konnte sie darauf keine Rücksicht nehmen. Sie waren sicher auch weiterhin auf die technischen Raffinessen der Neuzeit angewiesen.

Sakura konzentrierte sich wieder auf ihr Handy und scrollte durch die Ergebnisliste. Bald hatte sie eine recht zufriedenstellende Antwort gefunden und steckte das Gerät wieder in die Tasche zurück. Der Fuchsgeist hatte sie dabei die ganze Zeit beobachtet und sie spürte, dass ihm einige Fragen auf der Zunge brannten, doch er schwieg. Wahrscheinlich wollte er nicht zugeben, dass es Dinge gab, die er nicht wusste. Das würde bestimmt seinen Stolz verletzen. »Der Mond steht um kurz nach einundzwanzig Uhr am höchsten, also in mehr als einer Stunde. Das heißt, wir haben noch ein wenig Zeit, um durch die Stadt zu bummeln oder uns einfach auszuruhen«, erklärte sie und Kiba nickte.

»Wir sollten uns ausruhen. Wir sind die ganze Zeit gelaufen und wir wissen nicht, was uns auf dem Pfad der Laternen alles erwarten wird«, gab er zurück. Sakura stimmte ihm zu, wobei sie hoffte, auf dem Laternenpfad keinen Dämonen oder ähnlich Schrecklichem zu begegnen. Sie wollte sich gar nicht ausmalen, wie es wäre, einem Irrlicht zu begegnen, dass sie mit seiner dunklen Magie tiefer in den Wald locken wollte.

Wieder lief ihr ein Schauer über den Rücken und sie bekam eine Gänsehaut. Außerdem war ihr durch das lange Sitzen mittlerweile kalt geworden und sie rieb sich fröstelnd die Arme. Zum Glück hatte sie an ihre Jacke gedacht, die sie eilig überstreifte. Danach machte sie es sich auf der Bank bequem. Sie zog die Beine an und lehnte sich entspannt zurück.

Kiba blickte derweil in den Himmel, der bereits in ein dunkles Blau gehüllt war. Sterne funkelten am Firmament und ein paar Wolken verdeckten den vollen Mond. »Ich hoffe der Tanuki hat nicht gelogen und wir finden diesen Meister Satoshi. Denn wenn nicht, habe ich keine Ahnung, wo wir als Nächstes nach meinen Erinnerungen suchen sollten. Immerhin können sie überall sein, wenn ein Dämon oder ein Geistwesen sich ihrer bemächtigt hat«, meinte er bitter und Sakura lächelte aufmunternd.

»Keine Sorge, ich bin mir sicher, dass Akito nicht gelogen hat. Wir werden sie schon finden«, antwortete sie. Kiba seufzte nur und vermied es weiterhin, sie anzusehen. »Ich bin gespannt, ob sich deine Vermutung bewahrheitet«, sagte er. Dabei warf er ihr einen skeptischen Blick zu. Sakura sah einen Sturm aus Zweifel, Hoffnungslosigkeit und Wut in seinen Augen toben. Das Jadegrün seiner Iris wirkte deutlich dunkler und gefährlicher. Dennoch konnte sie den Blick nicht abwenden. Erst jetzt sah sie einige goldene Sprenkel darin, die im Licht der Straßenlaterne funkelten. Seine Augen waren überwältigend.

Sie gehörten zu einem mächtigen Yōkai, aber dennoch waren sie wunderschön. Am liebsten wollte sie sie noch näher betrachten und beugte sich ein Stück vor. In dem Moment räusperte sich Kiba leise und sie blinzelte verwirrt. *Was ist gerade passiert? Ich habe in seine Augen gesehen und mich dann irgendwie selbst vergessen. Das war wirklich gruselig. Doch sie sind einfach so anziehend. Solche Augen habe ich noch nie gesehen.*

Peinlich berührt, wandte sie sich ab und murmelte eine Entschuldigung. Es war ihr wirklich unangenehm, ihn so lange in angestarrt zu haben. »Der Blick eines Yōkai kann auf Menschen eine, sagen wir, faszinierende Wirkung haben. Du solltest einem Dämon deshalb nicht zu lange in die Augen sehen, er könnte es ausnutzen und dir schreckliche Dinge antun«, bemerkte er ernst und Sakura nickte betreten.

Für einen Moment herrschte eine unangenehme Stille zwischen ihnen, in der sie sich erst einmal wieder sammeln musste.

Dann versuchte sie, das Thema zu wechseln, jetzt wo er gerade umgänglich zu sein schien: »Kannst du dich eigentlich immer in einen Fuchs verwandeln, wenn du es möchtest? Oder geht das nur zu bestimmten Zeiten?«

Daraufhin stieß er einen spöttischen Laut aus und warf ihr einen überheblichen Seitenblick zu. »Natürlich kann ich mich jederzeit verwandeln. Wir sind schließlich Fuchsgeister, das ist unsere Natur. Ich könnte jetzt sofort meine Fuchsgestalt annehmen, aber es ist anstrengend und es sind zu viele Leute hier. Sie sehen in mir zwar nur einen normalen Menschen, aber wenn dieser dann plötzlich verschwindet, ist das nicht gerade normal. Wir Geistwesen sind durch unsere Gesetze dazu angehalten, unter Menschen so unauffällig wie möglich zu agieren«, entgegnete er spitz und Sakura seufzte leise. Dabei hatte sie doch nur ein ganz normales Gespräch mit ihm führen wollen!

Dennoch wagte sie einen weiteren Versuch. »Und habt ihr Fuchsgeister noch weitere Fähigkeiten?« Kiba grinste raubtierhaft. »Natürlich. Wir können jede andere beliebige Gestalt annehmen, wenn wir den entsprechenden Rang haben«, erklärte er und Sakura legte fragend den Kopf schief. »Welchen Rang? So wie bei einem Wolfsrudel?« Doch Kiba schüttelte energisch den Kopf. »Unsinn! Nein, unser Rang wird an zwei Dingen gemessen: an unserem Alter und zweitens an unseren Schweifen.«

»Okay, also wenn du meinetwegen dreihundert Jahre alt bist und vier Schweife hast, dann kannst du dich in jede beliebige Person verwandeln?« »Schön wäre es«, entgegnete er trocken und Sakura war enttäuscht über diese einsilbige Antwort. Sie hätte gerne noch mehr erfahren. Als hätte er ihren Unmut bemerkt, fuhr er mit ernster Stimme fort: »Es gibt acht Ränge. Der oberste Rang gebührt den Clanführern und diese haben acht Schweife. Meist sind sie bereits über tausend Jahre alt und haben beinahe so viel Macht wie unsere Göttin, die Kami Inari. Den untersten Rang haben meist Kinder und junge Fuchsgeister inne, die noch nicht sehr viel für unsere Göttin geleistet haben.«

Er stockte und Sakura war klar, dass ihm das Thema unangenehm wurde. Sie konnte sich denken weshalb: Er hatte selbst nur einen Schweif, also musste er entweder noch sehr jung sein oder er hatte noch keine wirklich nennenswerten Taten vollbracht, die einen zweiten Schweif hervorgebracht hätten.

»Verstehe. Was bedeutet in eurem Fall denn jung? Ihr seid ja so gut wie unsterblich, oder nicht? Dann sind hundert Jahre ja nicht wirklich viel für euch«, wechselte sie das Thema und Kiba schnaubte spöttisch. »Nein, hundert Jahre sind wirklich keine lange Zeitspanne für uns. Wenn mein Instinkt mich nicht trügt, sind wir mit dreißig Jahren ausgewachsen. Unsere Körper wachsen etwas langsamer als die von euch Menschen, da wir ja auch länger leben. Ab diesem Tag sind wir vollwertige Mitglieder unseres Clans. Aber wir gelten noch nicht als Erwachsene. Die Clanältesten haben bestimmt, dass man erst mit einhundert Jahren die notwendige Reife erlangt hat, um Aufträge für die Kami-Inari zu erledigen.«

Er stockte einen Moment und Sakura hing wie gebannt an seinen Lippen. So viel hatten sie seit heute Morgen nicht miteinander geredet und sie sog sein Wissen über die Kitsune wie ein Schwamm auf. »Allerdings habe ich keine Erinnerung daran, wie alt ich bin. Da ich aber nur einen einzigen Schweif besitze, vermute ich, dass ich zwischen hundert und einhundertfünfzig Jahre alt bin«, fuhr er fort. Sakura hob verblüfft die Augenbrauen. »Okay, wow, dann hast du dich für dein Alter aber gut gehalten«, scherzte sie, doch Kiba brummte nur etwas verärgert vor sich hin.

Der Schuss ging wohl nach hinten los. Dabei wollte ich doch nur die Stimmung auflockern. Sie seufzte und warf einen erneuten Blick auf ihre Handyuhr. »Noch eine gute halbe Stunde, dann steht der Mond am höchsten«, meinte sie und der Kitsune nickte.

»Ich hoffe wir finden diesen Laternenpfad. Akito hat es ja nicht für nötig gehalten, uns zu sagen, wo wir danach suchen sollen«, überlegte er ernst und Sakura musste ihm da wohl oder übel zustimmen. Vielleicht sollten sie bereits jetzt mit der Suche beginnen? Immerhin hatten sie nur noch wenig Zeit. Sakura streckte sich und wollte Kiba gerade vorschlagen, bereits jetzt loszugehen, da erstarrte sie mitten in der Bewegung. »Was ist?«, fragte Kiba alarmiert und Sakura deutete mit dem Kopf nach links in Richtung Rathaus. Da der Platz inzwischen so gut wie ausgestorben war, hatte man eine freie Sicht auf das wuchtige Gebäude. Und davor saß eine kleine schwarze Katze mit zwei Schweifen.

»Dort. Die Nekomata«, flüsterte sie aufgeregt und Kiba hob irritiert eine Augenbraue. »Was soll daran bitte so interessant sein? Das ist nur eine streunende Dämonenkatze.« Sakura schürzte beleidigt die Lippen. »Vielleicht! Aber wie lange haben wir heute schon nach einem Dämon gesucht, bis wir durch Zufall auf Akito gestoßen sind? Und jetzt sitzt dort drüben »zufälligerweise« ein Katzendämon? Das könnte ein Hinweis sein! Wir müssen ihm nachgehen«, bemerkte sie entschlossen und machte einen Schritt auf die Katze zu.

»Moment! Woher willst du wissen, dass uns diese Katze zu dem Laternenpfad führen könnte? Es könnte doch wirklich nur ein »Zufall« sein, dass sie dort sitzt, oder nicht?«, warf Kiba ein. Sie machte auf dem Absatz kehrt und stemmte die Hände in die Hüften. »Glaubst du wirklich an Zufälle, Kiba? Dieser Katzendämon kann uns zu Meister Satoshi bringen, der uns helfen wird, deine Erinnerungen zu finden. Ich spüre einfach, dass es so ist. Das kann kein Zufall sein, das ist Schicksal!«, entgegnete sie ernst und war selbst überrascht über diesen Sinneswandel.

Vor ein paar Tagen hatte sie weder an das Schicksal noch an Geister geglaubt. Heute jedoch wusste sie, dass es Götter und Dämonen gab. Dann konnte es auch keine Zufälle geben. *Hätte mir vor ein paar Wochen einmal jemand gesagt, dass ich so darüber denke, dann hätte ich ihn ausgelacht oder mir eingeredet, dass er lügt. Wenn ich sobo nachher davon erzähle, wird sie sicher stolz auf mich sein.* Der Gedanke gab ihr zusätzlich die Kraft, an ihren Erfolg zu glauben.

Kiba verengte für einen Moment die Augen, dann jedoch nickte er. »Vielleicht hast du recht. Dann lass uns der Katze folgen, ehe sie es sich anders überlegt.« Sakura lächelte triumphierend. Also liefen sie über den Platz auf die Nekomata zu, die – kurz bevor sie sie erreichten - um eine Kurve verschwand und am Ende einer langen Gasse auf sie wartete. »Siehst du? Ich hatte recht! Sie führt uns zu diesem Meister Satoshi!«, stieß Sakura aus und ihr Begleiter verdrehte genervt die Augen. Sie hatte tatsächlich gespürt, dass es richtig war, der Katze zu folgen. *Vielleicht war das auch ein Hinweis der Kami? In der Vergangenheit haben die Götter ja angeblich immer wieder Zeichen und Hinweise an die Menschen weitergegeben. Warum also nicht heute auch an uns?*

Aufgeregt rannten sie hinter der Katze her, die sie in immer engere und verwinkeltere Gassen lockte, jede düsterer, als die vorherige. Doch Sakura versuchte, nicht daran zu denken, dass die Dunkelheit langsam überhandnahm. Stattdessen heftete sie ihren Blick lediglich auf die Nekomata, die sie leitete. Irgendwann, nach einer gefühlten Ewigkeit, hatten sie die Stadtgrenze erreicht, doch die Katze spazierte geradewegs in die Dunkelheit hinaus. Über ihren Schweifen leuchteten nun zwei hellblaue Dämonenfeuer, an denen sie sich orientierten, denn das Tier selbst war mit der Schwärze der Nacht verschmolzen.

Ohne Zögern lief Sakura den beiden Leuchtfeuern hinterher und Kiba war dicht an ihrer Seite. Er schien sich zurückzuhalten und Sakura war dankbar dafür, dass er nicht einfach davonpreschte. Nach einigen Minuten erreichten sie den Waldrand, der sich düster und bedrohlich vor ihnen erhob, doch die Nekomata hielt zielstrebig darauf zu. Schließlich verschwand sie im Unterholz. Sakura folgte ihr in den Wald hinein. Sie sah nur undeutliche Schemen und ihr Puls beschleunigte sich abermals an diesem Abend. Kein Wind ging und es war totenstill. Der Wald wirkte bedrohlich mit all seinen dunkel aufragenden Bäumen und der unendlichen Stille um sie herum. Fast so, als wollte er nicht, dass sie ihn betraten.

Hektisch sah sie sich wieder nach der Katze um. Sie saß wenige Meter vor ihnen auf einem kleinen Felsen und leckte sich die Pfoten. Die Nekomata erwiderte Sakuras Blick für einen Herzschlag, ehe sie noch tiefer in den Wald hineinrannte. Sakura folgte ihr zögerlich, doch nach einigen Metern hatte sie sie bereits aus den Augen verloren. Kiba ging noch ein paar Schritte weiter, während Sakura keuchend nach Luft schnappte und sich an der rauen Rinde eines Baumes abstütze. Sie war eindeutig nicht in bester Form.

Kibas Schweif peitsche unruhig durch die Luft und seine Ohren zuckten in verschiedene Richtungen. »Kannst du sie entdecken?«, fragte sie und richtete sich wieder auf. »Nein. Lass uns einfach ein Stück weiter hineingehen«, schlug er vor und Sakura nickte, da ihr keine bessere Möglichkeit einfiel. Sie gingen ein paar Schritte und Sakura musste sich anstrengen, Kiba nicht auch noch aus den Augen zu verlieren. Er marschierte entschlossen vor ihr durch das Unterholz. Dann blieb er so abrupt stehen, dass sie beinahe in ihn hineingelaufen wäre.

»Was ist los?«, fragte sie unsicher. Sie bemerkte, wie sich unter dem Yukata seine Muskeln deutlich anspannten. Sein Schweif bauschte sich bedrohlich und seine Ohren waren starr nach vorne gerichtet. »Hier stimmt etwas nicht«, gab er leise zurück. Sakura zuckte bei diesen ernsten Worten zusammen. »Wieso? Was meinst du?«, flüsterte sie und Kiba zischte: »Na sieh dich doch einmal um!« Nervös trat sie hinter ihm hervor und blickte sich um. Es war nicht ganz so einfach, da sich ihre Augen erst an die alles verschlingende Dunkelheit gewöhnen mussten. Doch dann sah sie, was Kiba gemeint hatte, und sog scharf die Luft ein.

»Oh Gott, wo kommt plötzlich der ganze Nebel her?« Auch hinter ihnen hatten sich dicke Nebelschwaden gebildet und schienen sie einzukreisen. Alles um sie herum war von weißem, undurchdringlichem Dunst verborgen. Er war so dicht, dass Sakura die restliche Umgebung nicht mehr erkennen konnte. Entsetzt machte sie einen Schritt auf Kiba zu und die Stelle, an der sie gerade noch gestanden hatte, wurde sogleich vom Nebel verschluckt. Kalter Schweiß trat ihr auf die Stirn und in dem Augenblick wurde ihr klar, dass sie sich in ernsthafter Gefahr befanden.

DER LATERNENPFAD

»Tja jetzt wissen wir wohl, was der kleine Tanuki mit *vom Weg abkommen* gemeint hat«, bemerkte Kiba trocken. Sakuras Nackenhaare stellten sich auf. »Du meinst ... wenn wir uns hier im Nebel verirren, kommen wir nie wieder aus diesem Wald heraus?« Ihre Stimme überschlug sich beinahe bei diesen Worten. Kiba schnaubte abfällig. »Es scheint wohl so, ja«, gab er dann zurück und wirkte eindeutig ein wenig zu gleichgültig.

Ihre Hoffnung, diesen Meister Satoshi ganz leicht zu finden, bekam einen deutlichen Knacks. In diesem Moment war sie froh, dass Kiba an ihrer Seite war. Der Wald war momentan doch gruseliger als gedacht. Der Kitsune hingegen schien einen klaren Kopf zu bewahren und eher genervt von dieser Situation zu sein. Sein Schweif peitschte immer noch unruhig hin und her und mit gerunzelter Stirn machte er einen Schritt in den Nebel hinein. Hektisch griff sie nach dem Ärmel seines Yukatas, um ihn aufzuhalten. Mit einem bedrohlichen Knurren fuhr er zu ihr herum und sie zuckte erschrocken zusammen. Hastig ließ sie ihn los und wich einen Schritt zurück.

Als er sie erkannte, entspannte er sich und musterte sie kritisch. »Was ist?« Er sah wirklich unzufrieden aus und Sakura seufzte. Aber sie konnte nicht zulassen, dass er einfach vorneweg lief und sie ihn am Ende auch noch aus den Augen verlor. »Bitte lauf nicht einfach davon. Ich bin hier in dem Nebel so gut wie blind«, erwiderte sie und sah dabei auf ihre Schuhspitzen. Zuzugeben, dass sie auf seine deutlich schärfere Sehkraft angewiesen war, war wirklich demütigend. Doch sie hatte keine andere Wahl. Ein süffisantes Lächeln umspielte seine Lippen, als sie den Blick wieder hob. Es war ihm deutlich anzusehen, dass er diese Situation nur zu gerne auskostete. Am liebsten hätte sie ihm das Grinsen aus dem Gesicht gewischt, doch sie hielt sich zurück. Dann würde er sie sicher auf der Stelle hier zurücklassen und sie würde ihre Familie doch nie wiedersehen. Bei dem Gedanken schienen sich ihre Eingeweide zu verknoten.

»Ach wirklich? Also gibst du zu, dass du auf mich angewiesen bist?«, hakte er selbstgefällig nach. Sakura nickte widerwillig. »Du scheinst endlich begriffen zu haben, dass ich dir überlegen bin. Wurde auch langsam Zeit.« Obwohl er die Wahrheit sprach, waren seine Worte dennoch verletzend. Sie biss sich auf die Unterlippe und schluckte einen schnippischen Kommentar herunter. Das wäre nur kontraproduktiv gewesen. »Komm an meine Seite, wenn du nicht willst, dass du im Nebel verloren gehst«, meinte Kiba jetzt und Sakura tat wie ihr geheißen. Gemeinsam marschierten sie los und sie hatte Mühe mit ihm Schritt zu halten. Denn trotz des Nebels lief Kiba keineswegs langsamer.

Ständig stolperte sie über Wurzeln, die sie nicht sehen konnte, und Kiba seufzte genervt. Nach ein paar Minuten bat sie ihn um eine Pause, denn es war wirklich anstrengend bei seinem Tempo mitzuhalten. Unwillig nickte er und sie holte keuchend Luft. »Kann ich ... vielleicht deine Hand halten? Bitte? Dann können wir unser Tempo besser aneinander anpassen.« Sie sah ihm in die Augen und war sich sicher, dass er ablehnen würde. Überraschenderweise reichte er ihr tatsächlich seine Hand.

»Wenn es denn unbedingt sein muss«, murmelte er und vermied es, sie anzusehen. Sakura jedoch nahm seine Hand in die ihre. Sie fühlte sich warm an und erstaunlich weich. *Oh Gott, hoffentlich schwitze ich nicht an den Händen! Dann lässt er mich sicher gleich wieder los und macht irgendeine beleidigende Bemerkung,* schoss es ihr durch den Kopf. »Danke«, murmelte sie und verdrängte den Gedanken wieder.

Im Moment hatten sie dringendere Probleme als schwitzende Hände. Sie mussten den Laternenpfad in dieser Nebelsuppe finden, und zwar bald.

Kiba schien es genauso zu gehen, denn er zog sie unsanft weiter. »Schon gut. Aber wehe, du erwähnst das auch nur mit einem Wort bei deiner Familie oder sonst jemandem!«, brummte er ungehalten und sie verkniff es sich, die Augen zu verdrehen. *War ja klar, dass er das sagt. Ist ihm sicher unangenehm die Hand eines Menschen zu halten.* »Ich sage es niemandem«, bestätigte sie und er nickte zufrieden. »Gut. Warte! Kannst du das ebenfalls sehen?« Aufgeregt deutete Kiba in das Unterholz hinein. Sakura musste die Augen zusammenkneifen, um irgendetwas zu erkennen.

»Dort leuchtet etwas«, fügte er hinzu und tatsächlich konnte sie einen schwachen Schimmer ausmachen. »Das ist der Laternenpfad oder?«, fragte sie aufgebracht. Ihr Herz machte einen freudigen Hüpfer. »Hoffen wir, dass es nicht ein Irrlicht ist, das versucht, uns in die falsche Richtung zu leiten«, brummte Kiba nüchtern. Sakura schüttelte nur den Kopf über diese negative Einstellung.

»Du solltest eindeutig an einer positiveren Einstellung arbeiten. Deine zuweilen pessimistischen Äußerungen sind äußerst zermürbend«, riet sie ihm, während sie langsam auf das Licht zu schritten. »Tse«, machte Kiba da nur und half ihr über einen umgestürzten Baumstamm. Es fühlte sich immer noch merkwürdig an, von ihm einfach so hochgehoben zu werden. In seinen Armen kam sie sich vor wie eine Puppe, leicht und schwerelos. Doch auch ebenso unnütz. Das passte ihr nicht, doch sie hatte keine andere Wahl, als sich von ihm durch diesen Nebel helfen zu lassen.

Seine Brust war hart und von ihm ging solch eine Wärme aus, dass sie die Kälte um sie herum für ein paar Augenblicke vergaß. Diese kehrte jedoch mit voller Wucht zurück, kaum dass er sie abgesetzt hatte. Die dünne Strickjacke wärmte sie nicht annähernd so gut und sie hätte sich lieber wieder an ihn gedrückt, um nicht zu frieren. Doch ihr Stolz war stärker und sie klapperte lieber mit den Zähnen, anstatt Kiba darum zu bitten, sie weiterhin zu wärmen.

Vermutlich hätte er sowieso abgelehnt und wieder einen dämlichen Spruch auf den Lippen gehabt. Also biss sie die Zähne zusammen und nahm wieder seine Hand, um ihm zu folgen. Plötzlich ertönte über ihnen ein lautes Geheule und Sakura klammerte sich ein wenig fester an Kiba. *Ob das ein Dämon ist?* Mit panischem Blick starrte sie nach oben ins Geäst, doch es stellte sich heraus, dass es nur eine Eule auf der Jagd war.

Kiba löste ihren Klammergriff mit einem pikierten Gesichtsausdruck. »Es war nur eine Eule«, spottete er und Sakura verzog das Gesicht. »Das weiß ich selbst. Aber da ich hier in diesem Nebel kaum etwas sehen kann, hat mich das Geräusch einfach erschreckt. Es hätte ja auch ein Dämon sein können!«, fauchte sie gereizt und Kiba schüttelte den Kopf.

»Menschen ... ihr seid so –« »Sag jetzt besser nichts Falsches!«, unterbrach ihn Sakura streng und er schluckte den Kommentar tatsächlich herunter.

»Lass uns weitergehen«, drängte er stattdessen und reichte ihr erneut seine Hand. Kiba schien die Ruhe selbst zu sein und sie musste sich eingestehen, dass sie wegen der Eule minimal überreagiert hatte. Doch wer konnte es ihr verübeln, nachdem sie fast blind durch den Wald stolpern musste? Ein wenig beneidete sie ihn ja schon um seine Nachtsicht.

Schon bald wurde das Licht immer heller und Sakura musste die Augen zusammenkneifen, so sehr blendete es sie nach dem Marsch durch die Finsternis. Kurz darauf erreichten sie den Ursprung des Leuchtens und blieben knapp einen Meter davorstehen. Es war tatsächlich eine riesige rote Papierlaterne, angebracht an dem untersten Ast eines alten, knorrigen Baumes. Sie schaukelte sanft im Wind und Sakura erkannte das Symbol, welches auf ihr prangte. Es bedeutete schlicht und einfach *Laterne* und sie stieß erleichtert die Luft aus.

»Wir haben den Pfad gefunden. Jetzt müssen wir ihm nur noch folgen!«, rief sie begeistert und sah sich um, in der Hoffnung eine weitere Laterne ausmachen zu können. Der Nebel hatte sich mittlerweile gelichtet. So konnte sie zur Linken in knapp dreihundert Metern Entfernung ein weiteres Leuchten ausmachen. »Dort entlang!«, rief sie und zog Kiba mit sich, der ihr schweigend folgte. Die Laternen wiesen ihnen den Weg durch den Nebel, der nun ganz und gar nichts Unheimliches mehr an sich hatte.

Jede Laterne schien heller als die vorherige zu leuchten. Inzwischen war es schon fast taghell um sie herum. Da sie nun deutlicher erkennen konnte, wohin sie lief, fühlte sie sich wesentlich wohler. Das

Licht erhellte den Boden und die Bäume, sodass sie Wurzeln und Steine rechtzeitig erkennen und ihnen ausweichen konnte. Kiba sagte immer noch kein Wort, doch das störte sie nicht. Sie überlegte, wohin der Pfad sie wohl führen mochte; scheinbar tief in den Wald hinein, vorbei an riesigen Kiefern und mit Moos überwucherten Felsen.

Ihr Weg schlängelte sich an einem kleinen Bach entlang, der munter vor sich hin plätscherte. Tagsüber musste der Wald wirklich traumhaft schön sein. Kein Wunder, dass er bei Wanderern so beliebt war. *Vielleicht sollte ich vor unserer Abreise noch einmal herkommen. Hier kann man sicher auch wundervolle Landschaftsgemälde anfertigen*, schwärmte sie und lächelte. Sie hatte keine Ahnung, wie viel Zeit vergangen war, es konnten Stunden oder auch nur Minuten gewesen sein. In der Dunkelheit hatte sie jegliches Zeitgefühl verloren und vor lauter Aufregung hatte sie auch nicht auf ihr Handy gesehen. Schließlich lichtete sich der Wald und auch der Nebel hatte sich fast vollkommen verflüchtigt.

Als Sakura erkannte, was dort auf der Lichtung stand, war sie erst einmal für ein paar Augenblicke sprachlos und auch Kiba blickte verwundert auf das Gebäude vor ihnen. Es handelte sich dabei um etwas, mit dem sie wohl am wenigsten gerechnet hatten: ein Ryokan mit zugehörigem Onsen.

Ein traditionelles Gasthaus? Hier mitten im Wald? Warum habe ich davon nichts im Internet gelesen? Ich wusste gar nicht, dass es bei Kinenshi sogar heiße Quellen gibt.

Das Gasthaus wirkte sehr idyllisch mitten in diesem Wald, umgeben von sanften Nebelschwaden. Mehrere Laternen hingen an einem roten Torii, welches wohl den Eingang bildete. Sakura machte einen vorsichtigen Schritt darauf zu. »Warte, ich werde vorgehen. Wir haben keine Ahnung, was uns dort erwartet«, sagte Kiba und trat selbstsicher vor sie. Verblüfft blinzelte sie. Sie hatte nicht damit gerechnet, dass er sie vor eventuellen Gefahren verteidigen wollte. »Oh, danke, das ... ist sehr nett von dir«, bemerke sie daher ehrlich überrascht.

Kiba schnaubte. »Das hat nichts mit Nettigkeit zu tun. Ich will nur nicht riskieren, dass ein Dämon dich tötet. Immerhin seid ihr Menschen ja so zerbrechlich wie ein rohes Ei und du kannst mir noch von Nutzen sein«, gab er kühl zurück. Sakura seufzte enttäuscht. »Wäre ja auch zu schön gewesen, wenn du mal etwas Nettes zu mir gesagt hättest«, murmelte sie. Glücklicherweise ging er nicht darauf ein. Stattdessen betrat er entschlossenen Schrittes das Anwesen. Ihr Weg führte sie über eine schmale Holzbrücke, welche einen großen Teich überspannte. Rosafarbene Seerosen trieben gemächlich über die spiegelglatte Oberfläche und ihr lieblicher Duft zauberte Sakura ein Lächeln aufs Gesicht.

Am Ende der Brücke waren steinerne Laternen angebracht worden, in deren Innerem hellblaue Feuer leuchteten, ähnlich denen der Dämonenkatze. Da das ganze Gebäude aber so einladend wirkte, glaubte Sakura nicht daran, dass irgendein böser Dämon sie überfallen würde. Vielleicht war diese Einstellung ein wenig naiv. Immerhin könnte diese friedliche Atmosphäre genauso gut eine Falle sein, um sie in Sicherheit zu wiegen. Aber Sakura meinte instinktiv zu spüren, dass ihnen an diesem Ort kein Leid widerfahren würde.

Kaum hatten sie den Teich überquert, führte sie ein steinerner Weg zum Haupteingang des Ryokans. Der Weg wurde von mehreren Bergkiefern gesäumt, alle in rundliche Formen geschnitten und umschwärmt von Glühwürmchen. Sakura geriet bei diesem Anblick jäh ins Schwärmen. *Es ist so romantisch hier. Schade, dass ich diese Idylle nicht mit jemandem genießen kann, der mich besser leiden kann.* Ihr Blick glitt zurück zu Kiba, der mehrere Schritte vor ihr ging und den es wohl nicht kümmerte, ob sie mithalten konnte. Genervt streckte sie ihm hinterrücks die Zunge heraus.

Es war kindisch, aber trotzdem befriedigend, und sie konnte sich ein Grinsen nicht verkneifen. Der Haupteingang des Ryokans war schlicht und doch imposant, vor allem die wunderschönen Zeichnungen auf den Shoji, welche mehrere affenartige Dämonen darstellten, die in edle Gewänder gekleidet waren und ernst dreinblickten. »Wahnsinn. Ich war noch nie in einem Ryokan und ich hätte nicht gedacht, dass es so schön sein kann«, hauchte sie ehrfurchtsvoll.

»Es ist tatsächlich ein sehr ansehnliches Gasthaus«, stimmte Kiba ihr zu. Gerade wollte er die Shoji aufschieben, als diese bereits wie von Geisterhand geöffnet wurde. Misstrauisch verengte der Fuchsgeist die Augen, während Sakura vorsichtshalber wieder nach seiner Hand griff. Er warf ihr einen kurzen Blick zu, dann wandte er sich wieder um und schritt hoch erhobenen Hauptes durch die geöffneten Türen in die Eingangshalle des Ryokans.

Wie selbstverständlich zog sich Sakura die Schuhe aus und auch Kiba entledigte sich seiner Geta, bevor sie zu dem Empfangstresen hinüberschritten. Neugierig sah sich Sakura um. Ein paar gepflegte Bonsai standen auf teuer aussehenden Holztischchen und in der Mitte der Empfangshalle befand sich ein kleiner, mit Steinen abgegrenzter, Zen-Garten. In den Sand waren komplizierte, aber harmonisch wirkende Muster eingezeichnet worden. Sie umschlossen einen kleinen Springbrunnen, der fröhlich vor sich hin plätscherte.

Dies war auch das einzige Geräusch, das zu hören war, ansonsten war es schon fast gespenstisch ruhig. Da Sakura nicht einfach in die Stille hineinrufen wollte, betätigte sie kurzerhand die Klingel am Empfangstresen. Eine Weile lang geschah nichts und sie war schon versucht, ein weiteres Mal zu klingeln, als sie mit einem Mal schnelle Schritte vernahm. Verwundert blickte sie in die Richtung, aus der sich die Schritte näherten und kurz darauf verneigte sich eine junge Frau vor ihnen.

Sie trug einen schlichten dunkelblauen Yukata, dessen Ärmel mit weißen Kirschblütenmustern abgesetzt waren. Ihr dunkelbraunes Haar hatte sie im Nacken zu einem lockeren Knoten gebunden. Darin steckte eine Haarnadel, die mit weißen und blauen Stoffblüten verziert war. »Willkommen im *Ryokan versteckt im Nebel*. Was kann ich für euch – ach du meine Güte! Du bist ja ein Mensch!«, stieß sie aus und schlug die Hand vor den Mund.

Erst jetzt erkannte Sakura, dass sie gar nicht von einem Menschen begrüßt worden waren, sondern offenbar von einem Affendämon mit menschenähnlichen Zügen. Sie blinzelte überrascht, doch bevor sie antworten konnte, ergriff Kiba bereits das Wort. »Guten Abend. Wir würden gerne mit Meister Satoshi sprechen. Ein kleiner Tanuki mit Namen Akito meinte, wir würden ihn finden, wenn wir dem Laternenpfad folgen«, erklärte er höflich und die Dämonin runzelte daraufhin nachdenklich die Stirn.

»Meister Satoshi ist eigentlich ziemlich beschäftigt. Aber ich werde sehen, was ich tun kann. Folgt mir«, erwiderte sie nüchtern und schritt von dannen. Sakura warf Kiba einen fragenden Blick zu, doch er zuckte nur mit den Schultern und folgte der Affendämonin den holzvertäfelten Flur entlang.

Bald kamen sie an eine Gabelung. Der Gang öffnete sich zur rechten Seite hin und gab den Blick auf einen wunderschönen Innenhof frei. Ein großer roter Fächerahorn erhob sich in der Mitte und darunter standen ein steinerner Tisch und eine passende Bank. Tagsüber war dies sicher ein lauschiges Plätzchen. An den untersten Ästen des Baumes hingen mehrere Lampions in verschiedenen Farben und in einer Ecke des Innenhofs befand sich ein weiterer kleiner Teich, in dem Sakura sogar ein paar bunte Koi-Karpfen entdeckte.

Viel zu schnell hatten sie den Gang passiert und erreichten einen weiteren Korridor, der tiefer in das Gebäude hinein zu führen schien. Nach einer Weile konnte Sakura nicht mehr sicher sagen, aus welcher Richtung sie gekommen waren. Dabei hatte das Ryokan am Anfang gar keinen solch riesigen Eindruck gemacht.

Endlich hielten sie vor einer weiteren verzierten Shoji. Dieses Mal stellten die Malereien eine schöne Winterlandschaft dar. Doch sie kam nicht in den Genuss, sie genauer zu betrachten, denn die junge Frau kniete sich bereits vor die Türe und schob sie zur Seite. »Ihr wartet hier!«, befahl sie, schlüpfte hinein und schloss die Shoji hinter sich. Kiba lehnte sich mit verschränkten Armen an die Wand und schloss die Augen, während sich Sakura in dem schlichten Gang umsah.

Neben der Shoji stand auf beiden Seiten jeweils eine steinerne Statue, die einen Affen darstellte. Sie sahen aus, als würden sie beten oder meditieren. Neugierig ging Sakura weiter und blieb vor einem hübschen Gemälde stehen. Darauf war ein Kirschbaum in voller Blütenpracht zu sehen, während im Hintergrund bereits die Sonne unterzugehen schien.

Unter ihm konnte man die Silhouetten zweier Liebender ausmachen, die sich küssten. Das Bild hatte etwas Faszinierendes und irgendwie auch Vertrautes an sich und sie blieb lange davorstehen. So lange, bis die Shoji erneut geöffnet wurde. »Meister Satoshi empfängt euch nun«, sprach die Frau höflich und deutete mit einer Hand einladend in den Raum hinein. Langsam betraten sie das Zimmer, in dessen Mitte ein blaues Feuer in einer im Boden eingelassenen Feuerstelle prasselte. Dahinter saß auf einem samtenen Kissen, mit dem Rücken zu ihnen gedreht, ein Mann.

Er war wohl in irgendeine Arbeit vertieft, denn er drehte sich nicht zu ihnen um. Sein moosgrüner Yukata war reich mit goldenen Stickereien verziert und sah sehr edel aus. Auf dem Kopf trug er einen winzigen schwarzen Hut mit gleichfarbiger, überhängender Borte. Sakura kannte diese aus eigen ihrer Mangas und wusste, dass es sich um eine *kanmuri* handeln musste. Solche Kopfbedeckungen waren vor Jahrhunderten Teil der höfischen Tracht gewesen. Der Mann vor ihnen schien also ein Dämon von hohem Rang zu sein. Nervös schluckte sie und unterdrückte den Impuls etwas zu sagen. Kiba schien es genauso zu gehen, denn auch er stand still neben ihr und so warteten sie darauf, dass der Meister seine Arbeit beendete. Es dauerte nicht lange, da sah sie, wie er einen dünnen Pinsel in eine hölzerne Schale legte. *Vermutlich hat er gerade einen Brief geschrieben,* überlegte Sakura. Auch sie hatte sich einmal in traditioneller Kalligrafie versucht und es war schwieriger, als es aussah.

In dem Moment wandte sich ihnen ihr Gegenüber zu und Sakura blinzelte überrascht. Das Gesicht des Mannes ähnelte dem eines Japanmakaken, trotzdem wirkte er viel erhabener, als es je ein Makake sein könnte. Sein silbergraues Fell glänzte im Kerzenlicht und am Kinn hatte er es zu einem dünnen Bart zusammengebunden. Er strahlte die Weisheit von Jahrhunderten aus und Sakura senkte respektvoll den Blick. Seine braunen Augen leuchteten neugierig und er musterte sie einen Moment, ehe er seinen breiten Mund zu einem Lächeln verzog. »Willkommen in meinem Ryokan. Was kann ich für euch beide tun, meine werten Gäste?«

Er war Sakura sogleich sympathisch, obwohl er ein Dämon war. Aber sie hatte mittlerweile gelernt, dass nicht alle Yōkai bösartig waren. Sie hoffte nur, dass sich Akitos Aussage als wahr erweisen würde. Immerhin hatten sie keine Ahnung, wo sie nach Kibas verlorenen Erinnerungen suchen sollten. Sie waren also auf die Kooperation des Meisters angewiesen. Ihr war klar, dass Kiba zu stolz war, um das vor dem Meister zuzugeben. Oder ihn gar freiwillig um dessen Hilfe zu bitten. Doch sie hoffte, er würde seinen Stolz herunterschlucken. Eine zweite Chance würden sie sicher nicht bekommen, sollte sich Kiba im Ton vergreifen.

In dem Moment öffnete Kiba bereits den Mund, um Meister Satoshi zu antworten, und Sakura betete inständig, dass er sich manierlich verhielt. »Wir sind nicht hier für irgendein höfliches Geplänkel. Ich habe meine Erinnerungen verloren und angeblich kannst du sie aufspüren. Meine Geduld ist für heute mehr als erschöpft, also entscheide dich schnell. Wirst du uns bei der Suche helfen oder nicht?«

Sakura stöhnte frustriert auf. Sie waren erledigt.

ENDE von Band 1

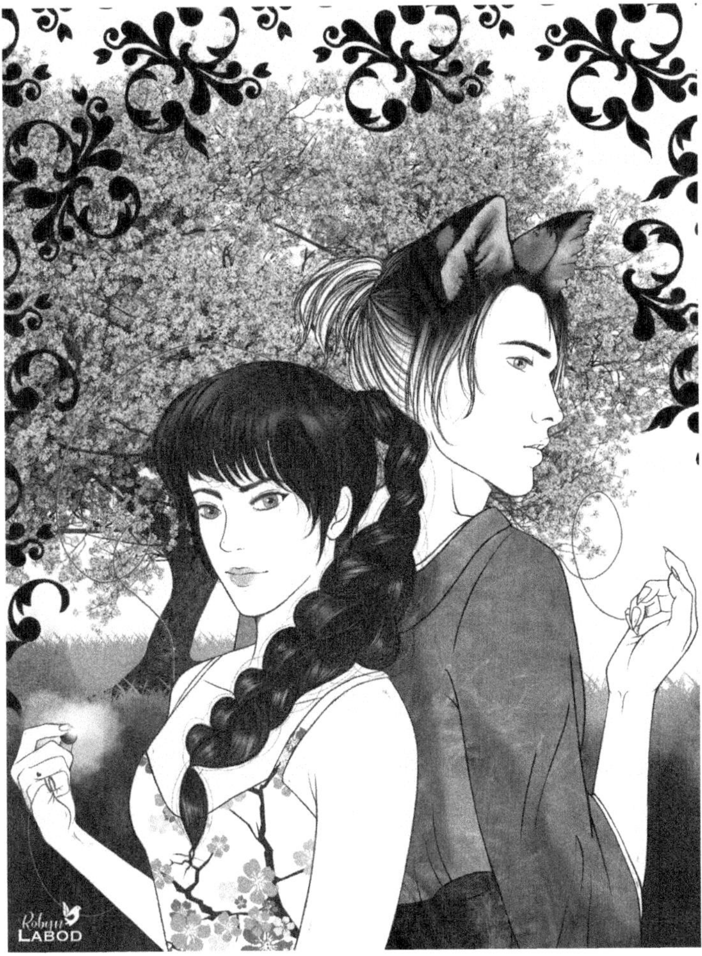
Robyn
LABOD

DANKSAGUNG

Liebe Leserin, lieber Leser,
domo arigatou gozaimasu. Dafür, dass du dich für dieses Buch entschieden und es gekauft hast. Damit hast du mich sehr glücklich gemacht.

Ich hoffe, dir hat der Auftakt von Sakuras und Kibas Geschichte gefallen. Natürlich hat ihre Suche nach den verlorenen Erinnerungen gerade erst begonnen und du bist sicher schon gespannt, wie es weiter geht. So viel sei verraten: es werden noch mehr Dämonen und Geistwesen eine Rolle spielen und auch die Romantik kommt selbstverständlich nicht zu kurz. Sogar ein Feuerwerk wird es geben.

Dieses Buch wäre jedoch niemals ohne Unterstützung entstanden. Deshalb gilt diese Danksagung auch denen, die beim Entstehungsprozess die größte Rolle gespielt haben:

Als Erstes möchte ich mich bei der lieben Juliana bedanken, deren fähige Hände nicht nur dafür sorgten, dass das Buch von außen wunderschön aussieht (ich meine, dieses Cover ist doch einfach nur MEGA oder???), sondern auch von innen im richtigen Buchsatz-Gewand erstrahlt. Arigatou gozaimasu, Juliana.

Dann gilt mein Dank auch der lieben Lily. Mit ihrem Lektorat konnte ich das Beste aus »My beloved Kitsune« herausholen und die Zusammenarbeit war wirklich toll. Ich freue mich schon darauf, die nächsten beiden Bände mit ihr gemeinsam zu überarbeiten. Arigatou gozaimasu, Lily.

Ein weiterer Dank gilt der unfassbar talentierten Robyn Labod. Sie hat mit der wunderschönen Illustration Sakura und Kiba äußerst gelungen in Szene gesetzt. Die beiden sind wirklich traumhaft geworden. Arigatou gozaimasu, Robyn.

Ein Buch ohne Testleser ist sicher kein sehr gutes Buch, deshalb bin ich froh, um die Unterstützung meiner lieben Testleser-Gruppe. Dank ihnen wurde aus »My beloved Kitsune« das Buch, das du lieber Leser gerade in den Händen hältst.

Arigatou gozaimasu Caro, Ira, Irina, Myrna und Madita.

Zum Schluss gilt mein Dank noch meiner Familie und meinem Freund. Danke, dass ihr immer an mich geglaubt und mich bis zuletzt unterstützt habt. Ich hab euch lieb.

BUCHEMPFEHLUNGEN

BeastSoul – Sternenlicht
Juliana Fabula
Urbanfantasy

Reise nach Nebula Astéri der Sternnebelwelt.

In dieser Welt findest du nicht nur neue Freunde, sondern auch Feinde die einem weit mehr als nur nach dem Leben trachten. Sie sind bereit die Welt in Dunkelheit zu stürzen. Nur das Licht der Sterne kann sie noch aufhalten.

Ein märchenhaftes Abenteuer erwartet dich, denn in diesem fernen Universum trafen sich die Schöne und das Beast um gemeinsam gegen die Finsternis zu kämpfen!

»Für alle die Harry Potter, Percy Jackson, Avatar - Herr der Elemente oder Digimon mögen!«

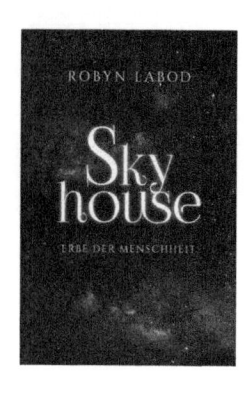

Skyhouse –
Erbe der Menschheit
Robyn Labod
Dark Romantasy

Dies ist eine Geschichte über den drohenden Zerfall der Menschheit und über Götter und Königreiche. Die Erde steht kurz vor ihrer Zerstörung. Nur acht Wächter, füreinander geschaffen und gesegnet mit besonderen Gaben, können dieses Unheil abwenden.

Cassia ist eine von ihnen. Behütet aufgewachsen bei ihrer Großtante, ahnt sie nichts von der großen Gefahr, in der sie schwebt. Ihrem unbeschwerten Leben als Buchhändlerin wird ein jähes Ende gesetzt, als eine Offenbarung ihre wahre Identität hervorbringt und die Soldaten der Götter versuchen sie zu töten. Wird sie mutig genug sein, sich dem Kampf gegen die Götter anzuschließen?

Maskenmacht –
Die Verschwörung
Lily Wildfire
Dark Fantasy

Maskenmacht ist ein Fantasyroman für alle, die düstere Geschichten mit einem Hauch Abenteuer, jeder Menge Intrigen und vielen Geheimnissen mögen...

Mit einem Geheimnis fängt alles an.
Mit einem Geheimnis hört alles auf.

Vaara lebt in einer Welt, in der die Magie im Sterben liegt. Als ihr ein magisches Schwert in die Hände fällt, kann sie ihr Glück kaum fassen. Doch die Klinge gehört Morvan, einem der Maskierten, die einst eine Mauer um das Reich der Menschen bauten und seither über sie herrschen. Er spürt Vaara auf, würde sie für das Schwert sogar töten. Sie wird gerettet, aber ihr Vertrauen in Ghodrias Herrscher ist zerstört. Als die Maskierten erneut ihr Leben bedrohen, fasst sie einen Entschluss: Sie will die Mauer überwinden und jene zur Rede stellen, die ihr alles genommen haben. Gemeinsam mit zwei Freunden schmiedet sie einen Plan, der sie entweder umbringen oder alles verändern wird.

»*Der Auftakt der Maskenmacht-Saga von Lily Wildfire*«

DIE AUTORIN

ELYSA SUMMERS, wurde 1992 in Augsburg geboren, wuchs dann aber im beschaulichen Unterallgäu in Bayern auf. Schon früh entdeckte sie ihre Leidenschaft fürs Lesen und in ihrer Jugend verschlang sie vor allem Fantasy-Romane, ehe sie selbst anfing in diesem Genre zu schreiben.

Aufgrund ihrer Leidenschaft für Manga und Anime sowie dem Land Japan war es früher oder später absehbar, dass sie eine Geschichte über ihr Lieblingsland schreiben würde. So wurde sie schließlich zu ihrer Trilogie My beloved Kitsune inspiriert. Der erste Band ist ihr Debüt als Autorin.

Neben ihrer Leidenschaft zum Schreiben liebt sie Disneyfilme, wobei oft kein Auge trocken bleibt. Zudem schwingt sie gerne den Kochlöffel und probiert sich im Gärtnern. Momentan lebt und arbeitet sie mit ihrem Freund in Augsburg.